LES AUTODAFEURS 3
nous sommes tous des propagateurs

Pour mes deux extraordinaires fils et mon génialissime mari
qui ont supporté stoïquement les bouleversements
que cette histoire a apportés dans notre vie.
M. C.

Couverture : © **Barrère & Simon**

© Éditions du Rouergue, 2015
www.lerouergue.com

doado

Marine Carteron
LES AUTODAFEURS 3
nous sommes tous des propagateurs

rouergue

prologue

Bibliothèque nationale de Russie
Saint-Pétersbourg
6 h 45

Il faisait frais à Saint-Pétersbourg ce matin-là mais, comme tous les matins, Alexandre Vostokov, malgré ses quatre-vingt-un ans, avait décidé de faire à pied les quelques centaines de mètres qui le séparaient de son bureau.

Relevant le col de son manteau de laine grise, il ferma la porte de chez lui avant de suivre la perspective Nevski jusqu'à l'angle de la rue Sadovaïa où se dressait la longue façade à colonnade de sa bibliothèque chérie.

Les archives de celle-ci, fondée en 1795 par Catherine II de Russie, contenaient deux trésors inestimables aux yeux du doyen des Diadoques de la Confrérie : les bibliothèques de Denis Diderot et de Voltaire, achetées par l'impératrice après la mort des deux philosophes des Lumières, ainsi que leurs Livres de bord secrets.

Habituellement, ce trajet matinal était une source de plaisir pour Alexandre, il adorait ces quelques minutes passées, seul, à respirer l'air glacé de la Russie en laissant vagabonder ses pensées au rythme de sa canne. Mais aujourd'hui, rien à faire ; depuis que le Code Noir avait été déclenché et qu'il avait reçu d'inquiétantes nouvelles de la Confrérie, il redoutait chaque jour de trouver sa précieuse bibliothèque détruite par les Autodafeurs.

Heureusement, grâce aux découvertes du jeune Auguste Mars dans le laboratoire des Montagues et aux travaux de sa grand-mère sur le boîtier qu'il y avait volé, la Confrérie disposait maintenant d'une arme efficace pour contrer en partie le plan des Autodafeurs : en émettant une onde identique à celle des photocopieuses de Godeyes, les boîtiers distribués par DeVergy devaient permettre de paralyser les insectes génétiquement modifiés sur une courte distance.

Dès qu'il avait reçu le précieux paquet, Alexandre Vostokov avait suivi le protocole et déplacé les archives de la Confrérie dont il avait la garde dans une pièce protégée, pour mettre ses inestimables trésors à l'abri des prédateurs… Mais cette salle était si petite et il y avait tant d'ouvrages qu'il aurait aimé sauver.

Perdu dans ses pensées, le vieil homme ne remarqua l'effervescence qui régnait devant la grande porte de la bibliothèque qu'au dernier moment, mais il comprit avant même que le gardien-chef n'ouvre la bouche que ce qu'il redoutait le plus était arrivé.

– Professeur ! Les livres, venez voir, vite ! lui cria ce dernier avant de le saisir par le bras pour l'entraîner sans ménagement à l'intérieur.

Le vieil archiviste se laissa guider par Dimitri tout en essayant de comprendre ce que le garde, visiblement choqué, essayait de lui expliquer.

– Les livres, professeur, ils ont disparu, pfffft, comme ça ! On n'y comprend rien… Pourtant je vous assure que personne n'est entré ; on faisait nos rondes et tout à coup on a commencé à entendre des bruits bizarres, le temps qu'on arrive il n'y avait plus rien… que de la poussière… partout… comme si tout avait brûlé alors que l'alarme incendie ne s'est même pas déclenchée… et regardez ! ajouta le garde en sortant de sa poche un tas de poussière grise. C'est tout ce qui reste des billets de dix roubles que j'avais sur moi !

Tout en parlant, ils étaient arrivés dans la première salle, celle de la lecture publique qui ne contenait que les périodiques et les journaux, mais Alexandre Vostokov sut qu'il ne pourrait pas aller plus loin car le garde n'avait pas menti ; sur les étagères ne restait plus qu'une épaisse couche de poussière argentée aussi volatile qu'un souffle de désespoir et, en la contemplant, Alexandre eut la vision soudaine des cendres brûlantes d'Hiroshima.

C'en était trop pour le vieil homme ; après un dernier regard sur l'immense columbarium qu'était devenue sa bibliothèque, Alexandre tourna les talons sans plus se préoccuper des cris de son gardien-chef. La guerre venait de commencer et il n'avait plus rien à faire en Russie. Il devait contacter les autres Diadoques et rejoindre les enfants sur l'île de Redonda.

île de Redonda
déprime

– GUS ! Y a une nouvelle nana qui est arrivée ce matin, elle a plein d'infos ; si tu savais ce qui se passe dans le monde, c'est dingue ! cria Néné en déboulant dans la chambre.

Ça faisait presque un mois que nous avions échappé aux Autodafeurs. Après avoir traversé l'Atlantique au fond d'un cargo nous avions été débarqués sur l'île de Redonda et, depuis une quinzaine de jours, nous y vivions terrés avec d'autres rescapés de la Confrérie.

Par mesure de sécurité, nous avions l'interdiction formelle de communiquer avec l'extérieur, nos téléphones avaient été détruits et, si Néné avait été autorisé à conserver son ordinateur portable, il ne pouvait pas se connecter sur le Net comme il le voulait et ça le rendait complètement dingue.

Pour mon geek de pote, habitué à vivre dans un monde où les infos circulaient en toute liberté à la vitesse de la lumière, la situation actuelle où les nouvelles lui arrivaient au compte-gouttes, par des méthodes à peine dignes du Moyen Âge, était intolérable… voilà probablement pourquoi l'arrivée d'une énième rescapée sur Redonda le mettait dans tous ses états.

Surexcité, encore plus échevelé que d'habitude, Néné ressemblait à un junkie en manque venant d'apprendre que son dealer avait de la came gratos et il sautait partout en parlant tellement vite que je ne comprenais pas un mot de ce qu'il me racontait.

J'aurais bien aimé être aussi enthousiaste que lui sauf que là, allongé en caleçon et en tee-shirt sur mon lit défait, j'étais très occupé à ne rien faire et je n'avais pas du tout envie de bouger ; surtout pour aller voir le monde s'écrouler et devenir complètement fou comme c'était le cas depuis que les Autodafeurs avaient déclenché leur plan d'action.

Toute ma motivation m'avait quitté et j'avais l'impression d'être un élastique flasque sur lequel on aurait trop tiré ; j'avais chaud, j'étais déprimé, vide, mou, amorphe et tout un tas d'autres trucs peu reluisants qui rendaient dingues ceux qui vivaient ici avec moi.

Le médecin de la base parlait de « choc psychologique, d'état transitionnel et de syndrome post-traumatique », mais moi, tout ce que je ressentais c'est que j'étais un gros nul plein de vide qui foirait tout ce qu'il touchait. Alors, me lever pour aller voir une nana parler d'une énième bibliothèque en cendres, d'un énième membre de la Confrérie assassiné ou constater qu'une nouvelle Constitution avait été discrètement modifiée par les Autodafeurs pour faciliter la censure, trop peu pour moi, j'étais bien mieux au lit.

— Bordel Néné, laisse-moi dormir, je suis mort là, grognai-je en me retournant vers le mur de roche grise dans l'espoir, insensé, qu'il me ficherait la paix.

— Hé, mon pote, tu déconnes ?! Il est pas loin de midi et hier soir tu t'es couché à 10 heures. Tu t'es fait piquer par la mouche tsé-tsé ou quoi ? En plus ça pue la charogne dans cette pièce ! Que tu ne veuilles plus rien faire c'est une chose mais ce serait cool que tu fasses un détour par la salle de bains parce que, là, j'ai vraiment l'impression de vivre dans le terrier d'une moufette si tu vois ce que je veux dire ! ajouta-t-il en ouvrant le soupirail qui nous servait de fenêtre.

C'était bien la pire idée qu'il pouvait avoir ; sur ce caillou désert, ouvrir une fenêtre en plein zénith pour « changer d'air » était à peu près aussi agréable que de se mettre la tête dans un four. Je n'ai pas eu le temps de réagir que, déjà, la vague de chaleur saturée d'odeurs de fientes d'oiseaux me submergeait, écrasante, oppressante, gluante.

Même si ça faisait un moment que nous étions arrivés aux Antilles, je ne réussissais pas à m'habituer à cette moiteur omniprésente. Quatre-vingts pour cent d'humidité pour une moyenne de 28 degrés à l'ombre… l'enfer !

— Ça va pas bien d'ouvrir en pleine chaleur ? Tu ne trouves pas que c'est assez pénible ? Je te rappelle qu'il n'y a pas la clim dans ce trou à rat, râlai-je en me jetant sur le battant pour le refermer.

— Ouais, ben tant mieux parce que la clim c'est pas très écologique et moi je préfère encore mourir de chaud qu'asphyxié par tes odeurs corporelles… et je te rappelle que je dors aussi dans cette pièce, au cas où tu l'aurais oublié.

Je soupirai. Comme si je risquais d'oublier que Néné était coincé sur cette île à cause de moi. Si je n'avais pas insisté pour qu'il coure apporter à DeVergy le boîtier que je venais de piquer chez les Montagues, Néné ne se serait pas retrouvé coincé avec nous dans l'hélico et poursuivi par les Autodafeurs !

Le laisser derrière nous après cet épisode aurait été trop dangereux et c'est comme ça que mon pote s'était retrouvé exilé avec nous sur Redonda, sans espoir de retour. Encore un truc dont j'étais responsable et qui s'ajoutait à la longue liste de toutes mes erreurs : la perte des archives de Sainte-Catherine, la destruction des Livres de bord les plus anciens de la Confrérie, la mort de mes grands-parents, celle du père de Bart et rien de moins que le chaos mondial généralisé qui sévissait depuis un mois. Bon, pour ce dernier truc, j'avoue que je n'y étais pas pour grand-chose, mais tant qu'à me sentir responsable autant y aller carrément.

Comme à chaque fois que l'énormité de ma connerie m'apparaissait, ma mauvaise humeur cessa d'un coup et je me laissai retomber sur mon matelas.

– Je suis désolé de t'avoir entraîné avec moi, Néné, c'est de ma faute si tu ne peux plus rentrer chez toi. Ta famille doit être folle d'inquiétude, t'as raison je suis qu'un gros naze.

Depuis que nous étions arrivés, je prononçais cette phrase à peu près trois fois par jour et Néné me répondait systématiquement que « non, fallait pas que je dise ça, que c'était pas ma faute… que sa famille comprendrait que nous n'avions pas eu le choix… etc. », sauf que là il n'eut pas le temps de tenter de me réconforter parce que quelqu'un d'autre s'en chargea à sa place…

– Un gros naze je ne sais pas… mais un sacré dégueulasse ça c'est certain ! Si c'est toi « l'espoir de la Confrérie » je comprends mieux l'état de la planète, lança une voix à l'accent chantant que je ne connaissais pas.

Debout dans l'embrasure, les bras croisés, une fille à la peau mate et à la tête presque rasée se tenait en équilibre contre un des montants de la porte et me regardait d'un air qui réussissait à me faire sentir à la fois son dégoût et son incompréhension.

– C'est qui celle-là ? et qu'est-ce qu'elle fout dans ma chambre ? demandai-je à Néné.

– Ben, comme j'étais venu te le dire, c'est la nouvelle, celle qui est arrivée ce matin… et je te rappelle que c'est aussi MA chambre.

Je soupirai.

– Ouais, et qu'est-ce qu'elle fout dans NOTRE chambre ?

Se redressant souplement d'un simple mouvement d'épaule, la fille se campa sur ses jambes dans une position sentant l'habitude des sports de combat. Elle restait silencieuse mais ses yeux parlaient pour elle et ce que je pouvais y lire confirmait en tout point l'opinion que je portais sur moi-même : je n'étais qu'une grosse merde.

Décroisant les bras dans un mouvement mettant en valeur les lignes déliées de sa musculature, l'inconnue posa les mains sur ses hanches et se tourna tout à coup vers Néné en me désignant d'un coup de menton.

– Tu diras à ta larve puante de copain qu'ELLE était venue se présenter, mais que comme ELLE ne fait pas dans l'humanitaire ELLE va repartir pour trouver des gens qui ne pleurnichent pas sur leur sort comme des gamins hystériques et qui sont prêts à se battre pour sauver la Confrérie. Au passage, dis-lui aussi que s'il ose s'approcher de moi à moins de cinq mètres sans avoir pris de douche je me chargerai moi-même de lui apprendre les règles d'hygiène de base, ajouta-t-elle en fronçant les narines d'un air dégoûté avant de quitter la pièce en claquant la porte.

Néné se marrait mais, moi, j'ai mis un moment avant de percuter que je venais de me faire moucher par une nana… et ça m'a suffisamment intrigué pour que je décide de me lever.

journal de Césarine

Cela fait précisément trente-neuf jours que nous nous sommes enfuis de la Commanderie et dix-huit que nous sommes arrivés sur l'île de Redonda. C'était long parce que, après l'hélicoptère et le camion, nous avons traversé l'Atlantique en bateau et que le voyage a duré dix-huit jours (soit 432 heures ou 25 920 minutes ou 1 555 200 secondes).

Quand nous avons pu sortir du conteneur et marcher sur le pont du bateau, j'ai regardé autour de moi et j'ai eu peur.

C'était trop grand, c'était trop bleu, c'était trop vide.

Nous étions coincés entre le ciel et la mer, entre la profondeur des abysses et l'immensité de l'univers ; nous étions seuls et tout à coup j'ai senti que j'étais petite, toute petite, et… fragile.

Alors, pendant trois jours, je suis restée dans le placard de ma cabine enfermée dans la maison de mon esprit, là où d'un seul clignement de paupières je pouvais maîtriser mon univers.

Je ne l'ai dit à personne mais la trahison de Gus, qui m'a droguée pour m'obliger à monter dans l'hélicoptère, m'a surprise. Même si ce qu'il a fait était logique et qu'il n'avait pas d'autre choix, c'était tout de même la première fois qu'il faisait quelque chose contre moi et il m'a fallu du temps pour l'accepter.

Sur l'île nous sommes quarante-sept mais il n'y a que cinq adultes : maman, maître Akitori, un médecin, un responsable de la salle de communication et un ancien militaire qui entraîne ceux qui le souhaitent au combat sous-marin. Les quarante-deux personnes restantes ont moins de dix-huit ans mais elles sont habituées à vivre ensemble et l'organisation de l'île est très efficace.

À part Gus qui reste dans son coin, et moi qui suis considérée comme « trop petite » (ce qui est idiot mais qui m'arrange bien parce que je n'aime pas travailler en équipe), tous les jeunes de l'île se partagent les tâches quotidiennes à tour de rôle : ravitaillement, ménage, cuisine…

Je suis la moins âgée mais j'ai rencontré un garçon qui n'a qu'un an de plus que moi. Il s'appelle Rama et c'est le fils d'une Propagatrice.

Rama est un génie des nombres et de la musique (d'ailleurs pour lui c'est la même chose et il passe son temps à tout mettre en équations). La famille de son papa est originaire de Manille, dans les Philippines, mais a dû émigrer lors de la dictature d'un certain Marcos dans les années quatre-vingt, ce qui fait qu'il parle couramment l'anglais, l'espagnol et le français.

Jusqu'au déclenchement du Code Noir, Rama vivait à Oxford avec sa maman ; un soir, à la place de sa maman, c'est Gabrielle, une autre fille de la Confrérie, qui est venue le chercher à la sortie de l'école. Elle lui a dit que leurs parents avaient été enlevés par les Autodafeurs et qu'ils devaient s'enfuir. Rama savait que ce moment pouvait arriver alors il a suivi Gabrielle sans hésiter et c'est comme ça qu'il est arrivé sur Redonda. Depuis, aucun d'eux n'a de nouvelles de sa famille… mais c'est quelque chose dont Rama n'aime pas parler.

Même si d'habitude je n'aime pas trop les gens que je ne connais pas, je me suis tout de suite sentie à l'aise avec Rama. On s'est rencontrés dans le grand escalier de l'île, le troisième jour, alors que je venais juste de sortir de mon placard et que j'étais occupée à compter les marches (il y en a 672).

D'abord je n'ai vu que ses sandales. Elles étaient d'un brun presque aussi foncé que sa peau, composées d'une simple semelle et de deux lanières de cuir ; j'ai tout de suite vu qu'elles ne sortaient pas d'un magasin mais qu'elles avaient été faites à la main. J'ai pensé qu'elles plairaient à Néné et j'allais demander à leur propriétaire où il les avait trouvées quand j'ai remarqué qu'il avait six doigts de pied ; enfin, douze, vu qu'il avait deux pieds.

C'était bizarre alors je lui ai demandé s'il était au courant qu'il avait deux doigts de pied en trop.

Il m'a répondu que « oui », mais que dire qu'ils étaient « en trop » n'était qu'une question de point de vue présupposant que je me référais à un nombre couramment admis étant donné que, comme nous n'étions que deux dans cet escalier, douze doigts de pied au lieu de dix représentaient donc 50 % de la norme en matière de pieds à cet endroit.

C'était parfaitement logique et je lui ai demandé s'il savait à quel degré de normalité se positionnaient ses pieds à l'échelle de l'île.

Il savait : en tenant compte du fait que nous étions quarante-sept sur l'île, et qu'il était le seul à être polydactyle (ça veut dire qu'il a plus de doigts que le chiffre habituel), on obtenait un pourcentage de 2,12 %, c'est-à-dire beaucoup plus que le pourcentage mondial qui était lui de 0,17 %, soit 1,7 polydactyle pour 1 000 naissances.

Son raisonnement était intéressant alors je lui ai expliqué qu'étant moi-même, à ma connaissance, la seule artiste de l'île, je présentais donc un pourcentage de normalité identique au sien. Il en a convenu et il m'a demandé si j'aimais Bach et les mathématiques. J'ai répondu « oui » pour les maths et « je ne sais pas » pour Bach, parce que je ne savais pas ce que c'était.

Il a dit que c'était un musicien et puis il n'a plus rien dit.

Je ne pouvais pas passer car il était sur la 128e marche de l'escalier, que c'était un tout petit escalier et que je ne voulais pas le toucher alors je lui ai demandé s'il connaissait Sun Tzu et l'espagnol. Il a dit « non » pour Sun Tzu mais « oui » pour l'espagnol, car sa maman lui parlait souvent dans cette langue.

C'était une information intéressante, car même si j'avais appris l'espagnol toute seule dans le bateau je manquais tout de même de vocabulaire pour lire mes carnets, et demander à Rama c'était plus pratique que de chercher dans un dictionnaire.

Alors je lui ai parlé des carnets que j'avais pris dans le conteneur avant qu'il explose et il a accepté de m'aider à les déchiffrer. Depuis, on passe beaucoup de temps tous les deux et grâce à son aide j'ai déjà traduit un premier passage et ça donne ceci :

Carnet de Hernando

26 mai de l'an de grâce 1502

Père m'a offert ce carnet en maroquin de grand prix le jour de notre départ et, si je prends aujourd'hui ma plume pour en noircir les pages, c'est que les questions que je me pose sont beaucoup trop étranges pour que je puisse m'en ouvrir à quiconque sur ce navire.

Moi qui étais si heureux de partir à l'aventure et de suivre enfin les traces de ce père que je connais si peu, je découvre que l'image de héros que je m'étais forgée est très loin de la réalité.

Pour tout dire, et je tremble en écrivant ces mots, je me demande si père n'est pas en train de sombrer dans la plus extrême folie et je prie la Sainte Vierge tous les jours qu'elle nous prenne en pitié si cela était le cas.

Donc :

1 : J'ai un nouvel ami.
2 : Me renseigner sur Bach.

oups...

– Ça y est t'es propre ?

Néné avait profité que je sois sous la douche pour envahir mon espace vital et là, allongé sur mon lit, il jouait avec un de mes livres tout en m'observant.

– Bienvenue dans le monde des vivants mon pote, me lança-t-il en évitant de justesse la serviette que je venais de lui balancer ; parce que faut avouer que, question parfum, « Fleur de zombi » ça commençait à devenir lassant !

J'ai levé les yeux au ciel ; il avait peut-être raison, mais j'aurais bien aimé qu'il change de disque.

– Au lieu de faire le malin, pousse-toi un peu que je puisse accéder à mes fringues et dis-moi plutôt qui c'était cette gonzesse zarbie avec qui tu t'es ramené tout à l'heure.

Pas démonté pour un rond par ma remarque, Néné m'a renvoyé ma serviette et s'est carré encore plus confortablement sur mon lit avant de poursuivre.

– Ha, ha ! C'est donc pour ça que tu t'es enfin souvenu qu'on avait des douches sur l'île. J'me disais bien aussi qu'elle t'avait fait de l'effet, Inès… je me trompe ?

Hilare, Néné attendait ma réponse en roulant des yeux d'une manière tellement comique que j'ai souri malgré moi.

– T'es vraiment trop con ! J'en ai rien à faire de cette nana, t'as vu sa dégaine ? Pas un poil sur le caillou, des muscles de mec et cet air agressif qu'elle a ! C'est pas une fille, c'est un rottweiller, j'étais même surpris de l'entendre parler tellement je m'attendais à la voir aboyer.

– Tttttt, on ne me la fait pas à moi, me coupa Néné. Si elle ne t'intéresse pas, explique-moi pourquoi tu as pris une douche juste après l'avoir rencontrée alors qu'on te supplie tous de le faire depuis des jours ? Alors ? T'avais chaud ? T'as vu de la lumière dans la salle de bains alors t'es entré, ou t'as enfin compris que tu ne pourrais pas servir d'arme chimique contre les Autodafeurs ?

Ce n'est pas que je ne voulais pas lui répondre, c'est juste que j'en étais incapable car, même si je devais bien avouer que cette fille n'était pas étrangère à ma subite envie de sentir moins mauvais, je ne savais pas au juste *pourquoi*.

Cette nana représentait l'antithèse de ce que j'aimais chez une fille : pas de longs cheveux soyeux, pas de longues jambes, de minishort sexy, pas d'yeux brillants soulignés de mascara ni de tee-shirt trop petit judicieusement associé à une bonne capacité respiratoire.

Pourtant, quelque chose chez elle m'avait réveillé ; peut-être l'agacement, à moins que ce soit sa voix rauque, presque masculine et teintée d'un accent dont les « r » semblaient rouler comme des pierres au fond d'un torrent. Je ne sais pas, je ne la voyais pas comme une fille mais plutôt comme un adversaire, une égale, quelqu'un de dangereux et, quelque part, ça m'intriguait.

– Hé ! tu rêves ? Déjà dans les bras d'Inès, le tombeur ?

Néné s'était emparé de mon oreiller et l'embrassait fougueusement en poussant des gémissements ridicules :

– Hô ouiiii, Inès, embrasse-moi mon amour, ouiiiii…

Avec son short effrangé, sa chemise hawaïenne récupérée on ne sait où et ses cheveux en vrac, Néné offrait l'image flippante d'un échappé de l'asile en manque d'amour et j'ai senti monter en moi quelque chose dont j'avais perdu le souvenir depuis près d'un mois : une furieuse envie de rire. Aussi, j'ai attrapé son oreiller et je me suis précipité sur lui en hurlant.

La bataille fut acharnée mais le résultat était couru d'avance ; mon pote était peut-être un as en informatique, mais côté bagarre il était plus proche du poulet asthmatique atteint de grippe aviaire que du coq de combat. En moins d'une minute j'étais victorieux ; les deux oreillers trépassés, réduits à l'état de plumes, flottaient dans l'atmosphère, et j'étais assis à califourchon sur Néné en lui maintenant le bras gauche dans le dos par une clé serrée mais peu douloureuse.

– Alors, c'est qui le plus fort ? lui hurlai-je à l'oreille en lui frictionnant la tête. Il fait moins le malin le donneur de leçons ; d'autant que si je me souviens bien, pour ce qui est de choisir tes copines, t'es quand même pas au top, mec. Tu veux que je te rafraîchisse la mémoire et que je te parle de la « délicieuse » Jessica ?

– Nooonnn, pas Jessica, pitié, tout mais pas ça, Gus, je te dirai tout ce que tu veux savoir, gémit Néné en frappant le matelas avec sa main droite en signe de reddition.

Je le relâchai et me laissai retomber à côté de lui en souriant.

Dieu que c'était bon de se marrer.

– Alors, c'est qui cette nouvelle venue dans notre espace spatio-temporel ? Une Gardienne, une Traqueuse, une Propagatrice ? Vu son look de GI Jane, je pencherais plutôt pour une Traqueuse et à l'accent, je dirais Europe ou Amérique du Sud… alors Watson, je me trompe ?

À poil sur le lit au milieu des plumes et de nos oreillers éventrés, je me tournai vers Néné dans l'attente de sa réponse quand je remarquai tout à coup son air gêné.

– Ben quoi ? Qu'est-ce qu'y a ? C'est tout de même pas la première fois que tu me vois à poil, ça ne te gêne pas autant d'habitude.

Il ne m'a pas répondu mais le coup d'œil discret qu'il lança vers l'entrée me fit comprendre que la source du problème n'avait rien à voir avec lui.

Sans me retourner je grimaçai et le hochement de tête de Néné me confirma ce que je craignais : quelqu'un se tenait sur le pas de la porte et avait une vue magnifique sur mon… enfin, vous avez compris.

J'ai fermé les yeux en soupirant et la voix d'Inès, un brin moqueuse, a retenti dans la chambre.

– Dites, les amoureux, désolée de vous déranger mais Marc De Vergy vient d'arriver. Tout le monde est convoqué dans la salle de réunions, alors vous vous faites un dernier bisou, et vous nous rejoignez… Ah et, si possible, si tu pouvais dire à ta petite copine de s'habiller, Néné, ce serait cool pour tout le monde, a-t-elle conclu avant de nous laisser seuls au milieu des plumes.

journal de Césarine

Ici, les filles et les garçons sont séparés. Gus dort avec Néné et, moi, j'ai une chambre avec maman. J'aime bien parce que la nuit je l'écoute respirer et ça m'aide à dormir.

Maman va mieux, depuis notre arrivée à Redonda elle a pris du poids, elle marche toute seule et elle a même commencé l'entraînement avec maître Akitori. Évidemment elle ne fait pas grand-chose parce qu'elle se fatigue encore très vite et elle ne nous serait pas très utile en cas de combat, mais elle progresse tous les jours et ça lui fait du bien.

Pour Gus, c'est une autre histoire. Depuis que nous sommes descendus du bateau, il reste dans sa chambre et ne quitte presque pas son lit. Il commence même à sentir très mauvais et je ne sais pas comment fait Néné pour dormir avec lui, d'autant qu'il m'a raconté que mon frère se réveille en hurlant presque toutes les nuits.

J'ai bien essayé d'aller lui parler, à Gus pas à Néné, mais il n'y a rien à faire ; dès que je lui demande de m'expliquer pourquoi il crie la nuit et ne quitte plus sa chambre, il devient tout blanc, se met à trembler et s'assoit sur ses mains comme si elles le dégoûtaient. Le médecin de l'île pense que mon

25

frère souffre d'un SPT (ça veut dire syndrome post-traumatique) et que tant qu'il ne réussira pas à en parler il sera incapable de s'en libérer. Du coup, tous les jours, j'insiste ; mais pour l'instant ça ne marche pas.

Rama, qui aime bien tout calculer, m'a dit de ne pas m'inquiéter parce que, statistiquement, compte tenu de son âge, de sa bonne forme physique et de son entourage affectif, mon frère avait près de 78,7 % de chances de sortir de sa dépression rapidement. 78,7 % ça laisse tout de même 21,3 % de chances qu'il ne s'en sorte pas et, même si les chiffres sont en sa faveur et que Rama dit que les chiffres ne mentent jamais, j'avoue que je préférerais me rapprocher de 100 %.

Même si maman va mieux physiquement je sais qu'elle est toujours triste, car elle ne sourit plus. Je pensais que c'était à cause de papa, papi et mamie qui étaient morts et de mon frère qui n'allait pas bien, mais quand j'en ai parlé avec Gus il m'a dit que j'avais tort. Sa théorie, c'est que maman est triste parce que son prof est fâché contre elle depuis qu'elle a largué le caisson des archives de la chapelle et qu'elle a provoqué leur destruction par la roquette des Autodafeurs.

Au début j'ai trouvé l'explication de mon frère complètement idiote car, même si je dormais quand ça s'est passé, il était évident que si maman n'avait pas largué cette caisse nous serions tous morts et en plus le trésor de la Confrérie serait entre les mains des Autodafeurs. Donc, maman avait raison, le prof avait tort, et moi j'avais vraiment bien fait de garder les deux petits carnets de cuir écrits en espagnol avant qu'ils soient mis dans la caisse parce qu'autrement ils auraient été détruits aussi. Mais ça je ne lui ai pas dit.

La théorie de mon frère concernant le chagrin de maman était donc idiote pourtant, ce matin, quand je suis rentrée de mon entraînement de combat j'ai trouvé le prof de Gus et maman qui se parlaient en se tenant très proches l'un de l'autre. Comme je sais qu'ils n'ont pas de problèmes d'audition, et qu'ils n'avaient même pas remarqué que j'étais là, j'ai compris que Gus n'avait peut-être pas tout à fait tort alors je suis ressortie sans faire de bruit pour aller voir si Rama savait pourquoi Marc DeVergy était de retour.

Donc :

1 : Parfois Gus dit des choses qui ne sont pas idiotes.
2 : Peut-être que maman va se remettre à sourire.

salle de réunions

C'était la première fois que je quittais la chambre depuis notre arrivée sur Redonda alors, tout en courant dans les couloirs derrière Néné, je ne pouvais pas m'empêcher d'écarquiller les yeux.

Vu que j'avais toujours refusé de sortir je ne connaissais presque rien de l'île sur laquelle nous nous étions réfugiés. Mon seul souvenir datait de la nuit où nous avions débarqué et, tout ce que j'en avais retenu, c'était l'image d'un caillou pelé parcouru de longs couloirs obscurs et je ne m'attendais pas du tout à y découvrir une immense salle de réunions !

— La vache ! ne puis-je m'empêcher de siffler.

Creusé au plus profond de l'île, cet espace ressemblait à un monstrueux ventre de pierre brute ; une sorte de caverne minérale sans aucune ouverture vers l'extérieur, uniquement éclairée par de vieilles suspensions métalliques dont les énormes ampoules globuleuses projetaient leur lumière froide sur des murs uniformément gris. Face à nous, derrière une marée de chaises pliantes occupées par les autres jeunes de la Confrérie, on apercevait une estrade où une longue table avait été dressée sous un écran géant prêt à diffuser. Le contraste des murs bruts avec ce rectangle high-tech luminescent rendait la scène encore plus surréaliste.

Évidemment, comme nous étions les derniers, la salle était bondée et j'allais me résigner à rester debout vers la porte du fond quand Néné me tira par le bras pour m'entraîner vers une des rangées les plus proches de l'estrade.

– Viens Gus, regarde, Shé nous a gardé deux places.

Shé, c'était Sherazade, la nouvelle copine de Néné, une végétarienne imbattable aux échecs et encore plus geek que lui. En un mois je ne l'avais vue que les trois fois où elle était passée chercher mon pote dans notre chambre, mais grâce aux interminables monologues de Néné j'avais l'impression de tout savoir à son sujet.

Sagement assise, le dos bien droit et les mains croisées sur les genoux, Shé tranchait sur les autres filles de la salle. Autour de nous les nanas avaient toutes l'air plutôt cool, à l'aise dans leurs baskets, et étaient sapées d'une manière adaptée à la chaleur humide qui régnait ici, c'est-à-dire… pas beaucoup couvertes. Mais Shé, elle, ne laissait pas apparaître plus de peau que nécessaire. Vêtue d'une longue tunique prune aux manches légères comme un souffle d'air et d'un sarouel bleu nuit resserré sur ses chevilles fines, Shé ressemblait à une hiératique princesse des Mille et Une Nuits ; impression confirmée par ses yeux noirs et sa chevelure couleur de jais dont une unique mèche s'échappait du foulard encadrant son visage.

D'origine iranienne, je savais par Néné qu'elle avait perdu une grande partie de sa famille lors de la révolution islamique et que son père croupissait depuis des années dans une prison politique pour avoir « propagé des livres blasphématoires »… comprenez qu'il avait ouvert une école laïque dans un pays qui ne l'était pas.

Envoyée secrètement en Suisse à sept ans par ses parents, dernière descendante des Propagateurs d'Orient, parlant couramment le farsi et l'arabe, Shé était la seule résidente de l'île à pouvoir étudier les documents provenant de cette partie du globe et, à ce titre, elle était celle qui passait le plus de temps dans la salle de commandement normalement réservée aux adultes.

Bref, derrière cette image de princesse fragile se cachait une âme d'acier trempé dans le malheur et une intelligence hors pair tournée vers un seul objectif : détruire ceux qui lui avaient tout pris, à savoir les Autodafeurs.

– Bonjour, Shé. Tu sais pourquoi on est tous là ? lui demandai-je en m'asseyant.

Si Néné et elle n'étaient pas au courant, personne ne le serait, grâce aux bavardages de mon pote j'avais compris que, malgré l'interdiction totale qui nous avait été faite de communiquer avec l'extérieur, ces deux-là passaient leur temps à pirater le Web pour la Confrérie et rares étaient les infos qui leur échappaient. Mais le regard agacé que Shé me lança me fit comprendre qu'elle ne savait rien… et que ça ne lui plaisait pas du tout.

– Tu ne sais pas que ça fait plus de dix-huit heures que le réseau mondial a sauté ? C'est comme si quelqu'un avait trouvé le compteur général et coupé le disjoncteur, me dit-elle en mimant l'action d'un coup sec. La seule chose qu'on arrive encore à capter ce sont les réseaux hertziens et, comme la portée est courte, nous ne recevons que les émissions des bateaux qui passent au large ou les stations de radio de Montserrat, ajouta Shé en grimaçant d'un air dégoûté.

Je comprenais sa mauvaise humeur ; Montserrat, c'était l'île la plus proche de notre caillou, un territoire pauvre dont l'explosion du volcan il y a quelques années avait rendu la moitié de la surface inhabitable, et je me doutais qu'en termes d'info les stations de radio locales ne devaient pas être au top de l'actu.

— C'est sûrement pour ça qu'on est là, DeVergy est arrivé ce matin, il doit avoir une explication à ce foutoir, intervint Néné.

Shé glissa sa mèche rebelle sous son foulard avant de soupirer :

— J'espère, parce que ça fait dix-huit heures que je suis collée à Radio Caraïbes et j'ai écouté tellement de reggae que j'ai l'impression d'avoir des dreadlocks qui me sortent du crâne.

L'image de Shé transformée en Bob Marley s'imposa une seconde à mon esprit et j'allais répliquer par une connerie quand le silence s'abattant sur la salle me fit comprendre que ce n'était pas le moment.

Sur l'estrade, derrière la longue table, six adultes venaient de prendre place. Je reconnus maître Akitori, Marc DeVergy, Mamina mais aussi le Doc, un Canadien rondouillard qui était venu me voir plusieurs fois depuis notre arrivée… mais l'homme et la femme siégeant au centre de l'estrade m'étaient totalement inconnus. Plus âgés que les autres, ils étaient les seuls à ne pas avoir revêtu la tenue de combat noire propre à la Confrérie. Habillés de blanc, ils semblaient étrangement proches, comme un frère et une sœur ; même regard clair, même visage aux traits fins, mêmes cheveux blancs coupés très court, à l'exception d'une chose… la peau de la femme était aussi noire que celle de l'homme était blanche. Encadrés par Marc et maître Akitori, ils paraissaient fragiles et pourtant il se dégageait d'eux une aura ne laissant aucun doute sur leur position au sein de cette réunion : la première !

– C'est qui les jumeaux bicolores du milieu ?

J'avais beau avoir chuchoté à l'oreille de Néné, je n'avais pas été assez discret et Shé se pencha légèrement en me jetant un regard lourd de désapprobation.

– Ce sont deux des Diadoques, Marimba est la Diadoque d'Afrique, Alexandre Vostokov le Diadoque d'Europe ; si tu étais sorti de ton trou, tu les aurais certainement croisés, ils sont arrivés ce matin sur Redonda.

Je fusillai Néné du regard.

– Pourquoi tu ne m'as rien dit ?

– Hé mon pote, y a pas écrit France Info là ! Si tu voulais être au courant t'avais qu'à bouger tes fesses aussi !

Néné 1/Gus 0. Il avait raison et, un peu gêné, je retournai mon regard vers les Diadoques pour les observer avec plus d'attention.

Lors de ma formation, Marc m'avait parlé de ces membres importants de notre Ordre qui tenaient leur nom de celui des plus proches généraux d'Alexandre. À l'origine il n'en existait que deux, un pour l'Orient, un pour l'Occident, mais de nos jours ils étaient cinq, un par continent, et leur rôle était de coordonner les actions de la Confrérie. Étant les seuls à posséder la totalité des informations nous concernant, leur identité était tenue secrète et rares étaient ceux pouvant se vanter de leur avoir déjà parlé. Alors, en avoir deux dans la même pièce, qui plus est à visage découvert, soulignait la gravité de la situation.

Il était difficile de leur donner un âge. De ma place je distinguais leur peau fine, parcheminée, les taches de vieillesse sur leurs mains osseuses, leurs cheveux cendrés presque blancs ; pourtant, il se dégageait d'eux une telle sérénité, leurs yeux paraissaient si jeunes que je n'arrivais pas à trancher.

Sans élever la voix, Marimba fut la première à s'exprimer et son timbre doux et chantant se mit à résonner sous les voûtes de pierre brute.

– Mes enfants, voici maintenant vingt-quatre siècles que nous préservons la mémoire du monde, vingt-quatre siècles que nous léguons à l'humanité ses textes les plus précieux en lui permettant d'avancer peu à peu vers la vérité. Vingt-quatre siècles de progrès mais aussi de retours en arrière, vingt-quatre siècles de lumière et d'obscurantisme, de victoires et d'échecs. Nombreuses furent les époques où notre message fut effacé, nombreux furent les dictateurs, les extrémistes, les intégristes qui pensèrent nous avoir fait taire définitivement. Mais nous ne nous sommes jamais couchés, nous n'avons jamais abandonné. Sous la cendre des plus grands brasiers, sous les décombres des cités, sous les ossements des hommes martyrisés, toujours nous avons su trouver l'étincelle infime de la vérité, la braise palpitante de la mémoire ; toujours nous avons su souffler sur ces restes mourants pour faire renaître la flamme de l'espoir dans le cœur des hommes !

Debout, derrière la longue table, les mains serrées à la hauteur de son cœur, Marimba pesait chacun de ses mots. Semblant attendre que son message s'inscrive profondément dans nos esprits. Elle s'arrêta et prit le temps de poser son regard profond sur chacun d'entre nous avant de reprendre.

– Mes enfants, si nous vous avons réunis aujourd'hui, c'est pour vous annoncer que l'ennemi qui semblait endormi depuis des années vient de se réveiller et qu'il a lancé contre nous la plus grande attaque jamais conçue contre l'humanité.

En prononçant cette dernière phrase, sa voix s'était légèrement fêlée, comme si les mots eux-mêmes devenaient trop durs à prononcer. À part Marimba, tous les adultes assis derrière la grande table de l'estrade gardaient la tête baissée, chacun semblant perdu dans sa propre bulle de douleur, et dans la salle des murmures angoissés commencèrent à s'élever. Je ne disais rien mais je comprenais mes camarades ; comment rester calme si les adultes eux-mêmes ne semblaient pas capables de maîtriser la situation ?

Debout aux côtés de Marimba, le Diadoque d'Europe sembla enfin se réveiller et leva les mains pour calmer les murmures. Le silence se fit immédiatement.

– Il y a trois jours, le projet XIe plaie d'Égypte des Autodafeurs a été déclenché. À minuit, heure de Greenwich, suivant le rythme de rotation de la terre, les insectes génétiquement modifiés qu'ils avaient patiemment répandus dans les plus grandes bibliothèques du monde ont été activés et ont commencé leur œuvre de destruction. Malgré nos efforts, je dois vous annoncer qu'à l'heure où je vous parle… la quasi-totalité du stock mondial de livres est en train de disparaître.

journal de Césarine

Ce qu'il y a de bien à habiter sur une île qui est une ancienne mine, c'est qu'il y a des galeries partout et qu'il suffit d'avoir une bonne carte pour pouvoir se déplacer discrètement sans que personne ne vous voie.

En rangeant la bibliothèque de l'île, j'ai trouvé une carte (au passage, je précise que je ne comprends toujours pas pourquoi tout le monde est si fâché contre moi alors que j'ai tout de même passé la nuit entière à classer les livres par tailles et par couleurs). Cette carte était glissée dans un dossier sur les travaux effectués par la Confrérie dans l'île après qu'elle l'avait achetée.

Sur cette carte, chaque galerie est localisée avec précision : en rouge il y a les couloirs que tout le monde utilise et en bleu ce sont les galeries techniques fermées à clé qui servent pour la ventilation.

Ce qui est pratique avec ces galeries bleues, c'est que comme toutes les grilles d'aération de l'île donnent directement dedans, ça nous permet d'entendre tout ce que les gens se racontent.

Grâce à cette carte, et à la clé passe-partout que j'ai « empruntée » à maître Akitori, Rama et moi pouvons espionner tout le monde sans nous faire voir et, même si ce n'est certainement pas autorisé (surtout que maître Akitori cherche sa clé depuis quinze jours et commence à me regarder bizarrement), c'est bien pratique pour comprendre ce qui se passe.

De toute manière, étant donné que tout ce qui ne nous a pas été clairement défendu peut être considéré comme permis, il nous suffit de ne pas vérifier si nous avons la permission et de ne pas nous faire voir.

Quand les grands veulent nous tenir à l'écart de leurs projets ils nous demandent d'aller « jouer ailleurs », ce qui est idiot car 1 : je n'ai jamais joué à quoi que ce soit et 2 : laisser les adultes décider tout seuls de notre avenir se termine toujours par une catastrophe.

Donc nous utilisons les galeries bleues pour écouter ce qu'ils se racontent et leur éviter de faire des bêtises, et c'est ce que nous avons fait quand les Diadoques sont arrivés dans la salle des ordinateurs avant de s'y enfermer pour discuter.

Comme d'habitude, j'avais raison : leur plan est complètement idiot. Je pourrais recopier la totalité de ce qu'ils ont dit mais ça ne servirait à rien, vu que le problème des adultes quand ils sont en groupe c'est qu'ils ne savent pas aller à l'essentiel.

Moi, quand je vois La Joconde, je dis que c'est une femme assise qui sourit. Voilà.

Eh bien, les grands, non.

Eux, quand ils parlent de ce tableau ils parlent du paysage, de la couleur de son voile, de son mari, de ses enfants et de tout un tas d'autres choses qui, si on les mettait toutes sur le tableau, ça ferait une bande dessinée de dix mètres carrés.

C'est comme parler de quelqu'un en donnant la couleur de sa culotte et le nombre de ses taches de rousseur avant de dire son nom, son sexe et son âge. N'importe quoi.

Là, comme toujours, les grands ont parlé une heure et quarante-huit minutes pour expliquer ce que je peux vous résumer en quatre points essentiels :

1 : la destruction des livres par les insectes génétiquement modifiés a débuté et a déclenché une panique mondiale ;

2 : cet événement inexplicable a permis aux Autodafeurs infiltrés dans les gouvernements de réclamer des mesures d'urgence pour « préserver la mémoire du monde » ;

3 : en proposant de mettre gratuitement à la disposition des États sa base de données contenant les millions de livres déjà scannés par Goodbooks, Adam Murphy passe pour un sauveur et l'ONU a voté une résolution lui donnant les pleins pouvoirs pour « détruire les livres infectés, recenser et scanner en urgence les livres encore sains » et demandant aux nations de lui apporter « toute l'aide nécessaire à la réalisation de cette tâche » ;

4 : grâce à ce mandat de l'ONU, Adam Murphy a obtenu l'autorisation temporaire de prendre le contrôle du Web pour « effectuer une sauvegarde de tous les textes existants ». Résultat, Internet est momentanément coupé et les populations du monde entier sont en train de confier leurs livres aux agences de Goodbooks pour « conservation ».

Rama, lui, arrive à faire encore plus court que moi ; il a juste dit que c'était « une parfaite démonstration de la loi de Murphy » et, même si ce n'est pas très clair si vous ne connaissez pas cette théorie, c'est un bon résumé.

En tout cas, les grands, eux, il leur a fallu une heure et quarante-huit minutes pour arriver à la conclusion que si ce plan arrivait à son terme Goodbooks serait le seul dépositaire des écrits du monde et pourrait les modifier comme il le souhaite.

Ils ont parfaitement raison mais une heure quarante-huit c'est tout de même très long, surtout quand tu dois rester debout dans le noir sans faire de bruit. Même qu'au bout d'un moment j'ai eu peur d'être obligée de partir pour aller faire pipi ; mais j'ai pensé à autre chose, à un désert très chaud, et l'envie est passée. Heureusement, sinon j'aurais raté le plus important, c'est-à-dire ce qu'ils ont décidé de ne pas nous dire pour ne pas nous effrayer. Même qu'avec Rama on s'est dit que, pour une fois, les grands avaient pris la bonne décision.

Donc :

1 : Penser à faire pipi avant d'aller espionner les adultes.

2 : Voir si je peux répéter à Gus ce que je viens d'entendre sans risquer qu'il fasse une bêtise.

incompréhension

Immédiatement après que Vostokov eut lâché sa bombe, le silence vola en éclats. Même Néné et moi, qui étions bien placés pour comprendre ce qui venait de se passer avec les IGM*, accusions le coup, alors pour les autres la surprise devait vraiment être totale.

Rapidement, les questions fusèrent :

— Comment ça, les livres sont en train de disparaître ? demanda une jeune fille à l'accent italien très prononcé.

— Et c'est quoi cette histoire d'insectes ? ajouta une de ses amies.

Vostokov leva la main en signe d'apaisement mais, avant qu'il ne puisse ouvrir la bouche, un jeune type sur ma gauche se leva pour l'apostropher :

— Si vous saviez ce qui allait se passer, qu'est-ce qu'on fiche ici à se terrer comme des rats au lieu d'être sur le terrain à se battre contre les Autodafeurs ?

---

* Insectes génétiquement modifiés.

Il n'était pas seul à être de cet avis, car peu à peu la pièce se mit à retentir de cris et de questions dans un brouhaha indescriptible.

Imperturbables au milieu de la foule, Shé, Néné et moi étions les seuls à nous taire ; et pour cause, nous n'avions pas besoin de poser de questions vu que nous connaissions déjà la majorité des réponses.

– A *priori* Marc et ta grand-mère n'ont pas réussi à fabriquer de machine pour contrer les IGM, me chuchota Néné d'un air désolé.

– J'en ai bien l'impression…

En prononçant cette phrase, je pris conscience de ce qu'elle impliquait : si le vol du boîtier de commande du prototype des Montagues n'avait servi à rien, ça signifiait AUSSI que j'avais tué un homme pour rien et, comme une chape de plomb, le lourd manteau de la dépression qui s'était un peu soulevé ce matin retomba sur moi.

J'allais me lever pour retourner dans mon lit quand une petite voix retentit tout à coup à mes côtés :

– C'est idiot de poser des questions sans écouter les réponses.

Avec tout ce bazar, je n'avais même pas entendu ma sœur s'approcher. Debout à côté de ma chaise, elle contemplait le bordel avec la fascination d'une entomologiste scrutant la panique des fourmis pendant une inondation.

– Et ils font quoi là ? insista-t-elle en haussant la pointe de ses sourcils.

– Ils viennent d'apprendre par les Diadoques que le plan des Autodafeurs a été lancé et que les livres pour lesquels ils se battent depuis des siècles sont en train de disparaître, soupirai-je en désignant l'estrade d'un coup de menton.

— Et alors ? me retourna-t-elle avec le regard qu'elle prenait toujours quand elle se mettait à douter de mes capacités mentales. *Pourquoi* ils réagissent comme ça, en s'agitant partout et en parlant tous en même temps ? C'est idiot, conclut-elle en haussant les épaules.

Encore une fois, ma sœur n'avait pas tort. Pourtant, même si je comprenais que ces jeunes surentraînés soient un peu furax d'avoir été tenus loin de la bataille, ma récente expérience du terrain m'avait prouvé que certaines situations n'étaient pas du ressort d'une bande d'ados… aussi dévoués et motivés soient-ils.

J'étais bien placé pour savoir qu'entre « se sentir prêt » et « être prêt » il y avait une sacrée marche et, pour la première fois de ma vie, je comprenais l'attitude protectrice des adultes.

— Tu as raison, Cés. Techniquement ce qu'ils font ne sert à rien, mais psychologiquement ça leur permet d'évacuer leur stress et leur frustration de n'avoir rien pu faire pour empêcher le pire, tentai-je de lui expliquer.

Debout à ses côtés, le drôle de petit bonhomme qui l'accompagnait partout depuis que nous étions arrivés sur l'île regardait lui aussi la salle avec fascination. À la différence de Shé, Rama n'accordait aucune importance à l'intimité des autres et j'avais dû me le fader un nombre de fois incalculable ; le moins que je puisse dire, c'est qu'il m'exaspérait au plus haut point.

— Regarde, Césarine, ce mouvement de foule pourrait être mathématisé, jeta-t-il tout à coup à ma sœur.

C'est une réaction en chaîne exponentielle. Quand la fille x a posé la première question, elle a commencé par être suivie par les autres filles $x+$ de son groupe puis par les garçons y les plus forts, probablement pour les impressionner. C'est vraiment intéressant de voir à quel point les actions humaines sont prévisibles. Tiens, maintenant que tout le monde parle dans tous les sens je te parie qu'un *nouveau facteur*, qu'on pourrait appeler z, va s'ajouter à l'équation pour modifier son mouvement.

Néné et moi nous sommes regardés en levant les yeux au ciel. Non seulement ce gosse était pire que ma sœur, mais en plus nous savions, pour en avoir déjà fait l'expérience, que quand il était lancé dans une de ses théories farfelues il pouvait en avoir pour des heures.

– Rama, s'il te plaît, n'en rajoute pas, grognai-je en espérant le couper dans son élan.

Ma remarque n'aurait pas suffi à l'arrêter si un bruit sourd de gong n'avait pas retenti à cet instant précis.

– Le facteur z, murmura Rama à ma sœur tout en me tirant la langue.

Dieu que ce gosse était exaspérant !! S'il n'avait pas été aussi petit je lui aurais volontiers collé une baffe, et je pense que même Néné le pacifique en crevait d'envie, mais un regard de ma sœur m'en dissuada aussitôt. Pour une raison qui me dépassait complètement, Césarine appréciait Rama et je doutais qu'elle me laisse lui coller une raclée sans réagir…

De toute manière, le gong avait eu l'effet escompté sur nos camarades en attirant leur attention sur DeVergy qui venait de se lever.

Malgré la tension que nous lisions sur ses traits, Marc, avec sa musculature féline et ses tatouages énigmatiques, était toujours aussi impressionnant. Debout au-dessus de la foule, il promena lentement son regard sur les rangées, ses yeux verts lançant des éclairs sur les plus virulents et, peu à peu, tous commencèrent à s'asseoir et à se calmer. En moins d'une minute il avait réussi à dompter la salle et chacun attendait qu'il se mette à parler.

– Bien. Nous nous doutons tous du choc que cette annonce représente pour vous. Nous avons conscience que vous vous sentez exclus, que vous êtes inquiets pour vos parents et que vous êtes tous impatients d'agir. Aussi, je ne vous mentirai pas ; notre échec est cuisant, nos rangs sont décimés et les seules nouvelles qui nous parviennent sont pires que tout ce que vous pouvez imaginer. Mais avant de vous exposer ce que nous attendons de vous, nous pensons qu'il est indispensable que vous compreniez ce qui vient de se passer.

Marc laissa passer quelques secondes avant de reprendre :

– L'an dernier, grâce aux découvertes d'un des Gardiens français, nous avons compris que les Autodafeurs s'étaient réveillés et avaient lancé un plan de grande envergure. Malheureusement, ce Gardien a été assassiné avant de pouvoir nous révéler la teneur exacte de ce plan et ce n'est qu'il y a quelques semaines que nous avons eu accès à des découvertes que je vais laisser maître Akitori vous résumer.

Pendant que Marc cédait la parole à maître Akitori, je sentis que Césarine me tirait par la manche.

– Pourquoi il ne dit pas que c'est papa, le Gardien qui a été assassiné ?

Je haussai les épaules.

– Je n'en sais rien, de toute façon, ça n'a pas beaucoup d'importance et puis j'aime autant parce qu'autrement tu te doutes bien que tous les autres viendraient nous voir pour en savoir plus, ajoutai-je en faisant la grimace.

– Et il est passé où le mec qui rêvait d'être populaire ? glissa Néné pour détendre l'atmosphère.

J'aurais bien répondu que ce mec-là était mort dans une clairière en prenant la vie d'un type à grands renforts de coups de poings, mais je n'étais toujours pas prêt à parler de cet épisode à qui que ce soit, alors je me suis contenté de secouer la tête en désignant l'estrade du menton.

Debout, maître Akitori avait animé le grand écran et commentait un planisphère à l'aide d'un stylet lumineux. Nous n'avions pas entendu le début de son exposé, mais nous en savions assez pour comprendre que la multitude de points rouges correspondait à la liste que nous avions découverte dans l'ordinateur de mon père, à savoir celle des bibliothèques équipées par Godeyes de leurs photocopieuses scanners infectées aux IGM.

Le jour où j'avais découvert cette liste je l'avais déjà trouvée impressionnante, mais ce n'était rien en comparaison de cette pluie de points rouges qui apparaissaient à présent sur le globe.

– Dis donc, je ne me souvenais pas qu'il y en avait tant que ça sur le listing de mon père, glissai-je discrètement à Néné en désignant la carte.

– T'as raison ; mais tu te souviens que, quand tu étais avec Bart dans le labo des Montagues, j'avais infiltré leur système informatique ; eh bien j'en ai profité pour copier un max de dossiers et c'est ce qui a permis de mettre la liste à jour.

La carte s'effaça tout à coup pour laisser place à un organigramme aux branches multiples dont je ne connaissais que quelques noms. Ne comprenant pas à quoi j'avais affaire, je fis signe à Néné de se taire et me concentrai sur les paroles de maître Akitori.

– Si nos ennemis ont réussi à percer l'identité de nombreux membres de notre Ordre, je peux vous annoncer aujourd'hui que nous avons, nous aussi, fait un pas décisif dans la mise à jour des principaux acteurs des Autodafeurs. Nos dernières informations semblent montrer qu'Adam Murphy, grand patron multimilliardaire de *GoodBooks*, serait, si ce n'est à la tête, au moins un des membres importants du Consistoire des Autodafeurs.

Cette nouvelle n'en était pas une pour nous mais, en entendant le nom mondialement connu de Murphy associé à celui des Autodafeurs, les bruissements de la salle recommencèrent, obligeant maître Akitori à patienter quelques instants avant de reprendre son exposé.

– Comme vous pouvez le constater sur ce schéma, une étude approfondie des sociétés d'Adam Murphy et de leurs clients nous a permis de déduire quels pourraient être les autres principaux membres des Autodafeurs. Évidemment, au premier rang de ceux-ci vous trouvez la famille Montagues dont la société Godeyes fabrique les photocopieuses qui ont propagé les IGM ; mais le plus grave est que la quasi-totalité des gouvernements et des institutions religieuses de ce monde sont gangrenés par des Autodafeurs. Asie, Afrique, Europe, Amérique, Océanie… pas un continent, pas un pays qui ne soit touché par ce mouvement. Nous leur avons trouvé des contacts parmi les plus grands hommes politiques, auprès des universités, des médias, des organisations terroristes et même de certaines ONG.

Tout en parlant, maître Akitori faisait glisser son stylo lumineux d'une case à l'autre de l'organigramme en un ballet glaçant qui nous fit prendre conscience de l'ampleur de la conspiration des Autodafeurs. Nous les croyions endormis depuis la fin de la Seconde Guerre mondiale, mais ce silence n'était que celui de l'araignée tissant sa toile avec la patience de celle qui sait que, demain, sa proie se laissera surprendre.

– Ça aussi c'est à toi qu'on le doit ? demandai-je à Néné en désignant la multitude de noms dévoilés peu à peu par maître Akitori.

Mon pote hocha la tête gravement avant d'ajouter :

– Ouais, en partie, mais moi j'ai juste collecté les données ; pour l'analyse c'est le ptérodactyle qui s'en est occupé. C'était codé par un algorithme tellement complexe que personne n'y comprenait rien et, tout à coup, le nain agaçant s'est pointé et en une nuit il avait résolu le truc.

Il me fallut quelques secondes avant de comprendre ce qu'un dinosaure venait faire dans cette histoire, mais comme ce n'était pas vraiment le moment d'expliquer à Néné la différence entre un *ptéro* et un *poly*dactyle, je me suis contenté de glisser un coup d'œil vers Rama qui griffonnait je ne sais quoi sur son carnet; quel que soit le nombre de doigts que cet enquiquineur possédait, je commençais à comprendre pourquoi ma sœur s'entendait bien avec lui: c'était tout simplement une méga tronche… comme elle.

pas de bol

Quand maître Akitori a enfin éteint l'écran géant pour nous signifier qu'il n'avait plus rien à nous dire et que la seule chose à faire était de continuer à nous entraîner et de garder espoir, nous sommes tous restés dans la salle sans savoir quoi faire. Même s'il nous avait clairement demandé de reprendre le cours de nos activités, nombreux furent les jeunes à rester sur place et à former de petits groupes pour échanger sur ce qu'ils venaient d'apprendre. Tout le monde avait peur et ce besoin de parler n'était qu'une manière, dérisoire, de se rassurer.

Césarine, Shé, Rama, Néné et moi faisions partie de ceux qui avaient du mal à quitter la salle mais, à la différence des autres, notre petit groupe restait silencieux ; probablement parce que nous en savions plus qu'eux et que nos pensées étaient tournées vers ce qui n'avait pas été dit… notamment que c'était grâce aux archives qu'ils nous avaient volées à Sainte-Catherine que les Autodafeurs avaient pu repérer et éliminer une bonne partie des membres de notre Ordre, mais aussi que, sans ma fâcheuse tendance à désobéir, le trésor de la chapelle n'aurait pas explosé en vol en faisant disparaître à jamais les plus anciens carnets de bord de la Confrérie !

Même si mon nom n'avait pas été cité, je ne pouvais pas m'empêcher de ressentir chacun des « comment on va faire ? » de mes camarades comme une accusation personnelle et ma chambre recommença à me manquer.

Césarine fut la première à bouger ; elle voulait voir Mamina pour lui parler « d'un truc » et, bien entendu, Rama la suivit en marmonnant je ne sais quoi sur une espèce de « loi de Murphy » dont il fallait changer un des termes de l'équation pour en inverser le résultat.

– C'est quoi ce truc dont il parle sur Murphy ? demanda Néné en les regardant s'éloigner.

– J'en sais rien et je m'en fous un peu ; il est complètement maboule ce môme, à mon avis y a rien à comprendre, grognai-je un peu agacé.

Mais Shé avait un autre avis sur la question.

– Pas sûr, glissa-t-elle. Je ne pense pas qu'il fasse référence à *Adam* Murphy mais plutôt à *Edward* Murphy, un ingénieur aéronautique américain qui, en 1947, a théorisé la loi qui porte aujourd'hui son nom mais que vous connaissez certainement sous son autre appellation…

Le visage de Shé, habituellement si sérieux, s'était illuminé d'un léger sourire. Je ne sais pas ce que recouvrait cette « loi de Murphy », mais il y avait certainement là-dessous un truc comique qui nous avait échappé.

– Ben alors, accouche, elle s'appelle comment cette loi pour que ça te rende si joyeuse tout à coup ? Non, parce que, au cas où t'aurais pas remarqué c'est plutôt la merde en ce moment, lui lança Néné un poil vexé qu'elle rigole d'un truc qu'il ne comprenait pas.

Le sourire de Shé se transforma en un franc éclat de rire qui fit se tourner vers nous un bon nombre de regards surpris.

– Désolée, lui dit-elle en posant légèrement la main sur son bras en signe d'apaisement, mais c'est que, sans le savoir, tu as donné la réponse. L'autre nom de la loi de Murphy c'est la LEM ou « loi de l'emmerdement maximum » alors tu comprends, quand tu as dit que « c'était la merde », tu avais raison.

Sans rien dire, Néné posa sa main sur la sienne et se contenta de lui répondre par un sourire. Ça ne dura que quelques secondes mais, tout à coup, j'eus l'impression de tenir la chandelle et, quand j'aperçus DeVergy qui fendait la foule en direction de la sortie, j'en profitai pour m'éclipser.

Le prof et moi ne nous étions pas revus depuis cette fameuse nuit où il m'avait séché sur place d'un coup de poing en pleine gueule et il était hors de question que je le laisse filer ; j'avais vraiment besoin de savoir où on en était tous les deux.

– Marc ! Attends-moi !

Vu le bond que firent les deux filles à côté de moi, il n'y avait aucune chance pour que DeVergy ne m'ait pas entendu ; pourtant, non seulement il ne s'est pas arrêté, mais j'aurais même juré qu'il accélérait.

Depuis le temps que j'attendais d'avoir cette conversation, je n'allais pas le laisser quitter l'île avant d'avoir pu lui parler. Mais au moment de me mettre à courir, un jeune type bronzé me barra le chemin.

– Gus !? Je me disais bien que c'était toi, dit-il en me serrant l'épaule. Hé, les mecs, venez que je vous présente : c'est mon pote, Auguste Mars, la terreur des tatamis, ajouta-t-il en s'adressant à ses voisins les plus proches.

Passé la première seconde de surprise j'ai reconnu Lorenzo, l'Italien super sympa avec lequel j'avais fait un de mes stages d'arts martiaux à une époque où je ne savais rien de la Confrérie et des Autodafeurs. Bon, quand je dis « à une époque », c'était juste l'année dernière, mais avec la tournure qu'avait prise ma vie, ça aurait aussi bien pu être il y a trois siècles, tant j'avais l'impression d'avoir vieilli de mille ans.

Ce qui m'avait le plus frappé chez Lorenzo cet été-là, ce n'étaient pas ses talents de combattant, mais sa capacité à attirer les autres. Il était drôle, gentil, souriant, toujours disponible et focalisait comme un aimant même les plus bourrus d'entre nous. Maître Akitori disait de lui que c'était un fédérateur et que ce talent était très rare. À l'époque j'en avais convenu de bonne grâce et c'est vrai qu'on avait pas mal traîné tous les deux entre les entraînements.

Il n'avait pas changé et, à n'importe quel autre moment, j'aurais été super content de le retrouver... sauf que là, en cet instant précis, ça ne m'arrangeait pas du tout car Marc s'éloignait à grands pas dans les profondeurs de l'île.

– Salut Lorenzo ; excuse-moi, mais je dois absolument parler à DeVergy et il est en train de s'en aller, dis-je en désignant la chevelure brune de Marc qui disparaissait dans un couloir.

Lorenzo a eu l'air déçu mais, après avoir tourné la tête dans la direction que je venais de lui indiquer, il a lâché mon bras avant de s'écarter.

– La mission avant tout, Gus… mais t'as intérêt à te pointer au dojo tout à l'heure parce que, maintenant que je sais que tu es là, compte sur moi pour aller te dénicher dans ta tanière ! me menaça-t-il en souriant.

J'ai promis et, enfin dégagé de la foule massée autour de moi, je me suis élancé vers le couloir où j'avais vu Marc s'engager.

Les quelques secondes passées avec Lorenzo l'avaient fait disparaître de ma vue et j'ai eu beau courir, j'ai saisi au premier virage que j'aurais du mal à le retrouver. Ces saletés de couloirs se ressemblaient tous et celui dans lequel il était entré, avec ses dizaines de portes closes toutes identiques, était idéal pour me faire perdre mon temps et permettre à Marc de se défiler.

– Bordel ! Fait chier ! râlai-je en balançant mon poing dans une porte fermée.

Même si j'étais frustré, c'était très con. D'abord parce que cogner sur du bois ça fait mal, mais en plus je n'avais pas réfléchi au fait que, derrière cette porte, il pouvait y avoir quelqu'un et que ce quelqu'un pouvait ne pas être ravi qu'on brutalise ainsi le matériel.

J'étais en train de grogner en secouant ma main endolorie quand la porte sur laquelle je venais de passer ma colère s'est ouverte brutalement.

– Non mais ça ne va pas bien de taper comme ça sur les portes ! Qu'est-ce qui ne tourne pas rond chez toi ?

À côté de la semi-obscurité du couloir, la lumière vive provenant de la pièce m'éblouit quelques instants, m'empêchant de distinguer autre chose qu'une silhouette noire se découpant dans la lumière. Mais qu'importe, car avant même de voir la tête de celle qui râlait ainsi, j'avais compris.

Debout dans l'embrasure de la porte, la silhouette masculine d'Inès se détachait suffisamment clairement pour ne laisser aucun doute sur son identité. Poings serrés sur les hanches, menton en avant et regard glacé, elle avait l'air furax et se mit tout à coup à me débiter un flot de paroles rapides dont je ne compris pas un traître mot… même s'il n'y avait pas besoin de maîtriser l'espagnol pour deviner que son discours contenait un paquet de trucs pas super polis.

– *Conchatumadre ! Joder de mierda ! Hijo de puta ! Cabeza de bobo !*

Elle parlait à la vitesse d'une mitraillette en balançant ses mots comme des balles sans prendre le temps de respirer si bien que, même si j'avais voulu, j'aurais eu du mal à en placer une. Coincé dans le couloir dont les portes s'ouvraient peu à peu sur d'autres nanas, je m'aperçus tout à coup de deux choses : la première c'est que DeVergy était parti rejoindre quelqu'un dans le quartier des filles ; la deuxième, c'est qu'Inès était en petite culotte, qu'elle transpirait, et qu'elle n'avait pas de sous-tif sous son tee-shirt blanc.

Comme un con, j'ai souri ; elle a suivi mon regard ; elle a rougi ; moi aussi, et avant que j'aie le temps de la voir venir je me suis pris la plus belle gifle de ma vie… et Inès m'a claqué la porte au nez en me laissant comme un con au milieu d'un couloir rempli de gonzesses mortes de rire.

Sans déconner, j'étais maudit ! Même si, sur une aussi petite île, je me doutais que je finirais par retomber sur cette fille, pourquoi, oui pourquoi avait-il fallu que ce soit précisément sur SA porte que je me mette à cogner comme un sauvage ?

journal de Césarine

Après ce que j'avais entendu, j'avais besoin de comprendre certaines choses incohérentes et Mamina était la personne la mieux placée pour me répondre, alors je l'ai suivie jusqu'à sa chambre et j'ai frappé.

Mamina n'a pas eu l'air surprise de me trouver derrière sa porte avec Rama. Elle nous a proposé d'entrer avant de me dire qu'elle était « contente de me voir » et que j'avais « beaucoup grandi en un mois ».

Ce n'était pas tout à fait vrai vu que je n'avais grandi que d'un centimètre (ce qui en proportion de ma taille ne représente qu'une augmentation de 1,48 %) et ça n'avait pas beaucoup d'intérêt, mais j'ai compris que c'était ce que mes éducateurs appelaient des « paroles sociales », comme quand les gens disent « Comment ça va ? », c'est-à-dire des phrases qu'on dit aux autres pour leur montrer qu'on leur porte de l'intérêt même si, au fond, on s'en fiche un peu.

D'habitude je ne prononce jamais de « paroles sociales », parce que je trouve que ça ne sert à rien de poser une question si la réponse ne t'intéresse pas. Pourtant, comme j'avais quelque chose à demander à Mamina et que je me souvenais de cette histoire de mouche, de miel et de vinaigre, j'ai fait un effort pour lui faire plaisir et je lui ai répondu que j'étais « contente de la voir » et qu'elle avait « vieilli » (parce que dire qu'elle avait grandi c'était idiot vu qu'à son âge on ne grandit plus).

Mamina a eu l'air surprise mais elle a souri, donc c'est que j'avais répondu comme il faut et je me suis dit que ce n'était finalement pas si difficile que ça d'être « sociable ».

J'aurais voulu poser tout de suite ma question mais Mamina, qui aime faire les choses comme il faut, m'a demandé qui était mon ami. J'ai répondu « Rama ». Mamina a dit « Bonjour, Rama ». Rama a dit « Bonjour, madame », et j'en ai eu assez qu'on perde notre temps alors j'ai demandé à Mamina ce qu'ils comptaient faire pour empêcher les Autodafeurs de tous nous capturer vu qu'on était peut-être les derniers membres de la Confrérie encore en liberté et que, tout de même, quarante neuf personnes contre le reste du monde, ça ne faisait pas beaucoup.

Là, Rama a sorti son carnet pour lui fournir des statistiques et des probabilités sur nos chances de nous en sortir si les données de l'équation n'étaient pas modifiées rapidement ; mais au bout de cinq minutes je l'ai arrêté parce que c'était décourageant, que Mamina avait l'air de ne plus rien comprendre et que discuter avec quelqu'un qui ne comprend pas, ça ne sert à rien.

Mamina s'est passé la main sur le visage en soupirant très fort puis elle m'a demandé « de quoi on parlait », alors je lui ai répété ce que Rama et moi avions entendu quand les Diadoques discutaient avec les autres adultes dans la salle informatique ; comme quoi une grande traque des membres de la Confrérie avait été organisée dans le monde entier et que, depuis que la destruction des livres avait commencé, ils n'arrivaient plus à entrer en contact avec aucun membre de l'Ordre et que les Diadoques craignaient qu'un de ceux qui avaient été arrêtés finisse par dévoiler l'existence de l'île de Redonda aux Autodafeurs ; même si ça n'avait pas de rapport, j'ai ajouté que je ne voyais pas pourquoi j'étais obligée de lui répéter tout ça vu qu'elle était dans la salle informatique quand ils en avaient discuté et qu'elle n'était tout de même pas sourde.

Quand j'ai eu fini de tout bien lui expliquer, Mamina a recommencé à frotter son visage avant de dire qu'elle préférait ne pas savoir comment j'étais au courant, ce qui tombait bien parce que je n'avais pas l'intention de le lui dire.

Je voyais bien qu'elle hésitait, mais elle allait enfin me répondre quand on a été interrompues par des bruits de dispute dans le couloir. Personnellement je ne m'en serais pas mêlée ; d'abord parce que ça ne me regardait pas, mais surtout parce que je trouvais que savoir s'il existait un plan pour nous éviter de tous nous faire capturer était plus important que des bruits dans le couloir.

Malheureusement, Rama, lui, n'a pas pu s'empêcher d'ouvrir la porte et, comme Mamina a reconnu la voix de mon frère, elle est sortie pour voir ce qu'il avait encore fait… et je n'ai pas eu ma réponse.

Donc :

1 : Rama est trop curieux.

2 : Ne pas compter sur les adultes pour nous sauver.

3 : J'ai peut-être trouvé une autre personne pour nous aider à lire mes carnets espagnols, et ça tombe bien parce que ce que j'y découvre est de plus en plus étrange.

Carnet de Hernando

31 mai de l'an de grâce 1502

L'Amiral souffre de plus en plus de ses accès de goutte et ses délires deviennent quotidiens.

Depuis que nous avons quitté les rivages des Grandes Canaries, il ne cesse d'écrire fiévreusement des lignes et des lignes sur son carnet de bord puis parcourt la Bible pendant des heures à la recherche de « signes », de « prophéties », pouvant lui indiquer clairement le « chemin », la « route à suivre ».

Quel chemin ? Vers quoi ? Il ne le dit pas et, quand j'ose lui poser directement la question, il se contente de tourner son regard embrumé sur moi pour me répondre par des propos incohérents où il affirme avoir vu l'apocalypse se réaliser dans le « miroir de Dieu ».

Ces paroles ne sont que folie et je suis de plus en plus inquiet à son sujet mais, le pire, c'est que je crois que l'équipage commence à se rendre compte de son état et j'ai peur que ses hommes ne perdent toute confiance en son jugement. Quand je passe sur le pont, je sens leurs regards suspicieux se tourner vers moi et le bruit des murmures se mêle aux embruns.

Le prestige de père est encore trop grand pour que l'équipage se dresse contre lui mais je sens qu'il ne faudrait pas grand-chose pour que la situation bascule et que la mutinerie s'installe, alors je reste nuit après nuit dans la cabine de l'Amiral pour être sûr que personne ne le découvre au beau milieu d'une de ses crises mystiques et je prie Dieu que la terre nous apparaisse bientôt.

Inès

— Ton amie, elle ne connaît que des insultes en espagnol ou elle connaît aussi le reste ?

Comme d'habitude je n'avais pas entendu arriver ma sœur mais, pour une fois, j'étais plutôt content de la voir parce que ça m'a évité de rester tout seul, planté comme un con devant une porte fermée, pendant que je me faisais mater par des gonzesses se demandant si j'étais un pervers ou juste l'idiot du coin.

J'aurais volontiers répondu tout un tas de choses pas aimables à ma sœur à propos de l'autre folle qui venait de me gifler devant tout le monde mais, avant que je puisse être malpoli, Mamina a répondu à ma place.

— Inès est originaire de Séville, Césarine, donc oui, elle parle et comprend parfaitement l'espagnol vu que c'est sa langue maternelle. Pourquoi tu veux savoir ça ?

— Pour rien, a répondu ma sœur en écrasant le pied gauche de Rama qui s'apprêtait à répondre à sa place.

Mamina n'a pas relevé mais, moi, j'ai tout de suite compris que Césarine nous cachait quelque chose.

D'abord parce que ma sœur ne pose JAMAIS une question « pour rien » et ensuite parce que son pote était peut-être bon en algorithmes machin chose mais qu'il ne valait pas un cachou en théâtre ; on pouvait lire sur sa tronche qu'il savait un truc que ma sœur ne tenait pas à nous révéler. Mais bon, de toute façon je savais qu'elle ne me dirait rien dans ce couloir, donc, autant en profiter pour éclaircir l'autre point sur lequel j'étais impatient d'avoir des réponses.

– Comment ça se fait que tu connaisses cette cinglée ? ai-je demandé à Mamina en désignant la chambre d'Inès.

Je ne suis pas certain d'avoir aimé le petit sourire que ma question a déclenché chez ma grand-mère mais, quand elle nous a fait signe de la suivre, j'ai quitté le couloir avec soulagement pour entrer dans sa chambre.

Contrairement à moi, Mamina avait une chambre individuelle mais, en contrepartie, celle-ci était si petite qu'il était difficile d'y tenir à quatre. La pièce ne devait pas dépasser les six mètres carrés ; il n'y avait ni armoire, ni déco, juste un minuscule hublot permettant à la lumière de pénétrer jusqu'à nous et d'éclairer un peu le gris des draps et du sommier métallique.

Mamina n'ayant pas ouvert sa fenêtre depuis son arrivée, il régnait dans sa chambre une agréable fraîcheur et c'est avec un soupir d'aise que je me posai sur le bord du lit.

– Tu crois que, si je ne lui dis pas que je suis ta sœur, elle m'ouvrira ? m'interrogea Césarine en s'asseyant à côté de moi avec Rama.

– Qui ça ?

– Inès, bien sûr.

Qu'est-ce que ma sœur pouvait bien vouloir à la folle dingue ?

– J'en sais rien moi, essaye, tu verras bien, ai-je ronchonné.

Mamina, qui venait de fermer la porte, s'est retournée brutalement vers nous.

– Mais qu'est-ce que vous lui voulez à cette pauvre Inès à la fin ? Avec ce qu'elle vient de vivre, je pense que ce serait mieux si vous la laissiez un peu tranquille.

Ben voyons, voilà que maintenant ça allait être de ma faute !

– Dis donc, à t'entendre on croirait que tu parles d'une fragile princesse en détresse… pourtant je te rappelle que c'est moi qui me suis fait agresser, pas le contraire, m'indignai-je en désignant ma joue.

– C'est vrai qu'il s'est pris une sacrée baffe, je n'aurais pas aimé être à sa place !

– Merci Rama, c'est pas la peine d'en rajouter, j'étais là je te signale. Et puis d'abord, comment ça se fait que tu connaisses aussi bien Inès, Mamina ? ai-je insisté en me retournant vers ma grand-mère.

Mamina s'était assise en face de nous sur la seule chaise disponible et nous expliqua qu'elle avait fait son voyage de retour depuis l'Espagne avec Inès.

– Comment ça « depuis l'Espagne » ? Je croyais qu'après nous avoir laissés sur le cargo avec maître Akitori, tu devais accompagner Marc dans un laboratoire secret au Brésil pour trouver un moyen de neutraliser les IGM, l'interrompis-je immédiatement.

– Oui, tu as raison, et c'est ce que nous avons commencé par faire, mais après avoir fini d'élaborer des boîtiers chargés de protéger un maximum de livres contre les IGM et les avoir envoyés à toutes les bibliothèques où nous avions encore un membre de la Confrérie, nous ne pouvions rien faire de plus. Alors nous sommes partis à Séville sur la trace d'un document dont ton père faisait mention dans ses recherches.

– Lequel ? demanda Césarine qui connaissait mieux que moi les dossiers de papa.

– Eh bien, nous ne savions pas trop au juste, mais comme les informations de votre père s'étaient jusque-là toutes révélées exactes, nous n'avons rien voulu négliger… et nous avons suivi la piste du « Livre qu'on ne peut pas lire ».

Pendant une fraction de seconde, j'ai cru que j'avais mal entendu et j'éclatai de rire.

– Mais je croyais que c'était une légende, un truc comme l'Atlantide ou le Père Noël, le mythe fondateur de la Confrérie qui n'était là que pour donner une assise solide à notre Ordre à une époque où les hommes avaient besoin de merveilleux pour se fédérer. La dernière fois que j'en ai parlé avec papi, il m'a même dit que seuls les fous et les gamins se lançaient encore sur la piste de ce « Livre qu'on ne peut pas lire » et que c'était aussi stupide que de vouloir retrouver Excalibur ou le Saint-Graal.

J'avais beau rigoler, la vérité, c'est que je n'en revenais pas… notre monde s'écroulait, nous avions été piégés par les Autodafeurs et les principaux membres de la Confrérie, au lieu de dresser un plan de bataille, couraient après des chimères comme des gosses de quatre ans.

Je cherchai ma sœur du regard, persuadé que j'allais l'entendre prononcer une de ses sentences favorites mais, au lieu de dire « c'est idiot » ou « c'est n'importe quoi », elle avait l'air très intéressée par ce que racontait Mamina et relança même la conversation.

– Et donc, vous êtes allés à Séville, et… ?

Sans prêter attention à mon intervention, Mamina répondit à Césarine comme si je n'étais pas là.

– Dans son dossier, ton papa mentionnait que les pistes qu'il avait suivies pour retrouver le « Livre qu'on ne peut pas lire » passaient toutes, à un moment ou à un autre, par les archives de Séville. Son carnet indiquait qu'il avait prévu de s'y rendre et qu'il avait rendez-vous, la semaine après sa mort, avec le Gardien des archives Colombines : le père d'Inès… mais il n'en disait pas plus.

– Selon toute probabilité, quand des routes distinctes mènent au même résultat, il est logique d'en conclure que la solution est proche, votre analyse avait donc de grandes chances d'être juste, lança sentencieusement Rama à qui on avait rien demandé.

– Merci, Rama, c'est exactement ce que nous avons pensé, lui jeta Mamina avant de poursuivre. Donc, nous sommes partis pour Séville mais, quand nous sommes arrivés sur les lieux, les Autodafeurs nous avaient devancés et les archives étaient en train de brûler ; il était trop tard et nous allions rebrousser chemin quand Marc a entendu des bruits de lutte dans une des ruelles adjacentes. Nous sommes allés voir et nous sommes tombés sur Inès aux prises avec des Autodafeurs. Heureusement pour elle, ils voulaient visiblement la prendre vivante sinon elle n'aurait pas fait le poids mais, elle avait beau se battre comme une furie, elle allait perdre le combat quand Marc a remis les pendules à l'heure.

– Ce n'était pourtant pas le moment de s'occuper de sa montre, il aurait mieux fait d'aider Inès à se débarrasser de ses agresseurs, glissa Césarine.

– C'est une image, Cés, ça n'a rien à voir avec sa montre ; ça veut juste dire qu'il a rétabli les choses en infligeant une correction aux Autodafeurs, précisai-je en guettant l'approbation de Mamina.

Celle-ci hocha la tête en nous expliquant que, oui, Marc leur avait fichu la raclée de leur vie et qu'ensuite il avait proposé à Inès de rejoindre l'île avec eux.

Ouais, bon, OK ; Miss « j't'insulte et j'te colle des baffes dans la gueule » avait dû se défendre contre des méchants, mais ce n'était tout de même pas grand-chose à côté de ce que MOI j'avais vécu ces derniers temps.

– Eh bien du coup, ça n'a pas été si terrible que ça pour elle ; leurs archives ont brûlé mais, au final, il ne lui est rien arrivé de mal alors, je ne vois pas pourquoi il faudrait la ménager, ronchonnai-je en repensant à la gifle que j'avais reçue.

Dans ma tête c'était logique, mais Mamina n'a pas eu l'air d'apprécier ma remarque.

– Auguste Mars ! Arrête un peu tes gamineries s'il te plaît. Si je te dis que cette jeune fille a vécu des moments difficiles ce n'est pas seulement parce que la bibliothèque dont sa famille a la garde depuis le XVᵉ siècle a disparu dans les flammes... c'est surtout parce que son père était DANS la bibliothèque quand celle-ci est partie en fumée !

Le silence s'abattit dans la petite pièce et toute ma colère contre Inès retomba d'un coup. Je me serais mis des baffes. Cette fille venait de perdre son père et, comme un gros abruti, je n'avais rien trouvé de mieux que de la mater en petite tenue. Ma sœur avait raison, j'étais vraiment un idiot !

– Et elle est végétarienne, Inès ? Non, parce que, si son papa n'a pas été correctement brûlé dans l'incendie et qu'ils l'enterrent, il faudrait peut-être que je la prévienne, pour les vers de terre qui vont le manger et puis qui se feront manger par les poules.

Oups ! Avant d'aller chercher Marc, j'allais devoir prendre cinq minutes pour convaincre ma sœur que, parler de la décomposition du corps de son père, n'était peut-être pas ce dont Inès avait le plus envie...

journal de Césarine

Apprendre l'espagnol juste avec l'aide de Rama, d'un dictionnaire et d'Internet, c'était bien pour rester discrète mais je me suis vite aperçue que, pour plusieurs raisons, ce n'était pas suffisant pour traduire correctement les petits carnets en espagnol que j'avais enlevés du conteneur avant qu'il ne soit détruit par les Autodafeurs.

D'abord, parce que je manque de vocabulaire.

Ensuite, parce qu'ils sont écrits tout petit et à la main.

Enfin, parce qu'ils datent d'avant 1504 et qu'à cette époque-là l'espagnol était un peu différent de celui d'aujourd'hui.

C'était embêtant, parce que le peu que nous avions réussi à déchiffrer m'avait permis de faire quelques constatations intéressantes :

Constatation no 1 : les deux carnets ont été écrits sur un bateau ; le premier par un amiral et le deuxième par son fils qui a treize ans et qui s'appelle « Hernando ».

Constatation no 2 : Hernando et son père ne racontent pas les mêmes choses. L'Amiral a l'air un peu fou et ne fait que parler de Dieu, du Diable, de souffrance, d'enfer, de paradis. Il a l'air convaincu que son voyage va lui permettre d'effacer une faute qu'il aurait commise mais il ne dit pas laquelle. Il parle de boîte de Pandore, de mauvaise curiosité et fait parfois des discours incompréhensibles sur un livre impossible à lire qui lui a fait voir le monde de demain et sur les hommes qui ne seraient pas prêts à entendre la vérité.

C'est tellement n'importe quoi qu'avec Rama on en a déduit que ce monsieur avait dû rester trop longtemps au soleil et on a arrêté de chercher à comprendre ce qu'il racontait pour se concentrer sur le carnet de son fils qui est tout de même beaucoup plus concret.

Au lieu de parler sans arrêt du Diable, de Dieu et de la destruction du monde, Hernando raconte le voyage, les marins, les tempêtes, ce qu'il mange, ce qu'il aime, ce qui lui fait peur et, comme il n'a que treize ans, il utilise des mots beaucoup plus simples que son père et c'est plus facile à traduire.

Nous n'en sommes qu'à la moitié mais j'ai au moins trouvé le point commun entre ces deux carnets : tous les deux font référence à un livre étrange qu'ils appellent « el libro de Dios, el libro del diablo » mais aussi « el libro no se puede leer » ou « el libro que no se puede leer », et ça c'est drôlement étrange parce que, en français, ça peut se traduire par « le Livre qu'on ne peut pas lire » et que c'est exactement le nom que Mamina vient de donner au livre que papa cherchait avant de mourir.

Donc :

1 : *Demander à Inès de nous aider à traduire nos carnets.*

2 : *Chercher s'il y a un rapport entre le livre que cherchait papa et celui dont parlent l'Amiral et Hernando.*

Carnet de Hernando

9 juin de l'an de grâce 1502

Cette nuit, l'Amiral m'a réveillé pour m'annoncer qu'il avait une mission vitale à me confier. Pour la première fois depuis des jours son regard était clair et j'ai retrouvé l'homme que j'admirais tant... l'homme que le monde entier admire !

Comme au début de notre voyage, il m'a reparlé de notre rôle dans la Confrérie, il m'a répété longuement l'importance des livres, du savoir et de la mission divine qui nous avait été confiée de « Rassembler, défendre et propager la mémoire du Monde » ; à nouveau, il m'a fait jurer de poursuivre son œuvre avant d'ajouter qu'il n'avait confiance qu'en moi pour protéger sa découverte et que c'est pour cette raison qu'il m'avait emmené dans ce voyage : parce que ses ennemis se rapprochaient et qu'il sentait que sa fin était proche.

Dans la cabine silencieuse, le halo tremblotant de la lampe à huile envoyait des lumières fantomatiques danser sur les parois de bois et creusait encore plus son visage abîmé par le doute et la maladie. Agenouillé à même le plancher au pied de ma couchette dans sa large chemise de batiste blanche, l'Amiral, la bouche à quelques centimètres de mon oreille, m'a chuchoté son secret tout en pressant nerveusement mes mains entre les siennes. Jamais nous n'avions été aussi proches l'un de l'autre et, pour la première fois, son armure s'est entrouverte pour me laisser apercevoir celui qui était mon père : un homme torturé souffrant d'avoir à porter seul une connaissance beaucoup trop lourde pour lui, un Atlas écrasé par le poids du destin de l'humanité, un géant à terre brisé par la découverte de la Vérité.

Si j'avais su ce qu'il allait me révéler ce soir, il est probable que je ne serais jamais monté à bord de la Capitana ; je serais resté à terre, bercé par la réconfortante ignorance de celui qui ne sait pas. Mais là, à trente jours de navigation du canal de Cadix, à peut-être une semaine des premières terres des Indes, quelles solutions s'offraient à moi ? Me jeter dans l'Océan immense et me noyer dans ses flots noirs ? Grimper à la plus haute vergue et me pendre dans les cordages ?

Mon père pressait mes doigts froids dans ses larges mains de marin pendant que le souffle tiède de sa voix caressait mon cou avant d'imprimer son secret au fer rouge dans les replis les plus profonds de mon esprit.

Comme un homme expulsant le venin qui le rongeait, plus il parlait, plus il semblait revivre. Comme un malade s'abreuvant de drogues amères, plus je l'écoutais et plus ses révélations m'empoisonnaient.

Après avoir longuement parlé, l'Amiral s'est couché à mes côtés et a dormi pour la première fois d'un sommeil sans rêves.

Après l'avoir longuement écouté parler de ce que contenait le « Livre qu'on ne peut pas lire », j'ai compris que je ne dormirais plus jamais sereinement.

Si mon père dit vrai, l'apocalypse est beaucoup plus qu'une simple prophétie et, même si ma raison me crie qu'il est impossible qu'il ait réellement VU la destruction de notre monde, mon âme, elle, sait qu'il dit vrai : car seul un homme ayant vu l'enfer de ses propres yeux peut avoir un tel regard.

la mer

En quittant la chambre de Mamina, j'avais complètement abandonné l'idée de retrouver DeVergy et, même si j'avais bien une petite idée de la chambre du quartier des filles où il pouvait être entré, j'ai préféré laisser tomber et tenir la promesse que j'avais faite à Lorenzo d'aller le retrouver au dojo. J'étais resté inactif trop longtemps et la situation était trop grave pour que je continue à dormir dans ma chambre en attendant d'aller mieux.

Étrangement, savoir qu'on était au bord du gouffre me faisait du bien, comme si mes problèmes avaient été balayés d'un seul coup par l'urgence du moment. Bien sûr je n'étais pas idiot au point de croire que mes angoisses avaient disparu et je savais que je devrais tôt ou tard affronter ce que j'avais fait dans la forêt ; mais disons que cette « amnésie » momentanée me convenait très bien parce qu'elle me permettait, enfin, de souffler un peu.

Si j'avais réussi à tenir le coup dans le cargo pour ne pas ajouter au fardeau de ma mère, je m'étais effondré dès que nous étions arrivés au large des côtes de Montserrat.

Je ne sais pas ce que je m'étais imaginé… probablement qu'en débarquant je pourrais laisser mes problèmes derrière moi et repartir à zéro, mais c'était stupide. Quand j'avais vu l'immense caillou pelé et puant planté en pleine mer sur lequel nous allions devoir vivre, j'avais compris que je pouvais fuir au bout du monde mais que mes problèmes me suivraient où que j'aille.

Il fallait que ça cesse, je vivais comme un zombi depuis trop longtemps.

Plongé dans mes pensées, j'avais marché sans réfléchir et je m'aperçus tout à coup que j'étais complètement paumé. Planté au milieu d'un carrefour, j'étais entouré de murs bruts à peine éclairés de loin en loin par une ampoule nue et quatre couloirs s'étiraient dans quatre directions sans qu'aucun n'indique la direction à suivre pour rejoindre le dojo.

– Bordel, ils peuvent pas mettre des panneaux, pestai-je en tournant sur moi-même à la recherche d'un indice.

Mais rien à faire. Murs, sol, plafond, tout se confondait dans la même roche grise et rugueuse, héritage du lointain passé volcanique de la région.

J'allais revenir sur mes pas quand un bruit inattendu me stoppa net. C'était léger mais j'étais sûr de moi : j'avais entendu des éclaboussures… Avouez que lorsqu'on est au cœur d'un gros rocher ce n'est pas ce que l'on s'attend le plus à entendre et je décidai de suivre ces bruits pour comprendre d'où ils provenaient.

Je n'ai pas eu à chercher longtemps ; au bout de quelques mètres, la galerie se courba brutalement avant de s'incliner en une pente de plus en plus raide. En quelques minutes, le couloir s'était transformé en un escalier dont les marches épousaient la courbure des plus gros rochers tandis qu'une épaisse corde fixée au mur par des anneaux métalliques formait une rampe souple particulièrement utile pour descendre sans se briser une cheville.

J'avançais lentement et, à chaque pas, je distinguais de plus en plus clairement des clapotis me laissant imaginer à quoi menaient ces marches. En même temps, pas besoin d'être un as de la déduction pour deviner où j'allais aboutir ; j'étais peut-être au cœur d'un gros rocher mais celui-ci restait une île des Caraïbes et y trouver un accès à la mer n'était pas totalement absurde.

Comme je le pressentais, j'ai fini par déboucher à l'entrée d'une grotte, mais je m'attendais tellement peu à une telle merveille que je restai un instant sans voix.

Après les mètres de couloirs sombres que je venais de parcourir, la fraîcheur saline et les couleurs scintillantes du lieu donnaient l'impression d'entrer dans une cathédrale marine et le spectacle était incroyable.

Monumentale, la grotte en forme d'œuf devait faire pas loin de vingt mètres de haut tandis que la paroi qui me faisait face était à plus de quinze mètres. Sur les côtés, deux torches éclairaient l'entrée où je me trouvais, mais l'essentiel de la lumière provenait du plafond où une ouverture dentelée laissait passer les rayons du soleil.

Je m'avançai de quelques pas sur la petite grève de galets pour mieux observer l'extraordinaire lieu dans

lequel je venais de pénétrer. J'étais au bord d'un lac intérieur où, sur les parois, nichaient des plantes rampantes,
grimpantes, foisonnantes, formant un tapis au camaïeu
de verts allant du plus tendre au presque noir en passant par de l'émeraude bleuté tranchant sur le gris de
la roche.

Le nez en l'air, je suis resté un long moment à contempler ce spectacle hallucinant avant d'apercevoir, dans la
zone la plus éloignée, une portion de plafond uniformément sombre et… mouvante !

Intrigué, je ramassai une pierre et m'apprêtais à la
projeter dans cette direction quand une main se posa
sur mon bras.

— À ta place je ne ferais pas ça, Gus, les chauves-
souris apprécient moyennement d'être dérangées quand
elles dorment et celles-là sont très agressives lorsqu'elles
se sentent menacées.

Avant même qu'il se mette à parler, les tatouages des-
sinés sur le dessus de sa main m'avaient appris qui était
avec moi dans la grotte.

— Et si je la jette dans l'eau, je vais me faire attaquer par des piranhas ? balançai-je à DeVergy sans me
retourner.

La main de Marc quitta mon avant-bras et je l'enten-
dis s'asseoir sur les galets.

— Non, pas de piranhas, mais je te déconseille tout
de même de balancer ta pierre sur la tête d'un des plongeurs ; je ne suis pas certain qu'ils apprécient et comme
leur instructeur est un ancien membre des Navy Seals,
j'ai peur que sa réaction soit pire que celle d'un banc de
poissons carnivores, plaisanta-t-il en désignant du doigt

la myriade de bulles qui crevaient la surface de l'eau à quelques mètres de nous.

Le message était clair : on ne jetait pas de cailloux dans la grotte.

Je me suis accroupi silencieusement à ses côtés sans le regarder et j'ai commencé à jouer machinalement avec ma pierre, en la passant d'une main à l'autre.

La plage sur laquelle nous nous trouvions était le seul espace plat ; tout autour de nous les parois s'enfonçaient à pic dans une eau claire et miroitante lorsqu'elle était frappée par les rayons du soleil, noire et inquiétante dans les zones les plus obscures. Cette eau formait un étang entièrement clos, une piscine intérieure qui, au vu du léger mouvement de va-et-vient qu'elle imprimait à la grève de galets, devait communiquer avec l'extérieur par un tunnel sous-marin. Sur notre droite, une cabane était cachée dans l'ombre de la grotte et, par sa porte restée ouverte, je distinguai du matériel de plongée bien aligné sur les murs et les étagères.

– Alors c'est ici que se passent les fameux entraînements de plongée dont m'a parlé Néné, constatai-je sans cesser de jouer avec mon caillou.

– Oui… mais c'est dommage qu'il t'ait fallu tout ce temps pour t'en apercevoir, Gus.

Ah, nous y voilà ! Comme s'il pensait que je ne le voyais pas venir avec ses gros sabots. Il me plantait sur cette île pourrie, se tirait pendant des semaines avec ma grand-mère sans donner de nouvelles et, à peine revenu, il croyait qu'il allait pouvoir se lancer dans une de ses leçons de morale à la con !

Je me dressai comme un ressort et balançai ma pierre sur le sol avec violence. Debout au-dessus de Marc, poings sur les hanches, je laissai déborder contre lui la colère qui s'était accumulée en moi ces dernières semaines.

– Je t'arrête tout de suite ! Si t'es venu là pour me dire que ma mère est inquiète pour moi parce que je ne sors pas de ma chambre, laisse tomber, mec ! T'es pas mon père ! Tu ne me fais pas confiance, tu me traites comme un gamin alors lâche l'affaire et tire-toi, j'ai pas besoin de tes conseils !

Sans le vouloir, j'avais parlé trop fort et ma voix s'est mise à rebondir sur les voûtes de la grotte en faisant ressortir ses désagréables dérapages dans l'aigu.

Assis sur le sol, les jambes repliées et les talons enfoncés dans les galets, Marc avait incliné la tête pour pouvoir me regarder dans les yeux et je remarquai pour la première fois à quel point il avait l'air fatigué.

– Je ne suis pas venu là pour te faire la morale, Gus, je suis venu pour m'excuser et te dire que tu avais eu raison, soupira-t-il. Sans ton expédition dans le labo des Montagues, Élisabeth n'aurait jamais pu reproduire à temps les modules de blocage des IGM et les pertes causées par la XIe plaie d'Égypte auraient été encore plus importantes. Grâce à toi, la Confrérie a réussi à sauver des milliers d'ouvrages à travers le monde.

Je ne m'attendais pas du tout à ça et ne trouvais rien à lui répondre, aussi je le laissai se relever sans ajouter un mot.

Debout face à moi, Marc posa doucement ses deux mains sur mes épaules et plongea ses yeux dans les miens.

– Je dois aussi te remercier, Gus, parce que sans ton intervention dans l'hélico nous serions tous morts. Je cherchais ce trésor depuis si longtemps que j'avais perdu le sens des priorités. Refuser de larguer le conteneur des archives était complètement stupide de ma part ; pire, nous sacrifier aurait été une monstrueuse erreur. Merci, Gus.

Je n'y comprenais plus rien.

– Mais… à la réunion vous avez dit que les livres avaient été détruits et qu…

Marc leva la main pour m'interrompre.

– Je sais ce que nous avons dit à la réunion ; mais si les Autodafeurs apprenaient que des livres leur ont échappé ils se lanceraient immédiatement à leur recherche. Leur laisser croire qu'ils ont tous disparu est leur meilleure protection. Même ici nous devons faire attention et le secret des boîtiers modifiés doit rester total… mais tu mérites d'être mis dans la confidence car, sans toi, ce sauvetage n'aurait pas été possible.

Ses mains pesaient à présent comme deux sacs de plomb sur mes épaules ; gorge serrée, je ressentais un mélange horripilant de colère et d'un besoin de pleurer qui me donnait envie de retourner en courant dans ma chambre pour ne plus jamais en sortir.

Marc n'était pas en colère contre moi, il me faisait CONFIANCE et attendait patiemment que je lui montre que j'avais compris ce qu'il voulait me dire. Sauf que, je savais qu'au moindre mot, mon cœur déborderait et que la dernière chose dont j'avais besoin, c'était de me mettre à chougner comme un gamin devant DeVergy.

Alors, pour éviter d'avoir à lui répondre, j'ai choisi l'option la plus efficace à ma disposition : j'ai pris mon élan et j'ai plongé tête la première tout habillé dans l'eau émeraude qui me tendait les bras.

J'ai dit que c'était la solution la plus efficace… je n'ai jamais prétendu que c'était la plus intelligente !

journal de Césarine

Même si mon frère se promène tout mouillé dans les couloirs il a l'air d'aller mieux ; il s'est réconcilié avec son professeur, est enfin passé voir maman et a recommencé à s'entraîner.

Je lui ai demandé ce qui s'était passé mais il m'a juste répondu qu'il avait « enfin pu parler à cœur ouvert » et que ça l'avait « libéré d'un grand poids ».

Cette histoire de « cœur ouvert », c'était aussi idiot que de se promener avec des vêtements tout mouillés, mais comme maman avait l'air de comprendre ce qu'il racontait et qu'elle était contente, je n'ai pas cherché à approfondir et j'ai fait comme si tout cela était normal.

De toute façon, j'avais déjà du mal à comprendre les problèmes de Hernando alors je ne pouvais pas m'occuper de tout le monde.

Il n'empêche que cette histoire m'a tout de même permis de découvrir une grande vérité universelle : les garçons de quatorze ans, qu'ils soient espagnols ou français, du XVIe ou du XXIe siècle, eh bien, c'est toujours aussi idiot et ce n'est pas très doué pour communiquer.

Quelque part, voir que certaines choses dans le monde sont immuables, ça m'a rassurée, mais d'un autre côté ça m'a aussi agacée parce que du coup je ne comprends pas toujours ce que raconte Hernando !

Par exemple, dans ce passage, pourquoi Hernando parle-t-il de « mission », de « tâche », de « secret » au lieu de dire CLAIREMENT ce qu'il doit faire ?

Donc :

1 : Expliquer à Gus que c'est mieux de se déshabiller AVANT d'aller dans l'eau.

2 : Quelle que soit l'époque, les garçons sont des idiots et c'est tout.

Carnet de Hernando

12 juin de l'an de grâce 1502

Depuis qu'il a partagé son secret avec moi, l'Amiral semble aller mieux ; depuis trois jours il s'est remis à arpenter le pont et discute avec l'équipage en scrutant la mer à la recherche des premiers signes d'une terre que nous n'allons pas tarder à atteindre.

Moi, par contre, cela fait trois jours que je ne dors plus en me demandant comment je vais réussir à remplir la mission que mon père m'a confiée, alors que nous allons aborder sur une terre où je n'ai jamais mis les pieds. J'ai bien essayé de lui expliquer mes craintes mais il ne veut rien entendre ; cette mission est la mienne et il refuse d'en savoir plus. C'est donc seul que je vais devoir aller cacher son secret sur une terre inconnue qu'il a lui-même découverte.

Enfin, seul, pas tout à fait ; je dispose heureusement d'un atout depuis que j'ai découvert que Mahanibos était originaire d'une des îles au large desquelles nous allons naviguer.

Avec lui, je pense avoir trouvé l'allié idéal pour remplir la tâche qui m'a été confiée.

explosion

Après avoir longuement parlé avec Marc et ma mère, je me sentais beaucoup mieux et j'ai enfin décidé de me joindre à la vie de l'île, notamment en allant déjeuner avec tout le monde au lieu d'avaler mes plateaux en solitaire dans ma chambre. J'étais donc attablé avec les autres dans la salle de réunions transformée en réfectoire quand le grand écran, qui diffusait obstinément un voile neigeux depuis que les réseaux mondiaux avaient sauté, s'est brutalement remis en marche.

Nous en avions tellement perdu l'habitude qu'il est probable que nous aurions tous continué à manger comme si de rien n'était si quelqu'un ne s'était pas brutalement écrié : « Hé ! regardez, y a la télé qui marche ! », attirant immédiatement notre attention sur ce qui semblait être une diffusion en direct depuis la légendaire salle de presse de la Maison-Blanche.

Dans un seul mouvement, tous ceux qui étaient là se sont mis à observer avec curiosité le mur bleu devant lequel l'aigle américain, surmonté d'un pupitre vide, semblait attendre que le président des États-Unis ou son porte-parole se décide à venir faire une intervention.

Enfin, presque tout le monde, parce qu'à notre table les réactions étaient plus contrastées : Césarine remarquant que, une télé n'ayant pas de jambes, dire qu'elle « marchait » était idiot ; Néné et Shé se précipitant sur leur portable pour vérifier si Internet marchait (enfin, je veux dire, fonctionnait) et râlant parce que ce n'était pas le cas ; Rama marmonnant je ne sais quoi sur « l'imprévisible certitude des cycles du recommencement » (et ne me demandez surtout pas ce que ça veut dire) et moi, qui ne pouvais pas rater une telle occasion de me la ramener, réclamant bien fort MTV parce que j'aurais bien aimé voir le dernier clip de Miley Cyrus.

Bon, comme d'hab j'ai pas eu de cul ; ma blague est tombée à plat et Inès, assise à la table juste derrière avec une jolie blonde que j'avais déjà repérée, s'est retournée vers moi avec un air furibard en grognant des trucs en espagnol qui n'avaient pas l'air très polis.

– Je crois qu'Inès vient de te traiter de « porc puant », me traduisit Césarine en fronçant les sourcils.

Néné éclata de rire.

– Pourtant, je confirme qu'il a pris une douche. Même que c'était pas vraiment la peine parce que vu le temps qu'il a passé dans l'eau depuis ce matin on ne peut pas vraiment dire qu'il soit sale…

Néné avait raison. Depuis que j'avais découvert la grotte et que j'avais pu éclaircir certains points avec Marc, je me sentais enfin mieux et ma petite baignade improvisée m'avait décidé à reprendre l'entraînement en commençant par la plongée.

– Fais le malin, Néné ! N'oublie pas que tu as promis de venir avec nous cette aprèm pour ton baptême de plongée, alors ne crois pas une seule seconde que le retour de la télé va te donner une bonne excuse pour te défiler.

Néné grimaça ; c'était un campagnard dans l'âme et je savais bien qu'il n'avait pas du tout envie de plonger ! Sauf que voilà, depuis le début du déjeuner, Shé m'avait posé tellement de questions sur les fonds sous-marins entourant Redonda qu'il avait voulu frimer en disant que lui aussi allait venir plonger et maintenant… il était coincé !

– Ouais, ben on verra, on sera peut-être obligés de reporter parce que là, si les communications sont rétablies, il risque d'y avoir du boulot pour nous et…

Avant qu'il ne finisse sa phrase, la main de Shé se posa légèrement sur son bras tandis qu'elle répondait à sa place.

– Bien sûr qu'il viendra, il a promis. Et puis, je pense que je vais vous accompagner si ça ne vous dérange pas trop, j'en ai envie depuis que je suis arrivée mais je n'en ai jamais trouvé le temps, alors ce sera l'occasion.

La tête de Néné était à mourir de rire, il n'aurait pas eu l'air plus surpris si on lui avait annoncé qu'une nouvelle version de *Star Wars* était sortie depuis quinze jours sans qu'il le sache et, pour une fois, c'est lui qui balança une connerie.

– Toi ?! Tu plonges ?! Ben… comment tu fais avec ton voile ?

Dans ma tête se formèrent immédiatement des images surréalistes de Shé, portant un masque, entourée d'un voile flottant entre deux eaux et ma mâchoire dut se décrocher car ma sœur me fit remarquer que, « si je voulais manger, il ne fallait pas que je me contente d'ouvrir la bouche mais qu'il fallait aussi que je mette de la nourriture dedans ». Bref.

J'aurais certainement balancé à mon tour une grosse ânerie si l'écran géant ne s'était pas animé au même moment.

– C'est qui ce monsieur ? demanda Rama en avisant le militaire aux cheveux blancs coupés ras qui venait de s'installer derrière le pupitre avec un air grave.

Nos échanges de regards et nos haussements d'épaules me confirmèrent que personne n'en avait la moindre idée mais, qui que soit ce type, son discours et les images qui le suivirent allaient nous prouver que cela n'avait pas la moindre espèce d'importance.

Après un préambule assez bref où le militaire parla de « déclaration de guerre, de terrorisme et de la grandeur de l'Amérique », l'image du pupitre fut remplacée par un petit film de moins de trois minutes :

D'abord une vue classique de la pelouse ouest de la Maison-Blanche, puis l'arrivée du Président, son chien gambadant joyeusement entre ses jambes, tandis qu'il rejoignait à grands pas son hélicoptère avant de se retourner pour saluer les journalistes et de grimper dans l'appareil. Quelques flashs, le décollage vertical, le virage léger vers l'ouest et, tout à coup, alors que personne ne s'y attendait, alors que rien ne le laissait présager, la boule de feu, violente, et les milliers de débris rougeoyants s'abattant sur un parterre de journalistes trop médusés pour s'enfuir.

Puis le noir, total, et l'image apocalyptique de cette boule de feu remplacée par le visage du président américain se reflétant en noir et blanc sur la bannière étoilée.

Dans la salle, une fois le choc des images encaissé, le silence vola en éclats aussi rapidement que l'hélico et tout le monde se mit à parler en même temps, tandis que l'écran repassait, encore et encore, les mêmes images. Le désordre qui régnait dans la salle était totalement indescriptible et parfaitement en phase avec le film terrifiant défilant sous nos yeux, mais mon problème principal se trouvait ailleurs : Césarine, totalement paniquée par les images violentes et par le bruit, s'était roulée en boule sous la table et, recroquevillée en position fœtale, les mains sur les oreilles, elle se balançait en récitant à toute vitesse ce qui ressemblait à des tables de multiplication.

Il fallait absolument que je fasse quelque chose avant que ma sœur ne se blesse.

Néné fut le premier à réagir.

– Essaie de les calmer, moi je m'occupe de couper l'écran ! me jeta-t-il en se précipitant vers l'estrade.

Aussitôt je sautai sur la table pour réclamer le silence, mais j'avais beau crier et tempêter, personne ne faisait attention à moi ; bien au contraire, l'action de Néné sembla déchaîner encore plus mes camarades qui se mirent à hurler pour qu'il rebranche la télé. Ça ne servait à rien que j'insiste et j'allais redescendre de la table pour rejoindre ma sœur quand j'ai senti une main se poser sur mon épaule.

– C'est quoi encore ton problème ? me cria Inès à l'oreille.

Du doigt je désignai Césarine qui avait commencé à se taper la tête contre le sol et ne laissait personne l'approcher.

— Ma sœur est en pleine crise de panique, il faut qu'ils se calment sinon elle va finir par se blesser.

— Descends de là, je m'en occupe, me dit Inès en me poussant vers ma sœur.

Dans une autre situation je ne lui aurais jamais obéi, mais Césarine avait commencé à saigner, aussi ai-je sauté de mon perchoir pour la serrer dans mes bras de toutes mes forces. Ça aurait dû être facile mais j'avais le plus grand mal à la contenir ; la petite fille que je tenais contre moi n'était plus ma sœur mais une furie déchaînée sourde à toute logique qui, en plus, avait été entraînée au combat par maître Akitori. Allongé dos au sol, je la tenais collée contre moi, bras le long du corps, mes jambes enroulées autour des siennes mais elle continuait à s'agiter et à se tortiller en hurlant.

— Shé ! Empêche sa tête de bouger, criai-je en tentant d'esquiver les coups.

L'amie de Néné n'hésita pas une seconde et s'agenouilla immédiatement mais, avant qu'elle ne réussisse à lui bloquer la tête, ma sœur planta ses dents dans une de ses mains et se mit à la mordre de toutes ses forces. Shé hurla et Césarine se déchaîna ; son premier coup de tête m'éclata la lèvre inférieure, le deuxième manqua mon nez de peu et je commençais à craindre le pire quand un sifflement long et strident m'éclata les tympans.

Inès, debout sur la table, jambes écartées, deux doigts dans la bouche, sifflait avec une telle puissance que les veines de son cou avaient doublé de volume.

– SILENCE !

Succédant au sifflement, l'ordre avait claqué comme un fouet.

– Allez chercher le médecin, vite, et ne faites plus aucun bruit !

Sa voix avait baissé d'un ton mais ne souffrait aucune contradiction, c'était un ordre, et le troupeau d'ados, pourtant habitué à râler et à négocier à la moindre contrainte, réagit d'une manière primitive, presque animale.

Semblant reconnaître en Inès la puissance alpha d'un chef de meute, tous obéirent sans discuter… et même ma sœur s'arrêta de bouger.

J'étais bluffé.

journal de Césarine

J'ai enfin pu discuter avec la drôle de fille qui dit des gros mots en espagnol.

Je n'ai pas eu besoin d'aller la voir ; après ce qui s'était passé dans la salle de la cantine, c'est elle qui est venue dans ma chambre et ça m'arrangeait bien car je pouvais lui parler sans rompre la promesse que j'avais faite à Mamina et à Gus de ne pas aller l'embêter avec « mes histoires », comme ils disent (alors que ce ne sont pas « des histoires » vu que je n'ai aucune imagination et que d'habitude, quand on parle d'« histoires » avec un petit « h », on parle surtout de contes, de romans, ou de choses qui n'existent pas, alors que moi je voulais lui parler de mes petits carnets écrits en espagnol et que, là, ce ne sont pas « des histoires » vu que ce sont des gens qui racontent leur vie, donc ce sont plutôt des « autobiographies » ; mais bon, les grands ont un problème avec l'utilisation correcte du vocabulaire, j'ai l'habitude).

Quand Inès est venue, j'étais toute seule dans ma chambre, enfin, plus exactement dans le placard de la *chambre. Maman voulait rester avec moi, mais j'avais réussi à la convaincre que je me sentais mieux et que j'avais juste besoin de rester au calme un petit moment.*

J'avais un peu menti, je n'allais pas vraiment mieux, j'avais juste envie que maman s'en aille parce que je n'avais pas envie de parler de ce qui s'était passé.

Le problème c'était la télé ; je ne supporte pas ces images qui bougent trop vite et qui vous montrent tout un tas de choses différentes sur le même plan comme si elles avaient la même importance. Une cantine, c'est fait pour manger, pas pour voir des présidents exploser des dizaines de fois de suite pendant qu'un militaire parle de guerre au-dessus d'un gros aigle et devant un mur bleu.

D'habitude, je fais attention à ne pas regarder mais là j'ai été prise par surprise et, une fois que mes yeux se sont portés sur l'écran, je n'arrivais plus à les détourner.

Les images rebondissaient sur mes rétines, s'enfonçaient dans mes pupilles, forçaient le passage jusqu'à mon cerveau où elles éclataient comme des grenades en détruisant la maison de mon esprit ; le brouhaha, les mots, les cris m'entouraient comme des ailes noires bourdonnantes qui me giflaient, me cognaient, me frappaient.

C'était atroce.

En me concentrant de toutes mes forces, j'ai réussi à sceller mes paupières et puis j'ai mis les mains sur mes oreilles et j'ai appuyé très fort. Mais il était trop tard, car la pieuvre dont je ne parle jamais et qui se cache au fond de moi depuis ma naissance avait commencé à sortir de son trou, m'entourant de ses tentacules, m'empêchant de penser, de respirer ; se glissant autour de mes jambes, serrant ma gorge, caressant mes cheveux ; gluante, froide, terrifiante. Alors j'ai commencé à me battre, à hurler, à mordre pour que la douleur fasse reculer la bête.

Et c'est là que le sifflement m'a sauvée.

Il était si fort qu'en l'entendant ma pieuvre s'est ratatinée, devenant de plus en plus petite, contractant ses tentacules jusqu'à ce qu'elles disparaissent là d'où elles n'auraient jamais dû sortir : dans la petite grotte au creux de ma cage thoracique.

Et j'ai enfin pu respirer.

Évidemment, Gus en avait profité pour faire l'idiot et me tenait saucissonnée au sol tout en regardant Inès comme si c'était une extraterrestre.

Je lui ai demandé de me lâcher et je lui ai dit qu'il avait l'air d'un idiot ; et là ils ont tous rigolé, enfin, tous sauf Gus.

Maman avait dû dire à Inès où j'étais parce qu'elle s'est tout de suite assise sur une chaise à côté du placard avant de commencer à me parler à travers la porte. Elle m'a dit qu'elle s'appelait Inès, Niña, Gallega Colomb et que si sa présence me dérangeait, il suffisait que je lui dise et elle partirait. Comme je n'ai rien dit, elle a ajouté qu'elle aussi aimait bien être seule mais que sur cette île c'était assez difficile.

Elle parlait très bien le français, mais ses « r » roulaient dans sa bouche et donnaient des sonorités bizarres à ses phrases. C'était agréable, alors je lui ai demandé pourquoi elle avait autant de prénoms. Ça l'a fait rire et elle m'a expliqué qu'en Espagne, c'était assez fréquent, et que dans sa famille c'était une tradition que les filles portent ces prénoms, car c'était un hommage aux bateaux de son ancêtre.

J'ai réfléchi et j'ai trouvé ça étrange de porter des noms de moyen de transport alors je lui ai répondu que j'étais contente de ne pas être espagnole parce que je n'aurais pas aimé m'appeler Césarine, Micra, Twingo Mars. Elle a encore ri et comme elle avait l'air gentille, j'en ai profité pour lui poser plein de questions sur les mots espagnols de mes carnets que ni Rama ni moi ne comprenions.

Elle n'a pas pu répondre à tout mais elle m'a tout de même bien aidée et, comme elle ne m'a même pas demandé pourquoi je lui posais toutes ces questions, je me suis dit que je pourrais peut-être l'ajouter sur ma liste des gens à qui je peux faire confiance.

Je lui ai demandé si son nom avait un rapport avec Christophe Colomb. Elle a dit oui.

Rama a fait le calcul et dit que c'était son arrière-petite-fille.

Ça fait beaucoup, mais quand on voit avec quelle autorité elle arrive à se faire obéir des autres, je me dis qu'elle a tout de même dû garder quelques gènes de son arrière-grand-père.

C'est là que je me suis souvenue pourquoi son prénom me semblait à la fois si étrange et si familier. Ce n'est pas seulement parce qu'il est long, c'est aussi parce que j'en avais déjà lu une partie dans le carnet de Hernando.

Carnet de Hernando

12 juin (suite) de l'an de grâce 1502

J'ai un peu honte de l'avouer mais, même si je le connais depuis six ans, je n'avais jamais demandé à Mahanibos de me parler de sa vie d'avant. Pour moi, il était juste l'Indien qu'avait ramené mon père de son deuxième voyage, un enfant à peine plus âgé que moi, à la peau brune et au langage étrange, que l'Amiral utilisait comme traducteur dans ses expéditions et reposait ensuite comme un bagage inutile chez ma mère quand il était de retour en Espagne. Je ne pourrais pas dire que nous avons grandi ensemble, les périodes de navigation de mon père étant plus longues que ses passages dans ma vie, mais que Mahanibos ait passé plus de temps que moi avec l'Amiral a fait de lui un « presque frère » et cette expédition commune nous a beaucoup rapprochés.

Cette nuit, alors que nous étions assis ensemble sur la vigie de la Gallega, il s'est mis tout à coup à évoquer l'île de son enfance. Cela a commencé par un air doux, du genre de ceux que l'on fredonne dans toutes les langues pour endormir les nourrissons, une berceuse qui a franchi tout doucement ses lèvres dans le bourdonnement léger de mots aux sonorités sucrées qui m'étaient inconnues. Puis, probablement encouragé par mon silence attentif, Mahanibos s'est mis à me parler de sa famille, de l'odeur vanillée de la peau de sa mère, d'oiseaux aux plumages multicolores, de fruits gorgés de soleil, de poissons argentés, de jeux avec ses frères, de chants autour du feu, des dangers de la nuit, du lait de coco et des crabes de terre, de légumes verts plus hérissés qu'un porc-épic, de cascades plus claires que la plus claire des eaux, du dieu du Volcan terrible qui gronde et tue parfois en ensevelissant le monde sous une pluie de pierres brûlantes et de cendres étouffantes.

Mahanibos parlait et j'écoutais, ébloui par ce monde magnifique et terrible qui m'était inconnu, fasciné par la souffrance que je devinais sous son discours, le silence de l'indicible déracinement caché derrière chaque mot et, tout à coup, j'ai pris conscience d'une vérité : en Espagne Mahanibos était un esclave et j'étais un homme libre, mais dans ces terres que nous allions fouler, là où je devais mener à bien ma mission, Mahanibos était le seul à pouvoir m'aider ; il était l'homme libre et j'allais devenir son esclave.

Donc :

1 : Ne plus manger à la cantine.
2 : Demander à Inès de m'apprendre à siffler.
3 : Lui montrer un extrait du carnet de Hernando.

un nouvel ordre mondial

Ma sœur ne m'avait pas raté : entre ma lèvre inférieure qui avait doublé de volume, mon œil gauche qui commençait à virer au jaune et la cicatrice que m'avait laissée la balle des Autodafeurs sur la tempe droite, je ressemblais à un portrait de Francis Bacon (et pour ceux qui penseraient que ça a un rapport avec la charcuterie, allez vérifier sur Wiki avant de rigoler comme des benêts !).

Tout en observant mon reflet dans le miroir, j'ai passé une main dans ma tignasse pour essayer de retrouver la « beaugossitude » qui était la mienne il y a encore quelques mois. Mais j'avais beau prendre la pose, rien à faire : que ce soit à l'extérieur ou à l'intérieur, celui que j'étais avant la mort de mon père avait bel et bien disparu.

– Ben alors Gus ? t'aime pas ton nouveau toi ? lança Néné en entrant dans la chambre.

Sans le vouloir il avait vu juste ; je me retournai pour lui montrer le massacre.

– Ah ouais ! Quand même ! Là c'est sûr que pour la drague t'es pas au top mon pote... encore que, vu le volume de ta lèvre, je comprends pourquoi tu fais autant de plongée parce que t'aurais sûrement tes chances avec une dame mérou, ajouta-t-il en rigolant.

C'était con mais je me suis marré et j'ai abandonné mes considérations esthétiques pour lui demander s'il avait du nouveau.

À la suite de la diffusion des images de l'attentat qui avait coûté la vie au président des États-Unis, toutes les activités de l'après-midi avaient été annulées et nous avions tous été renvoyés dans nos chambres pendant que les adultes se réunissaient pour tenir leur conseil de guerre. C'était vraiment frustrant d'être tenus à l'écart mais, heureusement, comme Néné et Shé avaient été convoqués pour faire je ne sais quoi sur les ordis, j'avais enfin une chance de savoir ce qui se tramait.

– Alors ? Raconte, il se passe quoi ?

Néné cessa de sourire et prit tout son temps pour s'asseoir sur le bord du matelas avant de glisser les deux mains derrière sa tête et d'écarter les coudes au maximum pour s'étirer en arrière… sans se décider à me répondre.

Il cherchait à gagner du temps et, connaissant mon pote, tant de précautions oratoires n'était pas bon signe.

– Néné, t'attends quoi là ? Accouche !

Mais rien, rien à part son regard fuyant et son air de plus en plus gêné.

– T'as oublié ta langue dans la bouche de Shé ? C'est quoi le problème à la fin ?!

Il a sursauté.

– Sois pas con, Gus, c'est juste que les Diadoques nous ont fait jurer de ne parler à personne de ce que nous avons entendu pour éviter la panique.

– Éviter la panique ? Mais pourquoi ? C'est si grave que ça ? Après tout ce n'est pas la première fois qu'un président américain est assassiné, en quoi ça nous concerne ? Allez Néné, n'oublie pas qu'on forme une équipe, « Un pour tous, tous pour un », tu te souviens j'espère ? Alors crache le morceau parce que là, ça n'a aucun sens ce que tu me racontes !

Je n'avais jamais vu Néné comme ça, lui habituellement si franc détournait les yeux et gigotait comme s'il était assis sur un nid de fourmis rouges ; coincé entre notre serment et la promesse qu'il avait faite aux Diadoques, mon pote ne savait plus quoi faire et l'engueuler ne servait à rien.

– Écoute Néné, je comprends que ça te gêne mais tu ne peux pas me laisser dans l'ignorance de ce qui se trame… pas après ce qu'on a vécu tous les deux.

Mon argument fit mouche et, après un dernier instant d'hésitation, il se lança enfin.

– En salle de com, grâce à notre satellite, on a réussi à capter d'autres émissions. Dans la plupart des pays une seule chaîne a été rouverte et, à chaque fois, on a le même type de diffusion : un officiel, souvent un militaire, annonce que des mesures d'urgence ont été prises pour « faire face à la menace mondiale » et « endiguer la montée du terrorisme »…

Néné secouait la tête de gauche à droite pour souligner l'irréel de ses propos, mais j'avais du mal à comprendre ce qu'il essayait de m'expliquer.

– Excuse-moi Néné, mais pourquoi ça a l'air de te chambouler autant ? Ce n'est pas la première fois que des plans Vigipirate sont mis en place, alors qu'est-ce qu'il a de spécial celui-là ?

– Ben, le truc, c'est qu'une grande partie des pays ont décidé de travailler ensemble tant qu'ils n'auront pas détruit leur ennemi commun et que leur première mesure a été de mettre en place des règles de censure ; une loi MONDIALE, Gus, tu le crois toi ?!!!

– C'est-à-dire ? Quelle loi ?

– Ils l'ont appelée la « Loi de sauvegarde mondiale » et, en gros, elle consiste à obliger la population à donner la totalité de ses livres ayant survécu aux IGM pour « décontamination », à autoriser la censure des médias pour « éviter la propagande pouvant bénéficier aux terroristes », à limiter les lois sur le respect de la vie privée pour permettre la surveillance totale des communications et, enfin, à placer Internet sous la tutelle d'un organisme mondial chargé de « nettoyer le réseau » avant sa réouverture… Bref, j'te la fais courte, le monde, c'est devenu la Corée du Nord mon pote !

J'avais du mal à croire ce que j'entendais. Comment avait-on pu basculer en aussi peu de temps dans un univers digne d'un mauvais roman d'anticipation et, surtout, comment ces pays qui passaient leur temps à lutter les uns contre les autres avaient-ils fait pour devenir « amis » d'un seul coup ?

– Tu délires, Néné. Censurer Internet, c'est pas possible, n'importe qui peut mettre n'importe quoi sur la Toile, quel que soit le fichu organisme qu'ils chargent de « nettoyer » le réseau, ils n'y arriveront jamais. Bordel, c'est toi le pro du piratage, t'es tout de même bien placé pour savoir que ce truc c'est une passoire et qu'à condition de s'y connaître on peut s'y balader comme on veut.

En lui disant ça, ma voix s'était teintée d'un accent de supplication qui sonnait comme une prière. Le monde qu'il me décrivait me semblait si désespérant que j'avais besoin qu'il me rassure, je voulais entendre une bonne nouvelle, le voir s'écrier : « T'inquiète, Gus, c'est pas ces minables qui vont nous empêcher de surfer »… sauf que sa tête me disait tout le contraire et que ça, c'était pas cool.

Néné s'était levé et arpentait frénétiquement la chambre comme si ça avait pu l'aider à trouver la bonne réponse. Les mains enfoncées dans son bermuda kaki, il allait de la porte au soupirail qui nous servait de fenêtre, dans un ballet agaçant me rappelant celui des fauves dans les cages des cirques.

Au dixième passage, j'ai craqué et j'ai tendu la jambe pour lui bloquer la route.

— Alors, Néné, mettre Internet sous tutelle, c'est possible ou pas ?

Il a sorti les mains de ses poches, haussé les épaules en soupirant et, après s'être longuement frictionné la tête, il s'est enfin décidé à me répondre.

— Ben, j'en sais trop rien. Je dirais que sur le papier tout est possible, même si je doute qu'ils arrivent à bloquer le Net totalement ; mais ce qui est certain c'est que, vu que la plupart des gens ne maîtrisent pas le langage informatique et ne vont jamais plus loin que les premiers sites qui leur sont proposés par leur moteur de recherche, ce sera extrêmement simple de les obliger à ne consulter que des pages sous contrôle ; je pense que 80 % de la population ne s'en rendra même pas compte de toute façon, ajouta-t-il en faisant la grimace.

Ce n'était pas ce que je voulais entendre mais je savais qu'il avait raison ; ça faisait des années que des pays comme la Chine ou l'Iran censuraient Internet avec l'aide des grands fournisseurs d'accès alors je me doutais bien que si, en plus, on leur pondait une loi les autorisant à le faire, ils n'allaient pas s'en priver. Sauf que j'avais du mal à croire que l'Europe ou les USA acceptent ce genre de pratiques.

– Mais les populations ne vont jamais se laisser faire, ça va être l'émeute ; je suis certain qu'à l'heure où on se parle il y a déjà des manifs dans toutes les grandes villes, m'écriai-je en guettant l'approbation de Néné.

Sauf que ça, c'était dans mes rêves et que, vu sa tronche, mon pote avait oublié de me préciser un détail.

– Gus, y a aucune chance que les populations se révoltent. Pour l'instant les gens ont peur, les autorités leur ont expliqué qu'un groupe terroriste mondial, puissant et ultra-organisé, est à l'origine de l'assassinat du président des États-Unis ET de la destruction des livres par les IGM. La version officielle c'est que cette loi est *provisoire* et qu'elle est là pour les *protéger* des attaques terroristes ; alors tu te doutes bien que, même si de nombreuses personnes ne voient pas d'un très bon œil le fait d'être privées de leurs droits fondamentaux, la majorité est d'accord pour accepter ces mesures d'exception… surtout qu'elles sont présentées comme temporaires !

Là je ne comprenais plus rien ; ce groupe terroriste à l'origine des IGM, ça ne pouvait être que les Autodafeurs. S'ils avaient été démasqués et que leur complot avait enfin éclaté au grand jour, ce que m'annonçait Néné était une excellente nouvelle… alors pourquoi faisait-il cette tête d'enterrement ?

– Ben t'es con ou tu le fais exprès ? Si tout le monde est au courant pour les Autodafeurs, ça signifie qu'ils ne peuvent plus rien contre nous et qu'on va enfin pouvoir quitter Redonda pour aider les autorités à coincer Murphy, m'exclamai-je en me levant d'un bond.

J'étais super enthousiaste mais Néné n'a pas réagi comme je m'y attendais. Au lieu de sauter de joie avec moi, il s'est contenté de me fixer avec le même regard que Césarine quand elle s'apprêtait à me traiter d'idiot.

– Heuuuu… non, Gus, t'as mal compris. Personne ne sait que les Autodafeurs sont à l'origine de ce désastre. Quand je parlais de terroristes et de complot, je te répétais la version *officielle*, celle que les dirigeants donnent au public pour justifier leur fameuse loi.

Je respirai un bon coup pour éviter de le secouer comme un prunier.

– Néné, bon sang, arrête de te tortiller et crache ta Valda. C'est qui ces putains de terroristes si c'est pas les Autodafeurs ?

Néné marmonna une réponse, mais elle était si étrange que j'ai cru un instant que j'avais mal entendu.

– Comment ça, « c'est nous » ? Tu veux dire « nous » toi et moi, « nous » les Français, ou « nous » la Confrérie ?

– Ben… la Confrérie en général… et ta famille en particulier, finit-il par lâcher en baissant les yeux.

Ça m'a coupé le sifflet ; j'avais beau saisir le sens de ce qu'il venait de me dire, c'était tellement délirant que mon cerveau refusait de l'accepter.

– Tu veux dire que la *Confrérie* et plus précisément MA *famille* sont accusées d'avoir assassiné le président des États-Unis d'Amérique ? Rassure-moi, tu déconnes là ?!

La colonie de fourmis rouges sur laquelle semblait être assis Néné depuis quelques secondes devait avoir attaqué la face ouest de son bermuda, car il se mit à gigoter de plus belle et à se passer frénétiquement les mains dans les cheveux sans que j'arrive à croiser son regard.

– Hé ! Néné ! J'te parle. Tu me fais une blague ou t'as fumé la mousse urticante qu'on trouve sur cette putain d'île de merde ?

– Il ne plaisante pas, même que j'ai piraté le film dont il te parle ; je peux te le montrer si tu veux, je pense que ce serait plus convaincant que ses explications, balança tout à coup une petite voix en provenance du mur.

Je me précipitai vers le placard et tirai la porte d'un coup sec, prêt à saisir le taré qui nous espionnait mais… personne.

– Bordel, c'est quoi ça encore ? Qui est-ce qui parle ? criai-je en constatant que Néné et moi étions seuls dans notre chambre.

Néné me fit signe qu'il n'en avait aucune idée et j'allais vérifier dans le couloir quand la petite voix retentit à nouveau.

– C'est Rama ; je suis dans le couloir de service. On entend tout par les bouches d'aération et comme ton ami avait l'air d'avoir du mal à t'expliquer ce qui se passait, j'ai voulu aider.

Sa voix s'échappait d'une petite grille vissée au ras du sol entre nos deux lits.

Néné a rigolé. Moi, pas ; j'ai respiré à fond pour ne pas hurler avant de me pencher et de murmurer le plus calmement possible à ce fouineur de ramener tout de suite son cul s'il tenait un tant soit peu à la vie… et encore, je résume, parce qu'en vrai c'était nettement moins politiquement correct !

journal de Césarine

Après le départ d'Inès, j'ai repris la traduction du carnet de Hernando mais je n'ai pas pu avancer beaucoup à cause de Rama. Mon frère lui avait demandé de venir dans sa chambre en le menaçant de lui faire « bouffer ses orteils par les trous de nez » et du coup Rama avait peur d'y aller tout seul et j'ai dû l'accompagner.

C'était ridicule, d'abord parce que mon frère est peut-être idiot mais il n'est pas méchant et ensuite parce que manger par les trous de nez, c'est impossible.

Sur le chemin, Rama a eu le temps de m'expliquer ce qu'il avait appris sur le complot des Autodafeurs et la nouvelle loi mondiale. Il savait tout parce que, pendant que j'étais dans mon placard, il était allé écouter les adultes depuis notre cachette.

Il a bien fait parce que, même si les nouvelles ne sont pas bonnes, le plan des adultes, lui, est vraiment stupide : ils ont décidé de se cacher et de ne rien faire en attendant de « trouver une solution ».

Quand Rama m'a dit ça, je me suis demandé si c'était vraiment raisonnable de donner autant de responsabilités aux gens sous prétexte que ce sont « des adultes » et j'ai pensé que la définition de ce mot ne devrait pas être établie sur des critères d'âge mais de raison.

Rama a décrit leur position en disant qu'ils pratiquaient « la politique de l'autruche » et, pour une fois, même si c'était idiot, j'ai compris ce que cette image voulait dire : ne sachant pas quoi faire, les grands ont décidé de fermer les yeux sur le danger et de se cacher en attendant que le problème se résolve de lui-même, comme les autruches qui se mettent la tête dans la terre face au danger.

C'est n'importe quoi. D'abord pour l'autruche, qui mériterait d'être une espèce en voie de disparition vu son comportement stupide, mais aussi pour les adultes parce que je ne vois pas bien comment la situation pourra évoluer si on se contente d'attendre que les Autodafeurs viennent tous nous capturer.

Du coup, sur le chemin, j'ai décidé de faire un détour pour aller demander à Inès et à Shé de nous rejoindre dans la chambre de Gus, car il était temps que, nous aussi, nous préparions un plan.

Donc :

1 : Le plan des Diadoques est stupide.
2 : Les autruches aussi.

malédiction

J'avais explicitement menacé Rama des pires représailles s'il ne ramenait pas ses fesses dans notre chambre en quatrième vitesse, pourtant il s'écoula plus d'une vingtaine de minutes avant qu'on frappe enfin à la porte ; j'étais au bord de l'explosion et bien décidé à lui apprendre la politesse à grands coups de pied aux fesses.

– Pas trop tôt ! J'espère que tes neurones bougent plus vite que ton cul parce que c'est pas la peine d'avoir douze doigts de pied si c'est pour avancer plus lentement qu'une tortue asthmatique, gueulai-je en tirant le battant d'un coup sec.

Sauf que…

Debout, bien droite derrière le battant de bois, le bras encore dressé après avoir toqué et une expression de pure surprise sur le visage, ce n'était pas Rama mais Inès qui me dévisageait, et j'ai compris en une fraction de seconde qu'elle était en train de se demander si elle ne devait pas profiter d'avoir la main en l'air pour me la coller une nouvelle fois en travers de la figure.

– Tu peux me répéter ce que tu viens de dire sur mes neurones et sur mes fesses, *coño*? parce que je ne suis pas certaine d'avoir tout compris, me lança-t-elle d'un ton glacé.

Prudent, je reculai d'un pas avant de bafouiller:

– Désolé... je pensais que c'était Rama, le morpion agaçant qui suit ma sœur partout; ça fait un quart d'heure qu'on l'attend et, bref, c'est à lui que je parlais, pas à toi, parce que toi, t'as que dix doigts de pied et je suis certain que tes neurones fonctionnent très bien et que du coup ton... enfin tes...

Heureusement, Néné vola à mon secours avant que je lui parle de ses fesses.

– Ce qu'essaie de t'expliquer Gus, c'est qu'on attend quelqu'un. Alors tu n'aurais pas croisé un petit bonhomme marmonnant des trucs bizarres en venant ici par hasard?

Inès baissa lentement le bras et détourna enfin son attention de moi pour répondre à Néné.

– Non seulement je l'ai vu, mais il était avec la sœur de l'autre idiot; c'est elle qui m'a demandé de venir ici pour, je cite, «trouver un plan pour sauver le monde et éviter de tous mourir à cause d'une autruche»... mais je pense que j'ai dû mal comprendre le dernier mot, ajouta-t-elle un peu perplexe.

– Connaissant Césarine, il y a peu de chances, mais si elle t'a dit qu'elle te rejoignait ici, entre, on verra bien quand elle sera là, lui a répondu Néné en s'effaçant pour la laisser passer.

Après un instant d'hésitation, Inès s'est glissée dans la chambre en faisant bien attention de rester le plus loin possible de moi, ce qui, dans une pièce aussi petite, n'était pas franchement évident.

Plutôt que de s'asseoir sur un des lits, elle s'avança donc vers la petite table qui nous servait de bureau et se jucha souplement entre les livres et les papiers avec un sans-gêne incroyable.

– Ça va ? J'espère que tu es bien installée parce que ce sont mes affaires que tu es en train d'écraser je te signale, grognai-je en ramassant un crayon qui avait roulé jusqu'à mes pieds.

Au lieu de me répondre, Inès prit appui des deux mains sur le rebord de la table, avant de reculer un peu plus son postérieur sans me lâcher du regard.

– Très bien, merci Gu… gus, si j'ai besoin de quelque chose je te le ferai savoir, me susurra-t-elle avec un grand sourire ironique que mon décodeur personnel traduisit immédiatement par : « Je t'emmerde, ducon. »

C'était de la provoc mais le mieux que j'avais à faire c'était encore de ne rien dire… et de croiser les doigts pour que ma sœur mette moins de cinq minutes à arriver, parce que je doutais de tenir aussi longtemps sans en coller une à cette pétasse !

comme si ça ne suffisait pas

Finalement, j'ai réussi à tenir jusqu'à ce que les autres arrivent sans étriper Inès, mais notre petite réunion ne nous a pas apporté grand-chose.

Pire, nous sommes même parvenus à la conclusion que nous ne pouvions plus compter ni sur l'aide des gouvernements infiltrés par les Autodafeurs ; ni sur la population, convaincue que NOUS étions les terroristes ; ni même sur les adultes, stupidement persuadés que les jeux étaient faits.

Du coup, il ne nous restait plus qu'à nous débrouiller tout seuls. Ce qui nécessitait que nous ayons un plan et, vous vous en doutez, c'est là que les choses se sont corsées… parce que nous n'avions pas le moindre début du commencement d'une idée.

Au bout d'une dizaine de minutes, personne n'avait pris la parole. Inès, assise sur MON bureau, semblait concentrée sur le va-et-vient de ses godillots et son reflet dans son large bracelet d'argent ; Néné faisait les cent pas en se passant la main dans les cheveux pendant que Shé, yeux fermés, méditait en tailleur sur son lit et que Rama notait frénétiquement une suite de calculs dans un minuscule carnet à spirale qu'il avait extrait de la poche de son bermuda grège.

Quant à ma sœur, assise le dos bien droit sur le bord de mon lit, elle attendait la suite avec son air énigmatique de statue antique.

– Et il ferait quoi ton Sun Tzu, Cés ? la questionnai-je pour rompre le silence qui s'éternisait.

– Rien, vu qu'il est mort, mais moi j'ai un plan : s'informer, se préparer et attaquer.

C'est sûr, dit de cette manière, ça avait l'air simple…

– OK… et tu peux développer s'te plaît, être un peu plus, comment dire, un peu plus « pratique » ?

Ma sœur me jeta un regard étonné.

– Comment ça « pratique » ? Je ne suis pas une valise à roulettes, je suis une petite fille, je n'ai pas à être « pratique ».

– Ce que ton frère veut dire, Césarine, c'est que tu ne nous dis pas COMMENT mettre ce plan à exécution ; tu restes dans la théorie alors que nous avons besoin d'informations concrètes, lui expliqua calmement Shé en décroisant les jambes dans un crissement soyeux.

Je n'aurais pas mieux dit et je me contentai d'opiner vigoureusement en direction de ma sœur qui fronça les sourcils en me regardant de travers.

– Gus, ce serait bien que tu apprennes à t'exprimer correctement parce qu'on va avoir du mal à combattre les Autodafeurs si tu fais sans arrêt l'idiot, me tança-t-elle avec sa petite voix de maîtresse d'école.

Inès, qui n'avait pas ouvert la bouche depuis le début de la réunion, éclata de rire.

– Comment vous dites déjà en France ? La vérité sort de la bouche des enfants ?

Que ma sœur me traite d'idiot, c'était normal, mais que cette fille en profite pour se foutre de moi c'était inacceptable, aussi je me plantai devant elle pour l'obliger à lever les yeux et me penchai jusqu'à son oreille pour lui murmurer :

– Ouais, on dit ça… mais on dit aussi un tas d'autres choses à propos des filles dans ton genre, que je ne répéterai pas devant des enfants.

La logique aurait voulu qu'elle se mette en colère… pour tout dire, c'était même un peu l'idée, mais comme les filles c'est compliqué et que ça ne fait JAMAIS ce qu'on attend d'elles, ça ne s'est pas passé comme je l'espérais.

Au lieu de s'énerver, Inès a souri et, sans enlever ses fesses de mon bureau, elle a entouré ses jambes autour des miennes pour me rapprocher d'elle.

Malgré ses cheveux courts et son allure de mec, elle dégageait un truc magnétique et je ne me suis pas méfié. La sentir se coller contre moi était, comment dire, pas désagréable et je commençais même à me dire qu'elle était assez près pour me rouler un patin quand elle a tout à coup basculé son corps vers l'avant en renversant la table… et je me suis retrouvé projeté brutalement par terre.

– Et je suis quoi *précisément* comme « genre de fille » ? grinça-t-elle en approchant dangereusement sa lame de mon globe oculaire.

Une chose était sûre, pour le patin je pouvais me brosser et tout un tas de mots se terminant par « -euse » (dont ni « charmeuse » ni « rêveuse » ne faisaient partie !) se bousculèrent dans mon esprit. Heureusement pour mon œil, Néné réagit avant que je lâche une connerie.

– Non mais vous allez arrêter tous les deux ! cria-t-il en tirant Inès en arrière. Je vous rappelle qu'on a déjà les Autodafeurs et la moitié de la planète qui rêvent de nous trucider, alors c'est pas la peine d'en rajouter avec vos plans drague à la con !

Pour le coup, Inès et moi étions sur la même longueur d'onde, parce que c'est dans un même élan que nous nous sommes écriés :

– Un plan drague ?!?! Non mais ça va pas la tête ! avant de nous éloigner l'un de l'autre comme si nous avions la peste.

– Ben voyons, ricana Néné, parce que vous croyez tromper qui avec vos attaques et vos insultes façon « moi, Tarzan », « moi, GI Jane » ? Au lieu de chercher à savoir lequel portera la culotte, essayez plutôt de travailler ensemble, ça nous aidera à avancer et ça sera plus constructif pour tout le monde, ajouta-t-il en nous regardant l'un après l'autre pour être sûr que son message était passé.

– Et pourquoi veulent-ils savoir qui portera la culotte ? Ils n'en ont qu'une pour deux ?

Avant que Shé puisse servir de dico à Césarine, l'agaçant morpion polydactyle la devança :

– C'est simple, on est au printemps et pour tous les animaux c'est la saison des amours, alors les deux, là, ils font un genre de parade nuptiale, comme les marmottes qui sautillent face à face en se lançant des tapes avant de s'accoupler ou les lézards des sables qui se battent avant de conclure.

– Et c'est quoi le rapport avec les culottes ?

– Ben, les culottes, faut les enlever pour s'accoupler, sinon ça ne marche pas, précisa Rama en haussant les épaules.

– Alors, Néné aurait dû dire qu'ils se battaient pour savoir qui allait « enlever » la culotte, pas « porter » la culotte, conclut Cés avec logique.

Assis côte à côte sur mon lit, Rama et ma sœur échangeaient leurs arguments et leurs contre-arguments comme si nous n'existions plus, et leur conversation surréaliste avait sur nous des effets contrastés. Si Shé et Néné se retenaient à grand-peine d'éclater de rire, Inès, gênée, louchait sur ses godillots sans oser me regarder tandis que je me demandais comment sortir de ce guêpier.

– Dis donc, Rama, au lieu de nous la jouer commentateur animalier, tu ne nous avais pas dit que tu avais un film à nous faire voir ? le coupai-je en espérant faire revenir la conversation sur les rails qu'elle n'aurait jamais dû quitter.

Rama cessa enfin ses élucubrations avant de lancer un regard gêné à ma sœur.

– Je sais qu'on avait prévu de ne pas leur montrer mais, vu qu'ils sont déjà au courant des trois quarts de l'histoire…

– Comment ça « vous aviez prévu de ne pas nous le montrer » !? Césarine, il veut dire quoi là ? Tu étais au courant de quelque chose nous concernant et tu ne m'as rien dit ?

Si j'espérais qu'elle s'excuse, c'était mal la connaître et ma sœur se contenta de marmonner qu'elle avait fait ça pour me protéger et, comme elle avait raison, j'ai préféré fermer ma gueule et me concentrer sur le contenu de la clé USB que Rama venait d'ouvrir sur l'ordi de Néné.

Son film, de mauvaise qualité, était l'enregistrement d'une *conf call* entre la NSA, Interpol, le Mossad et différentes autres grandes organisations antiterroristes, et même Néné, pourtant habitué au piratage, était bluffé.

– Comment t'as obtenu ça, Rama ? Les pare-feu de ces organisations sont carrément infranchissables et sont modifiés plus souvent que les perruques de Lady Gaga…

Le gamin haussa les épaules.

– Suffit de prendre à la source, j'ai piraté le satellite de retransmission d'Interpol, dit-il comme si c'était évident.

Le film durait une douzaine de minutes et, comme ils s'exprimaient tous en anglais, il était difficile de tout comprendre, mais quand j'ai vu ma photo ainsi que celles de DeVergy, de Mamina et de maître Akitori défiler sur leurs écrans accompagnées de la mention « Danger-Terroriste », j'ai tout de suite compris ce qui s'était passé : avec le boulot de Mamina dans son laboratoire de biotechnologie, les Autodafeurs n'avaient eu aucun mal à créer des preuves pour lui coller la création des IGM sur le dos et la suite était logique… Si nous étions responsables de la destruction mondiale des livres, nous étions *aussi* à la base de l'attentat.

C'était un coup de maître et, alors que nous comprenions à quel point le plan des Autodafeurs avait été bien préparé, une vague de découragement s'abattit sur nos épaules.

journal de Césarine

Pour une fois j'avais tort. Dire la vérité à mon frère s'est révélé être une excellente idée parce qu'il est enfin redevenu lui-même ; évidemment il est toujours idiot, mais un idiot combatif et pas le garçon sale et sans énergie qu'il était devenu depuis notre fuite de la Commanderie.

Je pense que, comme tous les garçons, il avait besoin de se sentir important et utile à quelque chose et, là, côté importance il avait de la chance car ce n'est tout de même pas courant de figurer parmi les dix personnes les plus recherchées au monde.

Comme ça avait l'air de lui faire du bien, on leur a aussi dit pour l'arrestation de la majorité des membres de la Confrérie, et la prévision des Diadoques comme quoi l'île risquait rapidement d'être découverte et que nous n'y étions pas vraiment en sécurité, mais là ça n'a pas eu l'effet escompté parce qu'au lieu de réfléchir calmement à un plan, ils se sont mis à parler tous en même temps pour dire n'importe quoi.

Alors je leur ai rappelé mon plan :

1 : Trouver le point faible des Autodafeurs.

2 : L'utiliser pour les déstabiliser.

3 : Attaquer.

Sauf que, là encore, ils ont recommencé à parler tous en même temps pour dire n'importe quoi et Rama les a qualifiés de «poules caquetant dans un poulailler», ce qui m'a agacée parce que 1 : c'est idiot ; 2 : je n'aime pas les poules qui mangent les vers qui mangent les morts ; 3 : tant qu'à choisir une image je préfère encore celle de l'autruche parce que, même si elle fait n'importe quoi, au moins elle le fait en silence !

Alors j'ai demandé à Inès de siffler ; ça les a tous calmés et on a pu avoir une conversation intelligente, enfin, surtout un monologue vu qu'ils se sont contentés de m'écouter.

Quand je leur ai tout bien expliqué avec des mots simples, ils ont fini par comprendre mon plan et on s'est mis d'accord sur plusieurs points :

1 : ne rien dire aux autres jeunes pour éviter la panique ;

2 : ne rien dire aux adultes pour éviter qu'ils nous interdisent d'agir ;

3 : nous répartir les tâches selon nos compétences pour être plus efficaces.

Alors j'ai fait les équipes, tout le monde s'est mis au travail et j'ai enfin pu repartir dans ma chambre pour continuer à déchiffrer tranquillement le carnet de Hernando.

travail d'équipe

– Tu ne peux pas avancer un peu plus vite, Gus, on se traîne, là !

La voix mélodieuse qui me traitait ainsi de limace alors que nous descendions vers la grotte était celle d'Inès, mais je me gardais bien de répondre. Depuis trois jours que je me la coltinais, j'avais compris que ne pas réagir à ses provocations était ce qui l'énervait le plus… et je n'avais jamais pris autant de plaisir à me la boucler.

Si nous en étions là, c'est qu'à la suite des dernières révélations de ma sœur et de l'exposé de son plan, nous avions tous convenu que, même si celui-ci n'était pas parfait, nous n'en avions pas d'autre et agir était de toute manière plus utile que de rester à attendre de nous faire tous capturer par les Autodafeurs.

Le trip « martyrs consentants », c'était peut-être le délire des adultes, mais ce n'était pas le nôtre, et nous nous étions tous jetés à corps perdu dans nos missions. Je dis « nos missions », car ma sœur, en bon général, nous avait distribué à chacun des tâches bien précises afin de, *dixit* Césarine, « maximiser notre potentiel en fonction de nos spécialités ».

C'est comme ça que Néné, Shé et Rama avaient été affectés au groupe « renseignements et communication » où ils étaient chargés de dégoter un max d'infos sur les Autodafeurs, mais surtout de nous faire entrer en contact avec Bart.

Depuis notre fuite nous n'avions plus de ses nouvelles et j'étais assez inquiet ; le décès de son père et celui de l'homme aux yeux gris que j'avais battu à mort n'avaient pas pu rester sans conséquences. Ma plus grande crainte était que les Autodafeurs se soient aperçus que le cadet de Montagues les avait trahis pour nous aider et se soient vengés de notre fuite sur lui.

Si j'avais hâte d'être rassuré sur son sort, Césarine pensait surtout que notre ami était le mieux placé pour nous tenir informés des plans des Autodafeurs.

Bref, quel qu'en soit le motif, réussir à joindre Bart était devenu prioritaire et je comprenais que mon faible niveau en informatique m'écarte de cette mission.

Du coup, je m'étais vu attribuer le groupe « action et stratégie », ce qui m'avait fait super plaisir jusqu'à ce que je constate que notre « groupe » était en fait un binôme où je devais composer avec la folle dingue au couteau !

Notre rôle était de prévoir un plan B en cas d'attaque de Redonda en regroupant les outils logistiques nécessaires à une évasion, notamment des armes, ce qui était la partie la plus délicate du boulot car les adultes les conservaient sous clé.

En trois jours, grâce au plan des galeries de service et au passe que nous avait donnés Rama, nous avions réussi à tracer un itinéraire de secours efficace dans lequel nous avions caché des sacs à dos étanches contenant des vêtements et des vivres, et il ne manquait plus que les armes pour que notre paquetage soit parfait.

L'île possédait deux armureries, une dans la salle des communications et l'autre dans la grotte ; pour limiter les risques de nous faire prendre, nous avions décidé de nous concentrer sur la seconde, qui présentait le double avantage d'être placée à côté de notre sortie de secours mais aussi d'être la plus discrète.

Tous les deux vêtus de noir, nous glissions donc le plus silencieusement possible le long des murs gris et nous allions atteindre notre objectif lorsque Inès, poing levé, stoppa net en me faisant signe de m'allonger. Progressant lentement sur le sol caillouteux, je rampai jusqu'à sa hauteur et me collai au plus près de son oreille avant de chuchoter :

– Là ? Maintenant ? t'es sûre que tu ne veux pas que je t'offre un verre avant ?

Ma blague tomba à plat ; Inès ne daigna même pas tourner la tête, mais j'eus au moins le plaisir de voir sa mâchoire se crisper.

– On est pas tout seuls, siffla-t-elle en désignant le bord de l'eau d'un coup sec du menton.

Elle avait raison, collés l'un contre l'autre à une dizaine de mètres, l'ombre d'un couple se détachait dans la pénombre du clair de lune.

Je n'étais jamais venu ici la nuit, mais l'effet produit par les reflets des rayons blanchâtres déchirant la crevasse au-dessus de nos têtes avant d'aller se noyer dans l'eau noire avait quelque chose de fantastique, qui expliquait mille fois que ces amoureux se soient donné rendez-vous ici... sauf que ça n'arrangeait pas nos affaires !

– On laisse tomber ou on attend ? demandai-je à Inès.

– On attend, mais pas ici, sinon ils tomberont sur nous en repartant. On se glisse jusqu'au renfoncement là-bas, moi d'abord et tu me rejoins, dit-elle avant de s'éloigner sans attendre ma réponse.

J'aurais dû m'en douter, Inès n'était pas du genre à demander l'avis de qui que ce soit avant d'agir... surtout pas le mien !

Après trois jours à travailler ensemble, je commençais à mieux cerner sa personnalité : cette nana était une écorchée vive qui ne supportait pas la moindre contradiction et ne laissait aucune prise aux autres. Si elle avait dû se définir à l'aide du questionnaire de Proust, je suis certain qu'elle aurait répondu : ortie pour la fleur, oursin pour l'animal, tank pour le véhicule, coffre pour le meuble et militaire pour le métier !

En fait Inès, c'était à peine une fille ou, en tout cas, elle faisait tout ce qu'elle pouvait pour cacher qu'elle en était une. Entre ses cheveux noirs super courts, ses treillis sur ses tee-shirts blancs, ses gros godillots de l'armée et son absence totale de maquillage, le premier coup d'œil ne faisait pas rêver... et ce n'était pas l'espèce de large anneau d'argent lui servant de bracelet qui la rendait plus féminine, vu qu'il ressemblait plus à une entrave d'esclave qu'à un bijou.

Sauf que voilà, en trois jours, j'avais aussi pu comprendre que tout ça c'était du vent et si elle m'agaçait toujours autant, j'étais obligé d'admettre qu'elle n'avait pas que des mauvais côtés. Finalement, je m'étais rendu compte que ses cheveux courts mettaient en avant ses immenses yeux chocolat, que les tee-shirts blancs sans sous-tif c'était carrément sexy et qu'un treillis moulant sur un corps aussi musclé que le sien... ben ça valait le coup d'œil ! Mais, attention, discret le coup d'œil, parce qu'Inès n'était pas du genre à se laisser mater sans vous en coller une.

Bien allongé sur le sol, je suivais sa progression dans la grotte tout en gardant un œil sur les amoureux bavardant au bord de l'eau quand la luminosité grimpa tout à coup d'un cran. La lune, énorme, venait de se placer à la perpendiculaire de la faille et ses rayons illuminaient la grotte.

Inès avait réussi à atteindre le recoin de rocher derrière lequel nous comptions nous cacher, mais cet afflux soudain de lumière m'empêchait de la rejoindre. D'un geste elle me fit signe de m'éloigner et je m'apprêtais à reculer dans l'obscurité du couloir quand un dernier regard au bord de l'eau me fit changer d'avis : la luminosité était à présent suffisamment forte pour me permettre de distinguer les traits des deux amoureux, sauf que ce n'étaient pas des amoureux... enfin du moins je l'espérais, vu que l'un d'eux n'était autre que ma mère !

Œdipe

Oui, je sais, j'ai réagi comme un gamin de quatre ans en pleine crise d'Œdipe ; oui, je sais aussi qu'avant d'être ma mère ma génitrice est AUSSI une femme comme les autres et je sais, AUSSI, qu'elle a le droit d'avoir une vie privée, voire même de refaire sa vie, vu que papa est mort.

Tout ça JE LE SAIS, mais ce n'est pas parce que je le sais que je suis prêt à l'accepter ; alors voir ma mère au clair de lune en train de parler avec Marc, sa tête à moins de vingt centimètres de la sienne, pendant que l'autre crétin la regardait avec des yeux de merlan frit, ça m'a scotché net sur le sol, aussi sûrement que le coup d'épingle d'un entomologiste sur l'abdomen d'un papillon.

Assise au bord de l'eau, ses cheveux blonds illuminés par la lune encadrant son visage d'un halo lui faisant paraître dix ans de moins, ma mère ressemblait à une adolescente à son premier rendez-vous. En fait, pour la première fois, je la voyais comme une vraie personne, comme quelqu'un qui avait une vie en dehors de moi et je me suis rendu compte que cette réalité était assez difficile à supporter.

Allongé comme un con sur le sol caillouteux, je ne pouvais pas détacher mes yeux de ce couple improbable dont les propos me parvenaient par bribes ; des histoires de leur passé commun, d'une époque où je n'existais pas et qui les faisait rire doucement.

Ma mère avait l'air… heureuse, mais le sourire qui illuminait son visage me lacérait le cœur plus sûrement qu'un poignard. Cela faisait des mois qu'elle ne souriait plus, que la mort de papa l'avait transformée en zombi et j'avais beau avoir tout essayé pour la sortir de son désespoir je n'avais réussi à rien ; et voilà que l'autre crétin la phrasait deux secondes au clair de lune et, bingo, il décrochait le gros lot.

J'étais refait et, quand DeVergy avança la main vers le visage de ma mère pour remettre en place avec douceur une mèche de ses cheveux qui avait glissé derrière son oreille, j'ai pété un câble et me suis précipité vers eux sans réfléchir.

– Ça va ? je vous dérange pas ? ai-je couiné d'une voix pointue que je ne me connaissais pas.

Marc avait de bons réflexes car, le temps que je franchisse la distance qui me séparait d'eux, il s'était déjà relevé et se dressait comme un rempart devant ma mère pour la protéger, ce qui redoubla ma colère.

– T'as peur de quoi ducon ?! C'est ma mère je te signale, je ne vais pas lui faire de mal alors inutile de te la jouer chevalier servant. D'ailleurs, t'as pas autre chose à foutre que de faire les jolis cœurs, Marc ? Non parce que, au cas où tes hormones t'auraient empêché de t'en apercevoir, le monde est « juste » en train de s'écrouler et, si j'ai bien compris, notre capture par les Autodafeurs n'est plus qu'une question de jours… Mais bon, après tout, qu'est-ce que j'en sais, moi ? Peut-être que « draguer » la veuve de ton « pote » à peine refroidi est un plan génial dont la subtilité m'aurait échappé ?!

Je pense que j'aurais pu continuer un bon moment sur ce registre mais un regard sur ma mère, qui avait profité de ma diatribe pour se relever, fit mourir dans mon cerveau le reste des paroles haineuses que j'étais tout prêt à déballer.

Parler devant elle de mon père comme d'un cadavre « à peine refroidi » était stupide.

Autant, il y avait encore quelques secondes, elle semblait avoir perdu dix ans, autant là elle en avait pris vingt d'un coup et ses yeux exprimaient une insondable tristesse qui, mieux que des mots, me fit comprendre à quel point je m'étais conduit comme un sombre idiot.

Ma colère retomba d'un coup et Marc en profita pour contre-attaquer.

– Et, à part te conduire comme un petit garçon jaloux, tu peux m'expliquer ce que tu fais ici en pleine nuit et habillé en tenue de combat, Gus ? Rassure-moi, tu ne serais pas encore en train de nous préparer un des plans dont tu as le secret ? un truc idiot qui nous mettrait tous en danger par exemple ? me dit-il en me scrutant d'un air soupçonneux.

Oups… j'étais mal et je me tortillais à la recherche d'une réponse crédible quand la voix d'Inès résonna dans la grotte.

– Désolée Gus, je crois que je me suis endormie en t'attendant. Faut dire que t'es vachement en retard ! Un bain de minuit c'est pas à 2 heures du mat' que je sache !

Pendant que je piquais ma crise, Inès avait réussi à se faufiler jusqu'à la cabane de plongée et là, debout devant la porte, juste vêtue de sa petite culotte et de son débardeur blanc elle jouait la petite copine fâchée en me fournissant sur un plateau l'excuse que je cherchais désespérément.

Marc et ma mère se retournèrent d'un coup vers elle avant de me scruter d'un air surpris.

– Ben… je crois que vous connaissez Inès ; on s'était donné rendez-vous ici pour, enfin… vous voyez, quoi, pour se baigner et tout mais…

– Mais comme cet idiot était en retard je me suis endormie en l'attendant, compléta Inès en nous rejoignant. Mais bon, vous connaissez les garçons, madame ; des promesses, toujours des promesses mais quand il faut agir, y a plus personne, ajouta-t-elle en me balançant une claque sur les fesses comme si j'étais un vulgaire taureau de concours.

Ma mère, encore choquée par ma réaction, a esquissé un pâle sourire, mais De Vergy n'avait pas l'air convaincu.

– Et donc, tu comptes me faire avaler que tu te mets en tenue de combat pour rejoindre une fille pour un bain de minuit ?!

– Il a dû croire que ça ferait plus viril, lui répondit Inès en se collant contre moi avant d'ajouter : Ôh oui… toi homme fort, moi femme faible, sauve-moi je t'en prie !

C'était carrément ridicule mais, après quelques secondes d'hésitation, Marc éclata de rire et je me dis que c'était tout de même vexant qu'il puisse croire une seule seconde que j'étais capable de m'habiller en guerrier pour tenter d'impressionner une fille... surtout celle-là ! Mais si cette peste voulait jouer, j'allais lui prouver que, moi aussi, j'étais capable de la coincer.

Entrant dans son jeu, j'ai passé mon bras autour de ses épaules en lui claquant la fesse gauche au passage.

– En même temps, ce n'est pas comme si elle n'aimait pas ça. Hein Inès que tu aimes jouer les faibles filles sans défense ?

Si son regard avait pu tuer je serais mort sur place, mais comme elle ne pouvait rien dire, j'ai poussé le bouchon un peu plus loin en la plaquant contre moi avant de lui rouler une pelle digne de figurer dans un mauvais film américain.

Je vous aurais bien dit que c'était super agréable, mais la vérité c'est qu'Inès était tellement raide de colère que j'avais l'impression d'embrasser un tronc d'arbre et que je me suis bien gardé de glisser ma langue dans sa bouche de peur qu'elle ne me la sectionne d'un coup de dent.

N'empêche que mon petit numéro fonctionna à merveille car, à peine quelques secondes après que j'aie posé mes lèvres sur celles d'Inès, nous avons été interrompus par un toussotement gêné.

– Bon, eh bien on va vous laisser vous baigner tranquillement, mais vous ne rentrez pas trop tard, OK ? Viens Julie, je te raccompagne, glissa DeVergy à ma mère en prenant son bras tout en guettant ma réaction.

Salopard ! Il savait que j'étais coincé ; maintenant que je leur avais fait mon petit numéro avec Inès, c'était difficile de jouer les petits garçons jaloux.

– Maman…

Avant qu'elle s'en aille, je voulais lui dire… lui dire quoi ? J'étais à moins de deux mètres d'elle, mais mon cerveau était vide et je restais comme un idiot à regarder ses yeux tristes sans trouver les mots que je cherchais. Les secondes s'étiraient, gênantes, lourdes, et je pense que ma mère comprit, car elle finit par avancer doucement vers moi et poser légèrement ses lèvres sur ma joue avant de murmurer à mon oreille les seuls mots que j'avais besoin d'entendre : « Je t'aime, mon fils. »

journal de Césarine

Il m'a fallu deux jours pour finir de traduire le carnet de Hernando et une journée complète pour comprendre ce que mes découvertes impliquaient :

Papa avait raison : le « Livre qu'on ne peut pas lire » n'est pas une légende, c'est même lui qui a rendu le père d'Hernando un peu fou au point de le convaincre de traverser le monde pour aller le cacher là où personne ne pourrait le retrouver.

Je ne sais toujours pas ce que contient ce fameux livre, car Hernando précise qu'il ne l'a pas lu et le seul passage où son père lui en parle est complètement stupide, mais ce qu'en dit Hernando prouve qu'il a fait forte impression sur l'Amiral.

Carnet de Hernando

14 juin de l'an de grâce 1502

Les crises de délire de père ont repris et elles sont de plus en plus fortes et je commence à craindre que quelque esprit malin se soit emparé de son esprit.

Quand je suis arrivé dans sa cabine après mon quart, la nuit était déjà bien avancée pourtant je l'ai trouvé penché sur sa table de travail. Son visage était éclairé par une curieuse lueur semblant émaner d'un miroir qu'il était en train de contempler tout en marmonnant un flot de paroles blasphématoires.

À son haleine chargée de vapeurs d'alcool et à ses yeux fiévreux, j'ai compris que l'Amiral avait bu plus que de raison, mais même cette découverte n'explique en rien l'infamie des propos qu'il m'a tenus ensuite.

Je pense que je l'ai surpris, car dès qu'il s'est aperçu de ma présence il a immédiatement recouvert son miroir avec une étoffe avant de se précipiter vers moi. Lui habituellement peu démonstratif m'a alors serré dans ses bras comme jamais il ne l'avait fait auparavant, m'appelant son « fils bien-aimé », son « sauveur » avant de me traîner jusqu'à son galetas, m'obligeant à m'y asseoir tandis qu'il saisissait mon visage entre ses mains puissantes pour m'embrasser le front en me bénissant.

J'ai probablement dû moi aussi être assommé par quelque vapeur d'alcool, car j'ai été incapable de réagir et me suis laissé emporter par la folie de mon père.

Son agitation était extrême. L'image de cet homme puissant, le visage enflammé par l'alcool et luisant de sueur, sa chemise de batiste blanche voilant à peine son impudeur tandis qu'il tournait frénétiquement entre les murs de sa cabine, était stupéfiante. Il cherchait à me dire quelque chose mais sans cesse il reculait, hésitait, prenait son visage entre ses mains en gémissant « qu'il ne pouvait pas », que « s'en séparer » était comme « s'arracher le cœur ». Je ne comprenais rien à ses propos et cherchais vainement un moyen de le calmer quand tout à coup, craignant sans doute quelque espion, il est allé tirer la porte pour vérifier que personne ne se tenait derrière et, constatant que nous étions bien seuls, il s'est enfin décidé à m'exposer la cause de son trouble.

Une cause si monstrueuse qu'elle ne peut s'être formée que dans un esprit malade ou possédé par le démon.

S'accroupissant face à moi, l'Amiral, et j'ose à peine retranscrire ses paroles tant celles-ci sont incompréhensibles, m'a demandé si... si je croyais en Dieu !

À cet instant, je n'ai plus eu aucun doute sur sa folie : comment cet homme instruit des mystères de la foi pouvait-il ainsi oser remettre en cause l'existence de Dieu ?! Ma stupéfaction et mon horreur ont dû se peindre sur mon visage, car sans me laisser le temps de répondre mon père a ajouté :

« Et crois-tu en l'Homme, mon fils ? Penses-tu que l'Homme soit prêt à vivre et à mourir en Homme ? »

Que fallait-il que je réponde à cela ? Peut-on répondre à la folie ? Non, bien sûr et je me contentais d'écarquiller les yeux devant une telle horreur, m'apprêtant même à quitter la cabine de mon père pour aller quérir le chirurgien et lui réclamer quelque remède quand, aussi vite qu'il était devenu fou, mon père a recouvré la raison.

Semblant se rendre compte de mon désarroi, il m'a souri, me disant de ne pas m'inquiéter et que ma réaction lui avait fourni la réponse qu'il cherchait depuis des années. « J'espérais que, en lui ouvrant les routes de son monde, j'ouvrirais en même temps les yeux de l'homme sur son humanité; mais je me suis trompé, personne n'est prêt à entendre la vérité... il n'y a de pire aveugle que celui qui ne veut pas voir. »

Tout en prononçant cette parole christique mon père s'est levé et, après avoir à nouveau vérifié que personne ne se tenait derrière la porte de sa cabine, il m'a demandé de me retourner quelques minutes. J'ai obéi mais, si je n'ai rien vu de ce qu'il faisait, j'ai entendu qu'il brassait les papiers de son bureau. Quelques instants plus tard, l'Amiral se tenait devant moi et me tendait un petit paquet qu'il tenait avec grand respect.

« Hernando, mon fils, ce qui est enfermé dans ce paquet contient une vérité que l'homme n'est pas prêt à voir, une vérité trop dangereuse pour être dévoilée aujourd'hui, mais trop importante pour que nous laissions nos ennemis la faire disparaître. Hernando, quand j'ai découvert cette vérité, j'ai su que rien n'était impossible, grâce à elle j'ai bravé l'incrédulité des hommes, affronté leurs peurs, l'inconnu, et ai offert un nouveau monde à l'humanité; mais ce que j'ai fait, Hernando, n'est rien à côté de l'importance de ce que tu vas réaliser maintenant. Tu dois cacher ce livre que personne ne peut lire, le cacher suffisamment profondément pour qu'il soit à l'abri du temps et des hommes jusqu'à ce qu'ils soient prêts à le retrouver. J'ai confiance en toi mon fils. »

Sans dire un mot j'ai saisi le paquet qu'il me tendait, un petit paquet recouvert de cette peau huilée qui *permet de protéger les papiers de la corruption par l'eau de mer. J'attendais qu'il ajoute quelque chose, mais rien ; déchargé de son fardeau, l'Amiral s'est allongé sur sa couchette et, probablement exténué par son accès de folie, il a aussitôt plongé dans un profond sommeil.*

Je suis resté à ses côtés jusqu'au matin, mon petit paquet entre les mains, en me promettant bien de ne jamais, jamais l'ouvrir.

Évidemment, comme je ne crois ni en Dieu, ni au Diable, ce passage me semble franchement être du grand n'importe quoi, mais Rama m'a fait remarquer que le plus important n'était pas ce que MOI je croyais mais ce que l'AMIRAL et HERNANDO croyaient.

C'était logique, alors j'ai décidé de laisser de côté les trucs idiots pour me concentrer sur les faits et j'en ai tiré les conclusions suivantes :

1 : le « Livre qu'on ne peut pas lire » existe ;

2 : le « Livre qu'on ne peut pas lire » peut être « vu » (car c'est ce que l'Amiral dit avoir fait), mais cette vision est si perturbante qu'elle peut rendre fou celui qui s'y risque.

Je pense donc que ce Livre est celui que nous devons trouver pour battre les Autodafeurs, celui qui peut nous permettre de faire basculer la partie en notre faveur.

Mais il reste un problème, car si j'ai fini par comprendre qu'Hernando et son père voyageaient dans les Caraïbes, ce qui nous arrange car l'île de Redonda y est aussi, c'est tout de même une trop grande zone de recherche pour se lancer sans plus de détails (Rama parle d' « aiguille dans une meule de foin », ce qui est un peu idiot vu qu'ici on n'a pas de foin, mais j'ai compris ce qu'il voulait dire).

La bonne nouvelle, c'est que dans les chapitres suivants Hernando donne plein de détails sur son expédition, mais la mauvaise c'est que, comme c'est un garçon… on ne comprend rien à ce qu'il raconte.

J'en ai conclu que j'avais besoin d'aide, alors j'ai recopié le passage le plus idiot pour aller demander à Inès ce qu'elle en pensait.

un tableau de Brueghel

— Il est primordial que vous ressentiez votre environnement avec toutes les parties de votre corps. Concentrez-vous sur les vibrations du sol sous la plante de vos pieds, sur le moindre déplacement d'air effleurant votre peau ; percevez les minuscules craquements, les bruits et les odeurs qui pourraient vous indiquer où se trouve votre ennemi... Sans vos yeux, l'essentiel est d'anticiper, de vivre en symbiose avec les éléments pour qu'aucune des variations, la plus subtile soit-elle, ne vous échappe.

Plongé dans une profonde obscurité, j'entendais la voix de maître Akitori résonner clairement dans le dojo mais, malgré ses conseils, j'avais du mal à me concentrer sur l'exercice, tant la fin de ma nuit avec Inès accaparait mon esprit.

Après notre petit numéro devant ma mère et DeVergy, nous avions achevé notre mission dans un silence pesant où ma gêne n'avait d'égale que sa colère. En l'embrassant de force j'avais agi comme le dernier des abrutis. Je m'en voulais à mort mais, à chaque fois que j'avais essayé de m'excuser, elle m'avait envoyé bouler. Même si la mission avait été finalement un succès (nous avions réussi à dérober discrètement suffisamment d'armes pour tenir un siège), je gardais de cette victoire un goût amer qui ne s'effaçait pas.

— T'es mort, *cretino*, me chuchota la voix d'Inès tandis que je sentais, trop tard, son bras s'enrouler autour de mon cou et la pointe de son couteau se poser sur ma peau.

— Auguste, sur le banc ! Les autres vous continuez ! cria maître Akitori sur ma droite.

Avançant bras tendus en avant pour ne percuter personne par inadvertance, je me glissai en soupirant jusqu'au mur et le suivis des doigts pour atteindre le banc.

— Tiens, enfile ça si tu veux suivre les progrès de tes camarades, me chuchota maître Akitori en me tendant une paire de lunettes à vision thermique.

L'obscurité où je baignais depuis une bonne demi-heure s'effaça pour laisser place à un monde verdâtre où les formes rouges de mes amis se détachaient comme des démons sur une toile de Brueghel. L'exercice que nous avait proposé maître Akitori, à savoir se battre dans le noir absolu, était intéressant et je me maudis de ne pas avoir été capable de tenir plus longtemps… éliminé dans les premiers, et par Inès en plus, c'était vraiment la loose !

Assez vite je fus rejoint sur le banc par Néné, puis par Gabrielle, une nana que je connaissais à peine mais dont j'avais un peu pitié depuis que j'avais appris qu'elle s'était tapé le trajet jusqu'à Redonda avec Rama et qu'en plus elle partageait sa chambre avec Inès. Pour être sympa j'ai attendu qu'elle passe ses lunettes et je lui ai fait signe de nous rejoindre, mais elle ne m'a pas calculé et a pris bien soin d'aller s'asseoir le plus loin possible de moi. J'étais peut-être parano, mais je commençais à avoir l'impression qu'Inès avait soigné ma réputation.

– Dis donc Néné, je pue ou quoi ? demandai-je à mon pote en désignant une seconde nana éliminée qui allait se poser à l'autre bout du banc.

Néné, qui suivait avec attention la progression de Shé, glissa un doigt sur ses lèvres en désignant le centre du dojo et je me résignai à rester silencieux.

Au bout de dix minutes, seules trois ombres rouges se déplaçaient encore : Shé, Inès et Lorenzo, immobiles, se tenaient debout dans le plus grand silence en attendant que l'un d'eux fasse une erreur quand la porte s'ouvrit tout à coup en envoyant un flash de douleur dans nos rétines.

– Vous faites quoi dans le noir ? C'est idiot, lança une voix que je connaissais bien.

– Un exercice d'attaque nocturne, Césarine. Tu peux te joindre à nous si tu le souhaites, mais avant, peux-tu fermer la porte, s'il te plaît ? répondit patiemment maître Akitori.

Sans dire un mot, ma sœur s'inclina à la perpendiculaire devant lui avant de nous replonger dans le noir en ajoutant sa petite silhouette rouge sur notre fond vert.

Nos voisins et voisines eurent l'air surpris que leur maître laisse une petite fille participer à son cours, mais Néné comprit tout de suite ce qu'impliquait l'arrivée de ma sœur.

– Putain, y sont morts, ricana-t-il doucement.

Évidemment, il avait raison et je me réjouis en pensant qu'Inès ne l'emporterait pas au paradis. Depuis qu'elle avait passé un mois les yeux fermés pour vivre comme son copain aveugle, Césarine se déplaçait dans le noir comme en plein jour et je savais que cet exercice ne lui poserait aucun problème.

Je ne me trompais pas ; éliminant d'abord Shé dans le plus grand silence, elle étala ensuite Lorenzo d'une manchette judicieusement (et douloureusement) placée avant de s'avancer vers Inès sans la moindre hésitation.

– C'est quoi son truc à ta sœur ? Elle a des yeux de chat ou quoi ?! me demanda Lorenzo, un poil vexé, en se posant sur le banc à côté de moi.

J'étais concentré sur Inès, mais Néné répondit à ma place.

– Ouais, des yeux de chat, la précision d'un laser, la froideur d'Hannibal Lecter et la mémoire d'un ordi… n'essaye même pas de lutter, mec, c'est perdu d'avance !

Sur le tatami ma sœur tournait autour d'Inès comme un requin autour de sa proie mais, chose étrange, Inès tournait en même temps qu'elle et, aussi incroyable que ça paraisse, je compris qu'elle l'avait sentie venir.

– Vous ne pouvez pas vous contenter d'attendre, lança tout à coup maître Akitori. Dans un combat réel le temps est votre ennemi, il faut attaquer vite sous peine d'être débordé.

Ma sœur ne se le fit pas dire deux fois et sa jambe partit tout à coup au ras du sol à la rencontre de celles d'Inès… qui l'évita d'un bond avant de retomber sur Césarine et de la clouer au sol.

– La vache ! elle est drôlement forte la meuf, siffla Lorenzo. Je comprends mieux pourquoi t'as des vues sur elle, Gus… Par contre t'aimes le challenge, parce qu'à mon avis c'est pas gagné, conclut-il en avisant le discret doigt d'honneur qu'Inès venait de me lancer derrière le dos de ma sœur.

Je soupirai, qu'est-ce qu'ils avaient tous à vouloir me caser avec cette nana ?! Non mais franchement, comme si ma vie n'était pas assez compliquée !

journal de Césarine

J'ai retrouvé Inès avec les autres dans le dojo. Maître Akitori leur faisait faire un exercice de combat dans l'obscurité et m'a proposé de participer. Comme j'étais un peu pressée j'ai accepté, parce que je savais qu'avec moi ça irait plus vite.

Je ne comprends pas pourquoi les gens sont aussi maladroits quand on leur enlève la vue alors qu'il leur reste leurs quatre autres sens pour compenser.

C'est pourtant simple d'utiliser son nez, ses oreilles et les vibrations du sol pour repérer ses adversaires.

Shé était peut-être très discrète dans ses déplacements, mais elle sentait beaucoup trop bon pour pouvoir m'échapper, quant au gentil garçon à l'accent italien qui souriait tout le temps, il respirait trop fort.

En moins de deux minutes il ne restait qu'Inès et moi sur le tatami et j'allais la chercher quand je me suis souvenue que j'avais quelque chose à lui demander et que mamie m'avait dit qu'on n'attrapait pas les mouches avec du vinaigre.

Oui, je sais, c'est idiot, mais quand je lui avais dit que je ne voyais pas l'intérêt d'attraper des mouches vu que j'étais une petite fille et pas une grenouille, mamie m'avait expliqué que c'était une expression signifiant qu'il fallait toujours demander les choses gentiment aux gens quand on avait besoin de leur aide… comme les mouches qu'on attrape avec du miel (ou avec une langue gluante si on est un batracien).

Donc :

1 : Comme j'avais besoin d'aide, que je n'avais pas de miel et qu'Inès n'était pas une mouche, je l'ai laissée gagner.

découverte

Le cours de maître Akitori à peine terminé, je m'approchai d'Inès pour mettre les choses au point une bonne fois pour toutes quand ma sœur me coupa l'herbe sous le pied.

– Tu es contente d'avoir gagné ? lui lança-t-elle sans préambule.

Un peu surprise, Inès se contenta de hocher mécaniquement la tête.

– Super, alors tu peux lire ça et me le traduire, ajouta Césarine en sortant un papier de sa poche.

Inès tourna les yeux vers moi en saisissant machinalement la feuille que ma sœur lui tendait mais je ne pouvais pas l'aider; je n'avais pas la moindre idée de ce qu'était ce bout de papier et je me contentai de lui répondre d'un haussement d'épaules.

Il n'y avait guère qu'un recto rempli de l'écriture ronde et serrée de ma sœur, pourtant Inès le lut et le relut une bonne dizaine de fois avant de relever vers nous un regard que je qualifierai, au mieux, d'halluciné, mais qui semblait tout droit tiré d'un extrait de *Shining*.

Carnet de Hernando

15 juin de l'an de grâce 1502

Nous sommes enfin arrivés au bout de l'Océan et, malgré le vent violent et la mer agitée, la joie des hommes fait plaisir à voir... Les matelots de la Gallega ont même dansé et chanté sur le pont en criant tellement fort que les Indes tout entières doivent être au courant de notre arrivée. Mon père a beau en être à sa quatrième traversée, il a beau être précédé des légendes qui courent sur son nom, il n'en reste pas moins que la majorité des marins sont des êtres frustes qui, comme saint Thomas, ont besoin de toucher la terre du doigt pour se convaincre qu'ils sont arrivés sains et saufs à bon port.

Hier, j'ai voulu aller instruire l'Amiral du plan que j'avais élaboré avec Mahanibos pour mener à bien ma mission, mais père a refusé que je lui en communique les détails ; il ne souhaite pas savoir où le livre sera caché, car il dit qu'un secret qu'on ne connaît pas ne peut pas être révélé. Néanmoins, il a accepté de faire relâche sur Ioüanacéra, l'île où vit le peuple de Mahanibos, pour que nous ayons le loisir de remplir notre tâche.

Nous avons donc trois courtes journées devant nous et, dès que les marins nous auront ramené une pirogue, nous partirons rejoindre ce que Mahanibos appelle « le joyau de l'île aux Iguanes » ; un lieu secret où ses ancêtres dissimulaient leurs trésors et où il m'a promis que le « Livre qu'on ne peut pas lire » serait en sécurité.

En échange, je lui ai promis la liberté et, même si je suis peut-être fou, même si certains disent que ces Indiens n'ont pas d'âme, je sais qu'il ne me trahira pas.

– Où tu as trouvé ça, Césarine ? bafouilla-t-elle en désignant du doigt les lignes qu'elle venait de lire comme si c'était la formule pour transformer le plomb en or ou le numéro perso d'une star du rock.

– Je ne l'ai pas « trouvé », je l'ai recopié.

– Oui, mais tu l'as recopié où ? sur quoi ?!

– Eh bien sur une feuille, celle que je t'ai donnée. Alors ça veut dire quoi ? Parce que ces histoires de pierres précieuses et d'iguanes moi je n'y comprends rien et que j'aimerais bien savoir où il est caché ce « Livre qu'on ne peut pas lire », lui répondit Césarine en penchant la tête.

Voir Inès perdre son calme, c'était cool… mais j'ai tout de même décidé de reprendre la main pour que cette conversation ne tourne pas au grand n'importe quoi.

– Cés, ce qu'Inès demande, c'est *à quel endroit* tu as trouvé le texte d'origine, celui que tu as recopié ?

À sa tête, j'ai compris que ma sœur savait très bien ce que voulait dire Inès… Mais quand Césarine se mordillait la lèvre comme ça, c'est qu'elle savait que ce qu'elle avait fait était limite.

– Cés… il vient d'où ce texte ?

Ma sœur tourna la tête autour d'elle comme pour vérifier si quelqu'un pouvait nous entendre mais, à part Gabrielle qui rangeait les lunettes de vision nocturne à une vitesse d'escargot, tous les autres étaient partis se changer et elle se décida à me répondre.

– C'était dans un petit carnet, finit-elle par avouer dans un souffle.

– Mais ce carnet, tu l'as trouvé où ?! insista Inès.

– Je ne l'ai pas « trouvé », je l'ai « emprunté ». Juste avant de nous enfuir, pendant qu'on attendait tous Gus dans la cour de la Commanderie, j'ai ouvert un des coffrets qu'on avait trouvés sous la chapelle et j'ai pris ce qu'il y avait dedans. Je voulais juste regarder mais, après, le prof de Gus m'a demandé si j'avais rangé les carnets en sécurité et, comme ils étaient dans mon sac à dos, c'était la vérité alors j'ai dit oui et puis, ensuite, je suis partie chercher mon frère dans les bois, j'ai entendu l'hélicoptère, j'ai grimpé dans un arbre, je suis redescendue et lui, là, dit-elle en me désignant d'un coup de menton, il m'a endormie et je n'ai pas pu remettre les carnets à leur place et, comme tout a explosé, c'était trop tard alors je les ai gardés.

Bon, j'avoue, Césarine, quand t'as pas le décodeur, elle est parfois difficile à suivre.

Sans déconner, la tête d'Inès, c'était juste à mourir de rire et j'aurais bien embrassé ma sœur pour ce cadeau si je n'avais pas risqué de me retrouver le cul par terre en le faisant… et si un détail de son histoire ne m'avait pas interpellé.

– Attends un peu, Cés, tu veux dire que tu as piqué un des livres du trésor de la Confrérie dans le conteneur avant qu'il n'explose ?!

Regard agacé de ma sœur.

– Évidemment, parce qu'*après* ça n'aurait pas été possible, et puis pour être tout à fait exacte je n'en ai pas pris un, mais deux parce qu'ils étaient ensemble dans le même coffret.

Mon Dieu, ce qu'elle pouvait être exaspérante quand elle s'y mettait !

Parti comme c'était on allait y passer la nuit quand Inès, qui semblait avoir retrouvé ses esprits, prit les choses en main d'une manière un peu plus, comment dire, directive.

– Maintenant ça suffit, on s'en fout de la manière dont tu as récupéré ces carnets. Moi ce que je veux c'est que tu me les montres, et pas dans dix ans, maintenant ; alors tu bouges tes jolies petites couettes, tu fais avancer tes socquettes et tu me conduis à l'endroit où ils sont rangés.

– En fait ce ne sont pas mes socquettes qui avancent mais…

C'était bien essayé de la part de Césarine, mais Inès ne lui laissa pas finir sa phrase. Poings sur les hanches, visage tendu, elle se pencha à hauteur de ma sœur avant de lui couper la parole d'une voix aussi tranchante qu'un couteau à sushi.

– J'ai dit MAINTENANT !

Ça avait le mérite d'être clair et, son ton ne laissant aucune place à la contestation, ma sœur se mit en route sans ajouter un mot.

J'aurais bien aimé savoir pourquoi ces carnets intéressaient tant Inès mais celle-ci, plongée dans ses pensées, refusait de répondre à mes questions. Devant nous, ma sœur avançait en sautillant tout en fredonnant un air agaçant qui m'était familier et, comme c'était bien la première fois que je l'entendais montrer de l'intérêt pour la musique, je tenais peut-être l'explication au mystère de la disparition de mon iPod !

– C'est quoi ce que tu marmonnes, Cés ?

– Bach, *Concertos brandebourgeois* numéro 5 en ré, BWV 1050.

– Et tu aimes ce truc ?

Ma question la stoppa net au milieu du couloir.

– Aimer ? Tu veux dire aimer comme la mousse au chocolat ou aimer comme toi et Isabelle ? Parce que je ne peux pas la manger et je ne peux pas non plus me marier avec, vu que c'est de la musique.

Zut, j'avais oublié que ma sœur creusait la question de l'usage du verbe « aimer » depuis un moment et qu'elle ne ratait jamais une occasion de mettre le sujet sur le tapis ; j'avais intérêt à me rattraper vite fait sinon on en avait pour une heure… et je ne tenais pas tant que ça à détailler ma relation avec Isabelle devant Inès.

– « Apprécier », Cés, pas « aimer » ; je voulais dire « est-ce que tu éprouves du plaisir à écouter cette musique », parce qu'en fait c'est plutôt une musique de vieux.

– Ah bon ? Il y a des âges pour la musique comme pour lire les livres ou tuer les gens ?

– Non, non, pas du tout c'est juste que, en général, les jeunes aiment plus le rock, la pop, le rap… enfin, des trucs qui bougent.

Sourire de ma sœur.

– Eh bien alors ils devraient aimer Bach, parce que c'est très rythmé.

À côté de moi, Inès, qui bouillait littéralement depuis que Césarine s'était arrêtée, finit par exploser.

– Dites donc, ce n'est pas bientôt fini, les Victoires de la musique ?! Ce n'est pas le sujet, là, alors on se remet en route et *allegro presto* !

journal de Césarine

Je ne comprends pas ce qu'ils ont tous avec Bach. Pourquoi, quand mon frère écoute de la musique bruyante où de vieux barbus crient tellement fort qu'on croirait qu'ils sont en train de se faire torturer, tout le monde trouve ça normal, alors que quand, moi, j'écoute Bach, tout le monde trouve ça bizarre ?

Rama, lui, il écoute tout le temps Bach ; à chaque fois que je vais le voir je le trouve avec un casque sur les oreilles qui dodeline de la tête en écrivant à toute vitesse des suites de chiffres sur son petit carnet. Ce qui est drôle c'est que, même sans entendre la musique, il suffit que je regarde les chiffres qu'il est en train de tracer pour discerner comme un rythme, un schéma tournant en boucle et s'amplifiant à l'infini.

La première fois que Rama m'a donné son casque, j'ai hésité à accepter parce que, normalement, je n'aime pas trop la musique car ça fait du bruit ; mais comme Rama avait accepté de lire Sun Tzu ça n'aurait pas été correct de refuser, alors j'ai posé les écouteurs sur mes oreilles.

Et il s'est passé quelque chose.

Comme si les notes s'emparaient de moi, emplissant mon esprit pour le gonfler et pour l'élever si haut que je me suis sentie devenir Dieu (enfin, s'il existe, ce qui, comme le dit Pascal, n'est qu'une hypothèse, logique, mais une hypothèse).

Les notes s'enchaînaient et je voyais un dessin se former, une spirale, un oméga, un mélange des deux, comme une immense molécule d'ADN tournoyant sur elle-même dans une explosion de couleurs où chaque note correspondait à une impulsion de lumière.

C'était… indescriptible et je serais certainement restée des heures enroulée dans cette musique si Rama ne m'avait pas enlevé le casque pour me faire signe qu'il était l'heure d'aller manger.

Depuis, j'ai emprunté l'iPod de mon frère et quand j'ai besoin d'être seule je vais dans la maison de mon esprit et j'écoute Bach.

Alors non, vraiment, je ne comprends pas pourquoi :

1 : tout le monde trouve bizarre que j'écoute Bach ;

2 : mon frère est fâché alors que j'ai remplacé toutes les chansons bruyantes de son iPod par de la belle musique.

lecture

Finalement, comme maman était dans sa chambre et que je ne tenais pas à lui dévoiler notre plan, nous avons dû laisser Césarine aller chercher son sac toute seule et retourner nous installer dans ma chambre.

Après ces allers-retours, nous attendions avec impatience de voir ces fameux carnets, mais ma sœur fermant toujours son sac à dos « Monsieur-Madame » par une quantité impressionnante de nœuds complexes, nous avons dû attendre encore quelques minutes de plus.

Depuis qu'elle avait lu le morceau de papier que lui avait donné ma sœur, Inès, fébrile, n'avait cessé de tripoter le large bracelet d'argent qu'elle avait au poignet, le tournant et le retournant comme si ce geste pouvait accélérer les choses et je sentais bien qu'elle bouillait d'impatience.

– T'as pas un couteau, que je lui refasse le coup d'Alexandre devant le nœud gordien ? finit-elle par me siffler avec énervement.

Ça, c'était vraiment une très mauvaise idée !

– Heuuu… si tu savais ce que ma sœur est capable de faire avec un simple stylo, je pense que tu hésiterais avant de t'approcher d'elle avec un couteau… d'autant qu'elle déteste qu'on touche à ses affaires, alors à ta place j'attendrais bien sagement qu'elle en ait fini avec son sac.

Inès haussa les épaules.

– Si tu crois que j'ai peur de cette crevette, tu te trompes, d'ailleurs je te rappelle que je n'en ai fait qu'une bouchée dans le dojo tout à l'heure.

Immédiatement, la voix de ma sœur s'éleva dans la chambre.

– Erreur. D'abord je ne suis pas un crustacé mais une petite fille, ensuite tu ne m'as pas mangée, enfin, si le sens de ta remarque sous-entendait que tu m'avais battue, c'est inexact vu que je t'ai laissée gagner.

Inès sursauta.

– Et pourquoi tu aurais fait ça ?

– Parce que je voulais te demander de m'aider à comprendre ce que racontait Hernando et que mamie m'a expliqué qu'on ne peut pas demander des choses aux gens avec du vinaigre. Alors je t'ai laissée gagner, même si tu n'es pas une mouche, et mamie avait raison vu que tu as accepté de m'aider, conclut ma sœur sans lever les yeux de son sac.

J'éclatai de rire, à force de lire Sun Tzu ma sœur commençait à devenir une experte en stratégie et, à voir la tête d'Inès, son amour-propre venait d'en prendre un coup.

– T'inquiète pas, on se fait tous avoir au moins une fois ; maître Akitori lui-même s'est laissé prendre au piège et ça lui a valu cinq minutes dans les vapes la tronche écrasée sur le tatami… Toi, au moins, elle t'a laissée gagner, je trouve que tu t'en sors bien.

Inès n'avait pas l'air d'accord avec moi, pourtant, prudemment elle abandonna son idée stupide et se laissa tomber sur le lit à côté de moi en maugréant je ne sais quoi en espagnol.

– Voilà, je les ai, nous dit Césarine en nous tendant les deux carnets qu'elle venait d'extraire de son sac.

J'en ai saisi un pendant qu'Inès se jetait sur l'autre et l'ai retourné doucement entre mes mains pour l'observer ; c'était un carnet de cuir, visiblement très ancien, dont la couverture épaisse était ornée d'un blason représentant un château, un lion dressé, des ancres, et ce que je reconnus comme la mer avec des poissons. Avant de l'ouvrir, je jetai un coup d'œil au carnet d'Inès et sursautai : il était en tout point identique au mien !

– Regarde, ils ont la même couverture, lui signalai-je en lui tendant mon exemplaire.

Mais j'aurais aussi bien pu lui dire que des Martiens venaient d'envahir l'île tout en dansant nu devant elle avec une plume dans le cul qu'elle ne m'aurait pas plus écouté.

Figée devant son carnet, Inès pleurait en silence sans esquisser un geste pour essuyer ses larmes.

– Heu… ça va Inès ?

Une question aussi conne ne méritait pas de réponse.

Je ne savais pas ce que ce blason représentait pour elle mais, ce qui était certain, c'est que le voir lui avait fait un choc.

Incapable de prononcer une parole, Inès se retourna doucement avant de faire glisser son débardeur pour découvrir le haut de son épaule droite : là, tatoués sur son omoplate, j'ai vu apparaître un château, un lion dressé, une mer parsemée de poissons et des ancres de marine, le tout réuni dans un écu en tout point semblable à celui gravé sur la couverture de cuir de nos carnets !

– Ma famille cherche ces carnets depuis la Révolution française, depuis que ceux qui en avaient la garde les ont perdus. Ces carnets sont ceux de mes ancêtres : Christophe Colomb et son fils Hernando. Mon père a consacré sa vie à les chercher et il est mort avant de les avoir trouvés, alors si je pleure je ne sais pas trop si c'est parce que je suis triste qu'il ne soit pas là pour les voir ou heureuse d'avoir réalisé son rêve, murmura-t-elle.

Fasciné, j'ai tendu la main et laissé glisser mon doigt sur son tatouage, caressant chaque ligne avec douceur. La peau d'Inès était chaude, veloutée et, sous la pulpe de mon index, j'ai senti son muscle se contracter. Je n'avais que l'extrémité du doigt posée sur sa peau et pourtant ce simple contact m'électrisait ; cette fille m'agaçait prodigieusement mais, au risque de me prendre une baffe, je mourais d'envie de poser mes lèvres sur son épaule.

– Donc, si ce sont les carnets de Colomb, j'avais raison et quand ils parlent des Indes ils parlent bien des îles Caraïbes, ce qui fait que le « Livre qu'on ne peut pas lire » est bien caché ici ! s'exclama ma sœur en brisant le charme.

Immédiatement, je retirai ma main et croisai le regard d'Inès pendant qu'elle tirait d'un coup sec sur son débardeur.

Ce fut rapide, quasi imperceptible mais, l'espace d'une seconde, j'aurais juré avoir lu dans ses yeux que l'instant que nous venions de partager avait été aussi troublant pour elle que pour moi.

journal de Césarine

Dans la vie les gens s'obligent souvent à faire des choses qui ne leur plaisent pas ; moi c'est très rare, pourtant c'est ce qui m'est arrivé aujourd'hui : j'ai pris mon premier cours de plongée alors que je n'en avais pas du tout envie et ça n'a pas été facile.

Je savais que c'était important, mais entre savoir et pouvoir il y a une grande différence et je n'arrivais pas à me décider à passer la combinaison qu'ils m'avaient préparée.

D'abord parce que je ne suis pas un poisson et que je ne peux pas respirer sous l'eau, ensuite parce que je ne mets jamais d'autres vêtements que les miens et enfin parce que, même si papa m'avait appris à nager, ça aurait été la première fois que je l'aurais fait sans lui et ça me semblait... anormal.

Au début ils ont tous essayé de me convaincre, mais ça n'a pas marché car leurs arguments étaient idiots :

– Mon frère a dit que je n'avais pas le choix, car notre issue de secours était sous-marine ; sauf que c'est idiot, car on a TOUJOURS le choix.

– Néné a dit que c'était trop « coule » et que je ferais une super jolie sirène ; sauf que les sirènes, à part celles qui servent à prévenir les gens du danger ou celles qui sont sur les ambulances, ça n'existe pas et que « couler », lorsqu'on plonge, ce n'est pas une bonne idée.

– Rama a dit que, statistiquement, il n'y avait pas de danger car les accidents de plongée étaient rares, à peine 1 pour 10 000 ; sauf que 0,01 % ce n'est pas 0 %, donc ça ne m'a pas complètement rassurée.

– Inès, elle, a juste suggéré de me balancer dans l'eau, mais ça ce n'était pas un argument, c'était une menace et comme il ne faut jamais céder à une menace, ça m'a convaincue de rester au sec.

Donc j'ai dit non, ils sont partis plonger sans moi et j'ai commencé à écouter la Suite pour violoncelle numéro 1 en sol majeur, BWV 1007, en les attendant.

Le son était grave, c'était beau et ça m'a fait penser à Sara parce qu'elle aussi était belle et qu'elle me manquait.

J'ai écouté le même morceau trois fois, puis Shé est arrivée et m'a demandé pourquoi je n'étais pas avec les autres. Alors je lui ai expliqué mais, elle, au lieu d'essayer de me convaincre, elle s'est assise à côté de moi et m'a raconté ce qu'elle ressentait quand elle plongeait.

Elle m'a parlé du silence bercé par les battements de son cœur et le rythme de sa respiration, de la sensation de liberté qu'il y avait à flotter entre deux eaux en regardant s'élever les bulles d'air vers la surface.

Elle m'a dit le bien-être à ne reposer sur rien tout en étant soutenu de toutes parts, à sentir que chacun de ses mouvements avait un sens.

Elle m'a parlé de la paix, immense, qui l'emplissait à chacune de ses immersions… et ça m'a fait penser à la musique que je venais d'écouter.

Alors, même si normalement quand je dis que je ne veux pas faire quelque chose je ne le fais pas, j'ai laissé Shé me passer une bouteille sur le dos et m'entraîner sous l'eau.

Donc :

1 : Je peux changer d'avis.
2 : Shé avait raison.
3 : La prochaine fois, je mettrai une combinaison, car ma jupe et mon chemisier ne sont pas faits pour nager sous l'eau.

la route de la soie

Ça faisait maintenant deux jours que Césarine avait remis ses carnets à Inès et, si celle-ci nous avait expliqué dès le début qu'ils décrivaient le dernier voyage de Christophe Colomb, elle avait refusé de nous en dire plus tant qu'elle ne les aurait pas entièrement lus.

Avant qu'Inès ne nous raconte sa version de la vie du grand navigateur j'avoue que, pour moi, il n'était que le type qui avait découvert l'Amérique… et qui était au programme de cinquième.

Point.

Mais je me trompais.

Grâce aux bribes d'infos qu'accepta de me lâcher Inès sur son ancêtre pendant ces deux jours d'attente, j'ai découvert qu'il était beaucoup plus que cela et ça m'a rendu encore plus impatient de savoir ce que contenaient ces fameux carnets.

Ce soir-là, je touchais enfin au but : Inès avait enfin réussi à se débarrasser de Gabrielle et Néné, Shé, Césarine, Rama et moi étions tous réunis dans sa chambre pour savoir ce qu'elle avait découvert.

– Alors ? Tu as compris où Hernando avait caché le « Livre qu'on ne peut pas lire » ? l'interrogea Césarine qui, pour une fois, semblait avoir du mal à se contenir.

Malheureusement, Inès était pire qu'un prof et il était clair qu'elle ne cracherait pas le morceau avant d'être certaine que nous en saisissions bien la teneur.

Assise sur son bureau, elle a attendu que nous soyons tous plus ou moins bien installés autour d'elle avant de commencer son histoire.

– Pour que vous compreniez ce que j'ai découvert dans les carnets de Colomb, il faut que je revienne un peu en arrière, plus exactement en 1272. À cette époque, Marco Polo, qui avait à peine dix-sept ans, a accompagné son père et son oncle sur la route de la soie. Comme vous le savez tous, la famille Polo était membre de la Confrérie et servait de trait d'union entre l'Orient et l'Occident. Grâce à leurs caravanes commerciales, ils transféraient les livres menacés par les croisades pour les conduire en sûreté vers l'Europe. En cette époque troublée, ces expéditions en Orient étaient très risquées et, si la famille Polo entama un si long voyage en 1272, c'est que le Diadoque d'Orient, mourant, avait demandé à les voir.

Néné me lança un coup d'œil surpris que je lui rendis aussitôt en grimaçant ; lui et moi n'ayant pas reçu l'éducation de base des enfants de la Confrérie, nous ne comprenions pas grand-chose au charabia historique d'Inès.

Même si j'avais eu droit à quelques cours de rattrapage par mon grand-père et DeVergy, ça ne m'empêchait pas d'être complètement largué.

– C'est dans la ville de Balkh, l'ancienne Bactres où Alexandre le Grand avait épousé Roxane, que le jeune Marco Polo rencontra le Diadoque d'Orient qui n'était autre que le grand poète Djalal ad-Din Muhammad Rumi, et c'est à ce moment-là qu'il entra en possession d'une « grande merveille » dont il ne précise pas le contenu dans ses carnets mais que de nombreux membres de notre Ordre imaginèrent être le fameux « Livre qu'on ne peut pas lire ».

– Et lui, là, Aladin Mahomet Rumi, comment il l'aurait eu, le « Livre qu'on ne peut pas lire » ? l'interrompit Néné malgré mes regards insistants.

– *Djalal ad-Din Muhammad Rumi*, pas « Aladin Mahomet » ! C'est le plus grand poète sufi de Perse, s'agaça Shé en lui donnant un coup de coude.

Néné aurait mieux fait de se taire. Shé, qui connaissait mieux que nous cette région du globe, était toujours révoltée quand elle constatait l'ignorance crasse des Occidentaux à l'égard de son histoire et leur mépris total de leur culture millénaire.

– Un poète sufi ? Mais il suffit à quoi ton poète ? râla Néné en se massant les côtes.

Shé, pourtant toujours d'un calme exemplaire, leva les yeux au ciel en soupirant avec exaspération avant de lui retourner un regard peiné et de se mettre à lui réciter des paroles mystérieuses de sa voix chantante.

Nous ne comprenions rien mais, dans sa bouche, les mots âpres aux sonorités rugueuses roulaient comme des joyaux polis sur le fond d'une cascade de montagne et avaient un effet hypnotique.

L'exiguïté de la chambre nous tassait tous les uns contre les autres mais Shé semblait ne s'adresser qu'à Néné, lui murmurant légèrement ces mots comme autant de fils de soie et tissant entre eux une toile d'une intimité presque dérangeante.

– C'est quoi comme langue ? de l'arabe ? demanda ma sœur, toujours aussi pragmatique, en rompant le charme qui s'était installé entre mes deux amis.

Sortant de la transe où la récitation de son poème l'avait plongée, Shé rougit sous son voile et se détourna légèrement de Néné pour répondre à Césarine.

– Non, c'est du farsi, c'est la langue des Perses.

– Et ça veut dire quoi ? Tu peux nous traduire ?

Shé se tortilla sans réussir à dissimuler le rouge qui lui montait aux joues ; à voir son expression elle n'en avait pas vraiment envie, mais elle finit pourtant par se décider à nous murmurer les paroles de son poème, en regardant le bout de ses ballerines.

– *Où partir ?*

Si tu ne veux pas de moi, moi je te veux de toute mon âme

Si tu ne m'ouvres pas ta porte, j'habiterai ton seuil

Car je suis comme le poisson qu'une vague a jeté hors de l'eau

Je n'ai pas d'autre refuge que le flot

Je ne lui demande rien d'autre que lui-même

Où partir… avec ce cœur ?

Quand mon corps, mon cœur et moi-même ne sommes que l'ombre du seigneur

Avec toi, je suis séparé de moi-même, même effondré, même ivre

C'est par toi que je suis conscient s'il m'arrive de l'être
Car n'es-tu pas celui qui a charmé mon cœur, si tant est
qu'il m'en reste un ?

Si Shé était gênée avant de commencer à réciter, ce n'était rien à côté de Néné quand elle se tut ; le pauvre était tellement estomaqué qu'il en oublia même de dire une ânerie et cet instant de flottement aurait pu durer si Césarine, imperméable à l'art poétique, ne s'en était pas mêlée.

— Rien compris, c'est n'importe quoi ces histoires de cœur et de poisson… et donc, il en a fait quoi, Marco Polo, du « Livre qu'on ne peut pas lire » après que le Diadoque d'Orient le lui a confié ? conclut-elle abruptement en retournant toute son attention vers Inès.

Sortant tout le monde de sa gêne, l'intervention de ma sœur relança notre spécialiste dans ses explications.

— En fait, la famille de Djalal ad-Din Muhammad Rumi cachait cet ouvrage depuis qu'Alexandre le Grand le lui avait confié. Craignant à juste titre que ses lieutenants ne se déchirent à sa mort, son épouse Roxane avait préféré faire confiance à un Perse pour cacher le précieux trésor d'Alexandre. Là où l'histoire devient complexe, et ce qui fit beaucoup pour la légende du « Livre qu'on ne peut pas lire » fut que Rumi, grand poète mystique, en sentant que les déchirures des croisades bouleverseraient le monde, chargea Marco d'emporter le livre « le plus loin possible à l'est » en lui disant qu'il avait pour mission de « le cacher pour les générations futures, car les hommes n'étaient pas prêts à entendre la vérité ».

– Et ça veut dire quoi ? Quelle vérité ? ne pus-je m'empêcher de lui demander.

Inès leva les épaules en faisant la moue.

– Pour tout dire, déjà, à l'époque, la formulation étrange du poète faisant référence à une « vision d'un monde où l'homme ne serait plus que cendres » dérouta le jeune Marco. Pourtant, malgré son incompréhension, leur rencontre fut suffisamment forte pour le convaincre de l'importance de sa mission et, sa vie durant, Marco Polo parcourut le monde toujours plus à l'est dans l'espoir de découvrir le lieu idéal pour dissimuler son trésor.

– Et comment tu sais tout ça alors que, nous, on ne nous en a jamais parlé ? l'interrogea Rama.

– Je le sais parce qu'à la fin de sa vie Marco Polo, comme tous les autres membres de notre Ordre, confia ses Livres de bord à la Confrérie mais, comme il n'avait pas de fils, il fallut du temps pour que quelqu'un se penche sur ses carnets. En fait, nombreux furent ceux qui pensèrent que Polo racontait n'importe quoi et c'est Christophe Colomb qui, le premier, en comprenant le sens caché de ces carnets, alla rechercher le Livre d'Alexandre là où Marco l'avait caché avant de décider de poursuivre sa quête et se lancer à la recherche de l'extrême Est en passant… par la mer !

– Alors son voyage c'était pour ça ! m'exclamai-je en même temps que Néné qui semblait s'être enfin remis des paroles de Shé.

Inès opina gravement avant de poursuivre.

– En grande partie oui, même si je ne l'ai découvert qu'hier en lisant les carnets que Césarine m'avait confiés. Nous nous doutions depuis des années que les expéditions de Colomb avaient un rapport avec une révélation qui lui aurait été faite dans sa jeunesse mais, à cause de la disparition de ses Livres de bord, nous n'avons jamais pu le prouver. Je pense que c'est pour dire à mon père qu'il savait où trouver ces fameux carnets perdus que votre père avait prévu de passer nous voir en Espagne avant sa mort.

Inès s'était tournée vers moi et j'acquiesçai. Sa déduction était parfaitement logique. Ayant enfin localisé le trésor de la Commanderie sous la chapelle, mon père comptait sûrement y trouver les carnets de Colomb et les apporter au père d'Inès afin qu'il l'aide à les déchiffrer… et à retrouver le « Livre qu'on ne peut pas lire ».

– Donc, j'avais raison, dit ma sœur, c'est bien parce qu'il était sur la piste du Livre d'Alexandre que les Autodafeurs ont tué papa et cherché à nous empêcher d'emporter le trésor de la Commanderie. Conclusion, ce livre est probablement la seule chose qui leur fasse peur et qui puisse les arrêter.

La logique de Césarine était sans faille, pourtant un détail turlupinait Rama.

– Et il était caché où alors le « Livre qu'on ne peut pas lire » ? parce qu'il s'est tout de même écoulé presque deux siècles avant que Colomb le trouve.

– Tout bêtement dans la tombe de Marco Polo, car, contrairement à la promesse qu'il avait faite à Rumi d'aller le cacher à l'est, il ne s'en est jamais séparé, répondit Inès.

Ma sœur sursauta.

– Alors, il y avait des vers de terre dedans et il a été mangé, comme les morts qui deviennent des œufs.

Inès fronça les sourcils, se demandant probablement ce que des lombrics venaient faire dans cette histoire, et je m'empressai de rassurer ma sœur.

– Venise, c'est une ville sur l'eau, Cés, donc le tombeau de Marco Polo devait être tout en pierre et il n'y avait pas de vers de terre.

Bon, pour être franc, je n'en avais pas la moindre idée, mais la logique de ma réponse eut le mérite de rassurer ma sœur qui hocha la tête et accepta de laisser Inès poursuivre ses révélations.

Assise le buste bien droit, les jambes pendantes et les mains fermement agrippées au rebord de son bureau, Inès nous avait débité son histoire avec une maîtrise et une passion à faire pâlir d'envie les plus grands spécialistes, mais ses yeux, perdus dans un passé qui ne nous appartenait pas, glissaient sur nous sans vraiment nous voir et je compris tout à coup qu'elle pensait à son père.

– Césarine a raison sur un point, c'est bien parce que ma famille détient un des indices de la localisation du Livre d'Alexandre qu'ils s'en sont pris à nous et ont détruit la Bibliothèque Colombine.

– Mais il y a quoi, à la fin, dans ce fichu bouquin pour qu'il cause autant de morts et de malheurs sur son passage ?! s'exclama Néné. Moi, je suis désolé mais, plus je vous écoute, plus je me dis que ce n'est peut-être pas une si bonne idée que ça d'aller à sa recherche… y a certainement une excellente raison pour qu'il soit resté caché si longtemps.

Inès se contenta de hausser les épaules en grimaçant.

– Désolée, mais malgré la lecture des deux carnets je ne sais toujours pas ce qu'il y a dans ce fameux « Livre qu'on ne peut pas lire » ; Hernando insiste sur le fait qu'il n'a pas ouvert le paquet que son père lui a donné car il lui faisait trop peur, quant à Colomb, il n'y fait que de vagues allusions qui n'ont pas beaucoup de sens. Mais ce qui est certain, c'est qu'il a regretté d'en avoir regardé le contenu !

– Et tu es certaine que ni Hernando ni Marco Polo n'ont jamais ouvert le Livre d'Alexandre ? Quand même, ils ne sont pas très curieux, moi, je n'aurais pas pu résister, soupirai-je.

– Tu sais, Gus, me dit tout à coup Shé, je pense qu'Hernando et Marco Polo ont plutôt eu raison de ne pas le lire. Je ne connais pas bien le côté mystique de Colomb, mais je connais très bien l'œuvre de Djalal ad-Din Muhammad Rumi et ce qui est étrange, c'est que lui aussi est connu pour être un des plus grands mystiques d'Orient… On peut donc facilement en conclure que ce qui est dans ce livre est suffisamment puissant pour perturber des esprits réputés pour compter parmi les plus grands de leur génération. Robert a raison, ce livre est puissant et dangereux. Si nous le retrouvons il ne faudra pas le prendre à la légère.

Pendant une seconde je me suis demandé qui était ce « Robert » dont parlait Shé, avant de me souvenir que c'était le prénom de Néné et j'allais balancer une vanne quand, justement, le PC de « Robert » se mit à cracher à plein volume une musique échappée des Enfers qui nous fit tous sursauter.

– Toccata et fugue en ré mineur, BWV 565, reconnut immédiatement Césarine pendant que Néné, tout content de pouvoir la contredire, lui rétorquait :

– Ben non, c'est la musique d'«Il était une fois…
l'homme », vous savez, ce dessin animé des années
quatre-vingt avec Maestro le vieux à gros nez et à la
barbe blanche. Comme pendant toute la série c'est les
gentils contre les méchants, j'ai trouvé ça cool de la
mettre comme alerte.

J'aurais pu prendre cinq minutes pour lui expliquer que le dessin animé en question avait, justement,
choisi la musique de Bach comme générique, mais le
dernier mot qu'il avait prononcé me sembla bien plus
important à traiter qu'un simple problème de culture
générale.

– Comment ça la mettre en «alerte» ? Alerte de quoi ?!
Le nez sur son écran, mon pote fit courir à toute
vitesse ses doigts sur son clavier avant de s'adresser à
Rama.

– Bingo le p'tit génie, ton cheval de Troie a fonctionné. Je n'ai toujours pas compris comment t'as fait
mais c'est mortel ce truc. Regarde, on a un accès direct
à l'ordi de Bart et on peut même allumer sa webcam à
distance… t'es trop fort, mec ! s'exclama Néné en tendant la main vers Rama pour lui faire un check.

Ainsi, l'équipe des geeks avait réussi sa mission et,
même si mon pote resta comme un con avec la main en
l'air pendant que Rama l'observait d'un air surpris, nous
avons tous explosé de joie.

Entre la découverte des carnets de Colomb, la certitude que le Livre d'Alexandre existait et la liaison
avec Bart qui était rétablie, nous allions enfin pouvoir
bouger !

journal de Césarine

Après la réunion dans la chambre d'Inès, j'ai laissé tout le monde partir pour rester seule avec elle.

Comme toujours, ils avaient tous beaucoup parlé mais sans aborder les questions vraiment importantes et j'avais besoin que les choses soient claires ; alors je lui ai demandé de me dire quel était l'indice.

Elle a eu l'air surprise, pourtant c'est elle qui en avait parlé en premier, alors je lui ai répété sa phrase ; elle avait dit : « C'est bien parce que ma famille détient un des indices de la localisation du Livre d'Alexandre qu'ils s'en sont pris à nous et ont détruit la Bibliothèque Colombine », même que je lui ai fait remarquer qu'elle avait dit « détient » au présent, et pas « détenait » au passé et que c'était donc forcément elle qui avait ce fameux indice vu que la Bibliothèque Colombine avait brûlé.

Inès m'a dit que j'étais « une petite futée », mais qu'elle ne pouvait pas m'en dire plus pour des raisons de sécurité.

Je lui ai demandé pourquoi ; elle a répondu qu'elle n'avait confiance en personne parce que, depuis qu'elle était arrivée sur l'île, elle se sentait surveillée.

C'était logique. Vu que Rama et moi écoutions toutes les conversations, il était possible que quelqu'un d'autre le fasse aussi et je lui ai dit qu'elle avait raison d'être prudente, mais qu'elle pouvait me faire confiance, car je ne mentais jamais et que c'étaient tout de même ma grand-mère, mon grand-père et mon père qui avaient été assassinés pour protéger les carnets de son arrière-grand-père.

Ça a eu l'air de la faire réfléchir, alors elle a accepté de me parler de cet indice à condition que je jure de n'en parler à personne, et j'ai juré.

Donc :

1 : Je suis en mesure de savoir PRÉCISÉMENT où trouver le Livre d'Alexandre.

2 : Je dois vérifier que personne ne surveille Inès.

Robert

– Dis donc, « Robert », tu peux m'expliquer pourquoi
Shé t'appelle par ton prénom de baptême ? T'aurais pas
oublié de me raconter un truc, des fois ?

Installés dans notre chambre, Néné et moi étions de
garde devant l'ordi à attendre que Bart pointe le bout
de son nez, mais il était déjà 23 heures et depuis maintenant plus d'une heure que nous poireautions, nous ne
l'avions toujours pas vu.

Le problème du plan de Rama, c'est que nous ne pouvions pas prendre le risque d'envoyer un message à Bart
tant que nous n'étions pas certains qu'il soit seul et, si
notre pote s'était déjà connecté depuis que nous l'avions
mis sous surveillance, sa webcam nous avait aussi montré qu'à chaque fois Conrad ou Guillaume traînaient
dans les parages, nous empêchant de lui indiquer notre
présence.

Depuis hier, nous nous relayions donc par équipes de
deux toutes les quatre heures pour surveiller cette saleté
d'écran et, comme je commençais à en avoir marre
de répéter les mêmes mouvements d'arts martiaux en

m'entraînant dans le vide, c'était le moment idéal pour questionner un peu mon pote sur le mystère de sa vie sentimentale.

Positionné face au sol, j'ai entamé une série de pompes en le relançant après chaque flexion.

– Alors, *Robert*... tu m'expliques... ou il faut que je te torture... pour que tu craches le morceau... y aurait pas quelque chose... entre Shé et toi par hasard ?

Néné, rouge comme une tomate, se passait nerveusement la main dans les cheveux en faisant semblant d'être concentré à fond sur l'écran de son ordi pour ne pas croiser mon regard.

– Mais non, n'importe quoi, tu délires, Gus ! Shé et moi... pffff, tu te fais des films ; on bosse ensemble, c'est tout ; note que j'aurais bien aimé, mais avec elle j'ai même pas réussi à dépasser le stade du smiley.

Le « stade du smiley » ? C'était quoi encore ce truc ?

– Heu... Néné, tu m'expliques le rapport s'il te plaît, parce que là, je suis largué.

– Tu connais pas les étapes de drague avec les émoticônes ? Nan mais tu déconnes, mec, c'est la base !

– Vas-y explique... j'ai hâte de savoir, lançai-je en entamant une série d'abdos couchés.

Tout content de pouvoir changer de sujet, Néné ne se le fit pas dire deux fois.

– Alors quand tu tchattes avec une fille qui t'intéresse, tu commences par glisser un smiley classique l'air de rien dans ton texte puis, si tu vois qu'elle fait pareil, tu tentes celui avec le rouge aux joues ; celui-là, il veut dire « tu me plais » ; ensuite tu lances les cœurs de couleur, en terminant par le rouge pour plus d'intensité. À ce stade, si la fille te répond, tu tentes le tout pour le tout et c'est le cœur rose avec les étoiles jaunes… mais là, Shé, elle m'a même pas envoyé un smiley alors quand tu dis qu'elle m'aime bien, je pense que tu délires, mec, conclut Néné en soupirant piteusement.

C'était vraiment la technique de drague la plus pourrie dont j'aie jamais entendu parler et j'en suis resté bloqué en plein mouvement.

– Arrête, Néné, me dis pas que t'as rien remarqué !

– Ben, remarqué quoi ?

Être aussi con, c'était trop grave et, autant mes abdos pouvaient attendre, autant mon pote avait vraiment besoin de quelques petites leçons de vie avant de tout foirer. Stoppant mon entraînement, je suis allé me poser à côté de lui sur le lit et lui ai arraché l'ordi des mains pour qu'il se concentre sur ce que j'avais à dire.

– Tu déconnes là ! Tu vas me faire croire que t'as pas vu comment Shé te regarde !

Mais Néné se contenta de soupirer en laissant tomber ses épaules. Tassé sur lui-même, les genoux collés l'un contre l'autre tandis que ses pieds, talons écartés, formaient un V sur le sol, il s'est mis à tripoter l'ourlet de son tee-shirt en bambou équitable avec l'air désespéré d'un gosse de cinq ans venant d'apprendre que le Père Noël n'existe pas.

– Comme si une fille comme elle pouvait s'intéresser à un mec comme moi, Gus… Tu l'as vue, elle est si belle, si intelligente… Tu verrais ses yeux quand elle lance un soft, et la vitesse à laquelle elle est capable de casser un code !

Hou là ! C'était quoi ça encore ?

– Quand elle « lance un soft » ? De quoi tu parles ?

– Ben, de software bien sûr, pas de hardware, me répondit-il en haussant les épaules comme si c'était évident.

– Et alors ? C'est quoi le rapport ?

– Eh bien, le hardware c'est la partie qui prend les coups quand le software se plante, dit-il en éclatant de rire comme si c'était la meilleure blague de l'année.

Bon, en même temps, je n'avais qu'à pas poser la question.

– C'est Shé qui m'a appris cette blague, elle est top, hein ?! Tu vois, mec, cette fille c'est une déesse. Alors moi, à côté, tu penses bien que je n'existe pas, soupira-t-il en retrouvant son air de chien battu.

Je ne suis pas certain que j'aurais relevé les mêmes critères de séduction chez une fille, mais ce qui était sûr c'est que Néné était carrément aveugle en ce qui concernait l'intérêt que lui portait Shé.

– Et son poème de la dernière fois, triple andouille, tu crois qu'il s'adressait à qui ? À Rama ? Non parce que, si ma mémoire est bonne, des trucs du genre *moi je te veux de toute mon âme* ou *n'es-tu pas celui qui a charmé mon cœur*, ça ne sonne pas trop comme *Le Corbeau et le Renard* et c'est vachement plus explicite qu'une connerie de cœur rose avec des étoiles jaunes !

Néné cessa enfin de tripoter l'ourlet de son tee-shirt et leva les yeux sur moi avec espoir.

– Ah bon, tu crois vraiment ? Non parce qu'au début c'est bien ce que j'avais pensé mais quand je lui en ai reparlé, ben elle a dit que c'était juste un poème alors…

– Mais tu lui as demandé comment exactement ?

– Ben après, quand on était dans la salle informatique, je lui ai demandé si son poème voulait dire quelque chose, c'est tout.

Je levai les yeux au ciel, je l'adorais mais il était vraiment nul en « langage filles ».

– Attends voir que je sois certain d'avoir tout compris : tu lui as demandé des « explications » dans une salle informatique bourrée de monde… alors qu'elle venait de te faire une déclaration ?! Bravo Néné, c'est super romantique, terminai-je en applaudissant bruyamment.

Le pauvre avait l'air complètement dépité.

– Ouais, quand j'ai vu sa tête, j'ai compris que j'avais merdé et depuis elle me fait la gueule.

– Tu m'étonnes.

– Et t'aurais fait quoi, toi, si t'es si fort ?

Zut ! la dernière fois que j'avais donné un conseil amoureux, ça m'était retombé sur le coin du nez. J'avais six ans et j'avais dit à mon pote Étienne que, pour avoir une amoureuse, il suffisait de lui offrir une bague et qu'après, *recta*, elle te faisait un bisou. Bon, c'est sûr qu'il ne m'avait pas précisé qu'il était amoureux de la maîtresse et que ça aurait été mieux s'il n'avait pas piqué la bague de fiançailles de sa mère en disant que c'était mon idée… Bref, tout ça pour dire que j'étais pas super chaud pour donner des conseils à Néné. Mais d'un autre côté, je n'étais plus en CP et ça m'apprendrait à me mêler de mes affaires, alors je me lançai dans le coaching en prenant ma voix la plus sérieuse.

– Déjà, évite de lui parler quand y a du monde autour, amène-la dans un endroit tranquille, genre dans la grotte au clair de lune, tu verras c'est super romantique.

— Et comment tu le sais ?

J'aurais dû me méfier, mais j'ai répondu sans réfléchir.

— J'y suis allé l'autre soir avec Inès et je te jure que l'ambiance est idéale pour draguer une fille.

— Ah ouais… avec Inès… dans la grotte au clair de lune… Je croyais qu'elle t'intéressait pas Inès, me coupa Néné avec le sourire d'un chat tombé sur un bol de lait.

Re-zut !

— Arrête, Néné, quand je dis ça, c'est « en général », pas en faisant référence à Inès et moi. On y était pour piquer des armes dans la réserve et si je l'ai embrassée c'était juste pour détourner les soupçons de DeVergy qui traînait là-bas et…

Je n'ai pas eu le temps d'en dire plus que Néné me coupait la chique en m'envoyant une grande claque dans le dos.

— Alors ça y est ! T'as conclu mec ! t'es trop fort, « Gus le tombeur », je suis pote avec le dieu de la drague ; trop cool. Allez, raconte, sois pas vache, c'était comment ?! s'exclama-t-il les yeux brillants.

Ahhrg… j'étais dans la merde et il allait falloir que je le calme de suite parce que, connaissant la lourdeur de ses allusions, s'il continuait à penser que je sortais avec Inès, je ne donnais pas deux heures pour que le rocher entier soit au courant, que ça revienne aux oreilles d'Inès et donc, par ricochet, droit dans ma gueule !

— Calme-toi mon pote, ce n'est pas du tout ce que tu crois. Au risque de me répéter, je te JURE qu'il n'y a rien entre cette fille et moi, rien de chez rien. Ce baiser, c'était une RUSE parce que Marc commençait à se poser des questions ; il fallait bien qu'on trouve un truc pour justifier notre présence dans la grotte à deux heures du mat'; alors on a fait GENRE que c'était un rendez-vous amoureux. C'est bon là, t'as capté la nuance ? insistai-je lourdement en prenant mon air le plus sérieux.

Il a opiné, mais j'ai bien vu à son sourire que je risquais d'en entendre reparler.

– De toute manière ce n'est pas le sujet, on parlait de Shé et toi, je te rappelle. Donc, au lieu de t'occuper de moi, concentre-toi sur ton cas, lui balançai-je un peu agacé. Donc, mon premier conseil, l'amener à la grotte ; ensuite…

– Putain, c'est bon ! s'exclama Néné en se jetant contre moi.

Par réflexe je l'attrapai au vol et l'immobilisai d'une clé de bras. Je ne sais pas ce que ma description d'une soirée romantique avec Shé avait déclenché comme réaction chez lui… mais les trucs entre mecs, ben c'était pas mon truc !

– Heuu… tu fais quoi là !?

– La liaison avec Bart, regarde elle est revenue, me dit-il tout excité en me désignant d'un coup de menton l'écran de l'ordi que j'avais posé derrière moi.

OK, autant pour moi, il voulait juste attraper son portable…

Bart

La dernière fois que j'avais vu Bart, nous étions dans un chemin terreux; moi, les mains encore pleines du sang de l'homme que je venais de tuer, tentant de le convaincre de s'enfuir avec nous, pendant que lui, à bord de la Porsche Panamera du Négrier, m'assurait que je n'étais pour rien dans la mort de son père, que les Autodafeurs étaient les seuls coupables, et qu'il préférait rester auprès de sa famille pour nous aider.

Mais c'était il y a plus d'un mois et, quelque part, j'avais peur que ce silence prolongé n'ait modifié sa vision de ce qui s'était passé dans la forêt.

– T'es certain qu'on ne risque rien? demandai-je à Néné alors qu'il avançait la main vers le clavier.

Il suspendit son geste.

– Risquer quoi? T'as bien vu qu'il est tout seul dans son lit, bien peinard en train de mater un film sur son ordi. Déstresse, Gus, ça fait deux jours qu'on attend et un quart d'heure qu'on le surveille, faut se lancer maintenant!

Mais je n'étais pas convaincu.

– Et si, entre-temps, il avait réfléchi et avait changé de camp ? Tu sais, avec la mort de son père, ça pourrait se comprendre…

Néné fronça une seconde les sourcils en faisant la grimace.

– Non, j'y crois pas à ta théorie ; Bart c'est un mec super, il nous ferait pas un truc pareil… et puis de toute façon, Rama m'a juré que son truc était intraçable alors on ne risque rien à tenter le coup, conclut-il en appuyant sur quelques touches.

Immédiatement, notre image remplaça le film que Bart était en train de regarder et sa tête se figea quelques secondes avant de se tourner brusquement vers la porte de sa chambre comme pour vérifier qu'il était bien seul.

– *Putain de film, encore le son qui merde*, s'écria-t-il en se jetant sur son ordi.

– Qu'est-ce qu'il fabrique ? Il ne nous voit pas ? demandai-je à Néné.

Mais celui-ci me fit signe de me taire avant de pianoter lui aussi à toute vitesse sur sa bécane. Aussitôt, le son du film que nous venions de couper se remit en route tandis que sur notre écran apparaissait la phrase que Bart venait de saisir à notre intention.

> Attention !
> Micros dans la chambre…

Le message était clair : si nous voulions communiquer avec Bart il nous faudrait être très, très prudents.

– J'ai coupé notre retour et remis la bande-son pour que ceux qui le surveillent le pensent toujours plongé dans son film ; on devra se contenter de lui écrire, m'expliqua Néné en me tendant le clavier.

Pendant quelques secondes je restai figé ; que fallait-il dire à un pote dont on avait vu le père se faire tuer et qui était coincé chez nos pires ennemis, dont une partie n'était autre que ses propres frères ?!

– Allez Gus, les BCG peuvent se pointer d'une minute à l'autre, alors active-toi ! m'encouragea Néné.

Il avait raison et je me lançai.

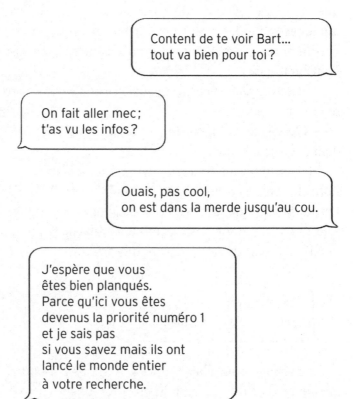

Content de te voir Bart...
tout va bien pour toi ?

On fait aller mec ;
t'as vu les infos ?

Ouais, pas cool,
on est dans la merde jusqu'au cou.

J'espère que vous
êtes bien planqués.
Parce qu'ici vous êtes
devenus la priorité numéro 1
et je sais pas
si vous savez mais ils ont
lancé le monde entier
à votre recherche.

> On sait mon pote mais on a un plan,
> et on a besoin de toi.
> T'es toujours partant pour nous aider ?

> Bien sûr, mais tu sais
> je ne suis pas hyper
> populaire ici.
> C'est BG et Le Négrier
> qui ont repris les rênes
> de Godeyes et je suis grave
> tenu à l'écart.

C'était une mauvaise nouvelle : nous avions espéré que Bart pourrait nous en dire plus sur les actions des Autodafeurs, histoire de garder une petite longueur d'avance, mais visiblement notre plan était en train de tomber à l'eau.

> En fait, on pensait que
> tu pourrais nous renseigner
> sur leurs plans...
> mais si ce n'est pas possible
> ce n'est pas grave mec,
> je comprends !

> Attends, Gus,
> j'ai dit que j'étais mis à l'écart,
> pas que je ne pouvais pas
> vous aider !

BG est parti je ne sais où en mission
depuis deux jours, mais on doit aller
le rejoindre d'ici une heure.
Personne ne m'a dit où mais tu connais
les deux autres idiots, ils sont toujours
ravis de pouvoir se vanter et comme
ils ne peuvent pas te saquer
je suis certain qu'il ne faudrait pas
que je les pousse beaucoup
pour leur faire cracher le morceau...
surtout si ce sont de mauvaises nouvelles !

Là, il marquait un point et je me surpris à reprendre espoir.

Ce serait top, Bart !
En ce moment la moindre info
serait la bienvenue, alors vois
ce que tu peux faire sans te
mettre en danger et nous on
reste h24 devant notre écran
en attendant de tes nouvelles !

OOky doky les mecs !
A+

L'image de Bart disparut aussi soudainement qu'elle était apparue sur l'écran de la bécane de Néné.

— Tu es sûr qu'il ne craint rien et que personne ne peut accéder à nos messages ? lui demandai-je en lui rendant son ordi.

– Aucune chance, ce sont des messages fantômes, ils se sont effacés de la bécane de Bart en même temps qu'il les écrivait ; c'est cool je te dis, fais-moi confiance, je maîtrise, me rassura Néné. Allez Gus, réjouis-toi au lieu de stresser ; avec Bart on tient enfin un atout dans notre manche, c'est de la balle je te dis. Viens, on va annoncer la bonne nouvelle aux autres, conclut-il en claquant le couvercle de son ordi et en glissant celui-ci dans son sac à dos.

Il avait raison, s'il y avait un domaine où je pouvais lui faire confiance c'était bien l'informatique, alors autant être positif et me concentrer sur quelque chose que je maîtrisais mieux.

– T'as raison Néné, viens, on va annoncer ça aux filles et voir si elles ont fini par dégoter la fameuse île aux Iguanes !

journal de Césarine

Inès a raison, il y a bien quelqu'un qui la surveille. Rama a installé une caméra dans le couloir de sa chambre et nous avons vu que, à chaque fois qu'elle la quittait, Gabrielle la suivait.

Rama a dit que c'était « normal » vu qu'elles dormaient dans la même chambre, mais je ne suis pas d'accord avec lui parce que j'ai remarqué que Gabrielle quitte toujours la chambre APRÈS Inès et qu'elle va TOUJOURS dans la même direction qu'elle.

Je pense que Rama se trompe sur Gabrielle, mais je ne le lui ai pas fait remarquer parce qu'il la connaît depuis longtemps et que, quand on connaît trop les gens, on refuse souvent de voir la vérité, car on préfère l'image qu'on se fait d'eux à la réalité.

D'ailleurs, en y réfléchissant, je me suis souvenue de ce que Rama m'avait raconté à propos de son arrivée sur l'île : que c'était Gabrielle qui était venue le chercher dans son école pour lui dire que sa mère avait été enlevée par les Autodafeurs et qu'il devait s'enfuir avec elle. C'était tout de même étrange qu'ils aient réussi à s'échapper sans que personne ne les poursuive, alors que tous les autres jeunes de l'île racontaient avoir dû se cacher et changer d'identité pour venir jusqu'ici.

Ça ne pouvait pas être un hasard, alors je suis allée fouiller le placard de Gabrielle et j'ai découvert qu'elle avait un téléphone satellite caché sous ses affaires. C'était une bonne nouvelle, car ça prouvait que j'avais raison, mais c'était aussi une très mauvaise nouvelle car ça signifiait que ce que pensaient les Diadoques était vrai et que les Autodafeurs savaient très bien où nous étions.

J'aurais pu aller en parler directement aux autres, mais comme je savais que Rama prendrait la défense de son amie j'ai préféré attendre d'en savoir plus ; alors je me suis assise sur le lit de Gabrielle en attendant de pouvoir lui poser mes questions.

Quand elle est revenue, Gabrielle a été un peu surprise de me trouver dans sa chambre, mais elle n'a pas eu peur parce que je suis une petite fille en jupe avec un sac à dos « Monsieur-Madame » et des couettes.

Elle a dit : « Qu'est-ce que tu fais là ? Si tu veux voir Inès, elle est au dojo. »

J'ai répondu « non », que c'était elle que j'attendais parce que je voulais savoir « pourquoi elle trahissait la Confrérie en général et pourquoi elle suivait Inès en particulier ».

Ça l'a fait rire et elle a dit que c'était « n'importe quoi » et que j'étais « encore plus marteau que j'en avais l'air ».

Alors je lui ai tendu le téléphone satellite en ajoutant que ce qu'elle disait était idiot parce que je n'étais pas un marteau mais une petite fille.

En voyant le téléphone, elle est devenue toute blanche et s'est jetée sur moi pour me l'arracher des mains. C'était tellement prévisible qu'il n'y avait pas besoin d'avoir lu Sun Tzu pour anticiper sa réaction et je n'ai eu aucun mal à l'éviter et à la coincer sur le lit. Elle était très énervée mais ne voulait toujours pas répondre à mes questions ; alors je l'ai prévenue que si elle continuait j'allais être obligée d'essayer à sa manière.

Elle m'a demandé : « Essayer quoi ? »

Et j'ai répondu : « De faire le marteau. »

Deux minutes après, alors que c'était pourtant son idée, elle ne rigolait plus du tout et elle répondait poliment à toutes mes questions.

Donc :

1 : Il faut quitter l'île.

2 : Faire saigner les gens sans s'en mettre sur son chemisier, c'est possible.

3 : Rama va être fâché contre moi.

trahis

Même s'il était tard, je savais qu'on trouverait Shé et Inès en train de s'entraîner au dojo, mais nous venions juste d'arriver pour leur rapporter ce que nous avait dit Bart quand Césarine et Rama ont débarqué en poussant Gabrielle devant eux.

La pauvre fille faisait peine à voir, à moitié pliée en avant elle avançait complètement tordue pour soulager la douleur atroce que devait lui faire la clé de pouce que lui infligeait ma sœur. Je connaissais bien cette prise pour l'avoir souvent expérimentée moi-même ; ce truc était une véritable torture qui vous lançait des décharges électriques dans le moindre nerf à chaque mouvement et n'était même pas autorisé en compétition.

– Non mais ça ne va pas, Cés ?! m'exclamai-je en me précipitant vers Gabrielle.

Ma sœur obligea sa prisonnière à s'agenouiller devant nous en me faisant signe de ne pas avancer.

– Attends, Gus, Gabrielle a des choses à vous dire. Allez, répète-leur ce que tu m'as dit, ajouta-t-elle d'une voix douce avant de la lâcher.

Comme un élastique trop longtemps sous tension, son bras se remit en place en lui arrachant un gémissement de douleur. Le temps que le sang se remette à circuler normalement, Gabrielle risquait de souffrir un moment, mais quand elle releva enfin la tête je compris que son bras devait être le cadet de ses soucis.

– Cés ?! me dis pas que c'est toi qui lui as fait ça, couinai-je en désignant le visage de sa prisonnière.

Je n'étais pas le seul à être choqué ; à côté de moi, Shé hoqueta en portant la main à sa bouche tandis que la mâchoire de Néné se décrochait de surprise. Seule Inès ne semblait pas atteinte par le spectacle, et pourtant : nez en sang, paupières gonflées et lèvre fendue, le visage de Gabrielle semblait avoir été consciencieusement martelé pour la faire ressembler à une œuvre cubiste.

– Attends d'entendre ce qu'elle a à dire avant de la plaindre, Gus, me lança Inès. Ça m'étonnerait que ta sœur l'ait confondue avec un punching-ball pour le plaisir, n'est-ce pas Césarine ?

Ma sœur hocha gravement la tête avant d'ajouter :

– Je sais faire la différence entre un sac de frappe et une personne. Inès se sentait surveillée, alors avec Rama on a installé une caméra et on a vu qu'elle avait raison. Gabrielle la suivait partout et j'ai trouvé un téléphone satellite dans sa chambre, alors je lui ai demandé pourquoi, mais comme elle ne voulait pas répondre j'ai dû insister un peu.

UN PEU... À voir la tronche de Gabrielle, c'était un bon exemple de ce que ma prof de français appelle « un euphémisme » !

– Alors, Gabi, tu lui as dit quoi à Césarine ? l'interrogea Inès en s'accroupissant près de sa voisine de chambrée.

– Il ne faut pas m'en vouloir, balbutia la pauvre fille en massant son bras douloureux. Ils tiennent mes parents et mon petit frère… Quand le Code Noir a été déclenché, nous n'avons pas eu le temps de nous enfuir, nous nous sommes fait prendre et les Autodafeurs ont passé un marché avec moi. Si j'acceptais de les renseigner, ils m'ont promis qu'ils relâcheraient ma famille, je n'ai pas eu le choix, acheva-t-elle en nous regardant d'un air désespéré.

– Et pourquoi tu es venue me chercher alors ? demanda Rama qui avait l'air assez en colère.

Gênée, Gabrielle se tourna vers l'ami de ma sœur pour s'expliquer.

– Les Autodafeurs savaient que tu étais un petit génie de l'informatique, ils m'avaient demandé de te convaincre de pirater pour eux l'ordinateur central de la Confrérie.

– Mais… tu ne m'as jamais rien demandé !

– Je te connais depuis trop longtemps et je savais que tu n'accepterais jamais, mais je me suis dit que t'amener ici avec moi était toujours mieux que de te laisser là-bas avec eux alors j'ai accepté de partir avec toi, mais je ne t'ai jamais parlé de la clé.

– La clé ? Quelle clé ? s'exclamèrent Rama et Néné dans un bel ensemble.

– Ben, ce truc-là, dit Gabrielle en ôtant le bijou qu'elle avait autour du cou. Ils avaient dit de te le donner quand je t'aurais convaincu et que tu saurais quoi en faire.

– Tu m'étonnes qu'il aurait su, siffla Néné en s'emparant du pendentif avant de le passer à Rama.

OK, c'était encore un de leurs trucs de geeks à la noix et personne ne prenait la peine de m'expliquer.

– Heuuu, vous décodez les gars ou il faut qu'on devine ?

– Faudrait l'ouvrir pour vérifier, mais je pense que c'est une clé cryptée et qu'elle doit contenir un programme viral permettant aux Autodafeurs de prendre le contrôle de notre réseau sans même que nous nous en apercevions ; une tuerie, mec ! expliqua Néné avec une lueur d'envie au fond des yeux.

– Ouais… ça veut surtout dire que grâce à leur taupe les Autodafeurs savent très bien où nous sommes et que nous avons eu raison de prévoir le pire, conclut Inès en se tournant vers Gabrielle.

Sa voisine de chambre hocha la tête en pleurant.

– Comprends-moi, je ne voulais pas mais je ne pouvais pas abandonner ma famille… tu aurais fait quoi à ma place ? gémit-elle doucement.

Je comprenais très bien ce qu'elle pouvait ressentir et j'allais m'avancer pour la rassurer quand Shé est intervenue.

– Cette fille ment. Ce qu'elle nous dit est complètement illogique ! Réfléchissez un peu, si les Autodafeurs savent depuis trois mois où nous trouver, qu'attendent-ils pour débarquer ?

– Explique-leur, insista ma sœur en tapotant l'arrière du crâne de Gabrielle.

La fille frissonna avant de s'exécuter.

– Je n'ai pas menti. Au départ ils voulaient pirater l'ordinateur et capturer les enfants pour les utiliser comme moyen de pression sur leurs parents, mais ensuite vous leur avez échappé et leurs ordres ont changé : ils m'ont demandé de les prévenir dès votre arrivée et...

Je n'y comprenais plus rien, Shé avait raison et le discours de cette fille ne tenait pas la route.

– Mais ça fait plus d'un mois qu'on est là ! je présume que tu les as appelés immédiatement, alors ils attendent quoi ? la coupai-je pour lui faire comprendre que nous n'étions pas dupes.

Gabrielle tourna son visage tuméfié vers moi, avant de glisser son regard vers Inès. Ma sœur avait peut-être eu du mal à la décider à parler, mais maintenant qu'elle était lancée on ne pouvait plus l'arrêter.

– Ils attendaient Inès : c'est surtout elle qui les intéresse. Ils veulent absolument que je récupère quelque chose qui serait en sa possession avant d'intervenir, car ils ont peur qu'elle le détruise... mais j'ai eu beau chercher, je ne l'ai jamais trouvé.

– Mais de quoi elle parle ?! m'exclamai-je en me tournant vers Inès.

Notre baroudeuse de choc avait l'air un peu gênée ; elle qui était toujours si fière se tenait légèrement en retrait et se faisait toute petite.

– Inès ? T'aurais pas oublié de nous dire un truc, par hasard ?

Semblant se recroqueviller sous nos regards inquisiteurs, Inès allait se mettre à parler quand l'alerte de la bécane de Néné se déclencha.

– Toccata et fugue en ré mineur, BWV 565, murmura Césarine.

– Facteur z, enchaîna Rama.

– C'est Bart ! conclut Néné en ouvrant précipitamment son ordi.

J'étais trop loin pour voir l'écran, mais c'était inutile, car l'expression des visages de Néné et Shé tandis qu'ils parcouraient le message de notre pote fut suffisante pour m'apprendre que c'était une mauvaise nouvelle ; une très mauvaise nouvelle.

– Alors ?!

Claquant l'écran de sa bécane, Néné se dressa comme un ressort avant de nous jeter :

– Pas le temps de vous expliquer ! Visiblement ils en ont eu marre d'attendre ; ils arrivent, faut se tirer… maintenant !

Ma sœur fut la première à réagir. Se penchant sur Gabrielle, elle lui appuya sur le cou et la pauvre s'effondra sur le tatami comme une poupée de chiffon.

– Qu'est-ce que vous avez à me regarder comme ça ? Elle n'est pas morte, elle est juste inconsciente. Il fallait bien la neutraliser avant de partir, on n'allait pas l'emmener, nous dit calmement Césarine avant de tourner les talons.

– Hé ! Tu vas où comme ça, Cés ?

– Prévenir maman.

Elle avait raison, si la base devait être attaquée, nous ne pouvions pas abandonner les autres sans rien dire.

– Attends, on y va tous ensemble, criai-je en lui emboîtant le pas.

Mais c'était déjà trop tard.

À peine avions-nous mis un pied dans le couloir que la lumière s'est éteinte d'un coup et que toutes les alarmes de la base se sont déclenchées en même temps.

Et ça a été le début de l'enfer…

fuir

Pendant un court instant, j'ai perdu tous mes repères. Englué dans le noir, les oreilles compressées par les hurlements stridents des alarmes, je n'arrivais plus à penser.

– Gus ! Les lunettes de vision nocturne ! Faut retourner au dojo !

La voix qui avait crié sur ma droite était celle d'Inès, mais la main qui se glissa dans la mienne au même moment était celle de ma sœur.

Jamais elle n'avait fait un truc pareil, aussi, plus que les ordres d'Inès, la présence des petits doigts fins de Césarine entre les miens me fit-elle l'effet d'un coup de fouet ; ce n'était pas le moment de dormir !

– On fait une chaîne et on retourne dans le dojo, criai-je en saisissant le bras le plus proche de moi.

Ma sœur se mit immédiatement en marche et, avec ses yeux de chat, il nous fallut moins d'une minute pour nous retrouver devant le placard des accessoires et nous équiper.

– Ça ne sert plus à rien de prévenir les autres, je pense qu'ils sont au courant, me glissa Inès avec un sens de l'humour, un peu noir, que je ne lui connaissais pas.

Où que soit maman, je ne pouvais pas faire grand-chose pour l'aider et je me surpris à espérer que Marc soit avec elle. Même si j'étais loin d'apprécier l'attachement que mon prof lui portait, j'étais au moins certain qu'il ferait tout pour la protéger.

– Gus, j'espère que la sortie de secours que vous nous avez concoctée est au point, parce que je crois qu'on va en avoir besoin, lança Néné tout en aidant Rama à resserrer les liens de ses lunettes de vision nocturne.

Laissant Inès finir de s'équiper en glissant un énième couteau dans les replis de son pantalon de treillis, je lui expliquai notre plan.

– Il faut partir par la grotte ; son accès par les couloirs est un vrai labyrinthe et, le temps que les Autodafeurs s'y retrouvent, ça devrait nous laisser suffisamment de répit pour mettre les combis et filer discrètement.

– Par la mer ? Mais vous êtes cinglés, la côte de Montserrat est à plus de vingt-sept kilomètres, c'est du suicide !! s'étrangla Néné.

L'absence de lumière m'empêchait de voir l'expression de son visage, mais le ton de sa voix était suffisamment expressif pour que je comprenne ce qu'il pensait de notre idée. Déjà qu'il n'aimait pas nager, alors plonger dans le noir en étant poursuivi par des ennemis n'était pas du tout à son goût… Nous nous en doutions un peu et c'est pour ça que nous ne lui avions rien dit ; mais là j'avais intérêt à le rassurer avant qu'il nous fasse une crise de panique.

– Cool Néné, je ne t'ai jamais dit qu'on allait nager jusqu'à Montserrat, on va utiliser *Marion* ; normalement elle est prévue pour cinq personnes mais, vu le gabarit de Rama et de ma sœur, ça devrait aller.

— De quoi tu me parles, Gus ?! C'est qui cette « Marion » ?!

Inès en avait marre qu'on reste là à bavasser, alors elle répondit à ma place.

— *Marion*, c'est le submersible de la base ; si tu étais venu plonger avec nous comme tu l'avais promis, tu le saurais ! Il est stationné juste à la sortie de la grotte mais, comme il est bien camouflé et que je n'en ai jamais parlé devant Gabrielle, avec un peu de chance on réussira à le récupérer avant que les Autodafeurs le repèrent… mais pour ça faudrait que tu te bouges un peu le cul, Néné !!!

Et sans plus attendre, elle prit la tête de notre groupe.

Dans les couloirs, c'était la panique absolue ; il n'y avait pas encore trace des Autodafeurs mais, comme il était plus de minuit, la plupart de nos camarades avaient été réveillés par les sirènes et nous voyions leurs ombres rouges s'agiter dans tous les sens sans trop savoir quoi faire. Toutes les deux secondes, nous étions obligés de nous arrêter pour leur expliquer la situation et leur dire de rejoindre les adultes dans la salle de commandement, comme c'était le protocole en cas d'attaque… voire d'enlever nos lunettes pour leur prouver que nous n'étions pas leurs ennemis.

— Ils nous retardent trop, il faut passer par les couloirs de service, dit Césarine en nous entraînant vers une petite porte sur la droite.

Ma sœur avait raison, les premiers coups de feu résonnaient déjà dans les hauteurs et nous ne devions plus perdre de temps, aussi, même si l'idée de laisser les autres se débrouiller seuls nous soulevait le cœur, nous nous sommes tous engouffrés à sa suite dans les entrailles de l'île.

Malgré l'absence d'indications, Rama et Césarine nous guidaient sans hésitation en prenant chaque embranchement comme s'il était surmonté d'un gros panneau indicateur clignotant.

Enfin seuls, nous avancions vite, mais la cacophonie surgissant des grilles de ventilation nous rappelait constamment ceux que nous avions laissés derrière nous ; des cris, des bruits de lutte, des murmures affolés ou, pire, le silence, nous accompagnaient dans l'ombre. Nous courions sans un mot au milieu de la bataille, traversant le combat de nos frères et de nos sœurs comme des fantômes, et j'aurais tout donné pour ne plus entendre leurs cris. Je savais que notre mission était capitale et que la seule chance que nous avions de la mener à bien était de nous enfuir au plus vite... mais je me sentais lâche et je luttais à chaque pas pour ne pas retourner me battre auprès des autres.

J'ai dû ralentir sans m'en rendre compte, car Shé, qui était juste derrière moi, me glissa tout à coup à l'oreille :

— N'y pense même pas... non seulement retourner en arrière ne les aiderait pas, mais en plus, en nous sacrifiant pour une seule bataille, tu détruirais notre seule possibilité de gagner la guerre.

— Mais... et ma mère, et les autres ?! On ne peut tout de même pas les laisser se faire massacrer sans réagir ! ai-je gémi malgré moi.

— Réfléchis, Gus ! Gabrielle a dit qu'ils voulaient utiliser les enfants pour manipuler leurs parents, alors ils n'ont aucun intérêt de les tuer. En plus, si tu t'enfuis, ta mère leur sera beaucoup plus précieuse vivante que morte pour t'obliger à revenir ! On a tous abandonné quelqu'un derrière nous mais aujourd'hui, si on arrive à mener notre plan à son terme, on a peut-être une chance de les retrouver alors ce n'est pas le moment de flancher…

Elle avait raison; je me suis concentré sur le chemin, j'ai tenté d'oublier les cris et j'ai accéléré la cadence… pour me cogner sur Inès qui venait de stopper net.

– Bordel, Gus, fais attention !

– Pourquoi tu t'arrêtes, aussi ? grognai-je en me frottant le front.

– Parce qu'on est arrivés, *cretino* !

Juste devant Inès, Césarine était en train d'ouvrir une petite porte. Elle tira doucement le battant vers elle, puis glissa un coup d'œil de l'autre côté avant de s'écarter en nous faisant signe de la rejoindre.

journal de Césarine

J'ai fait une erreur. Ça ne m'arrive jamais mais je suis obligée d'admettre que, cette fois-ci, j'en ai fait une ; même que je sais pourquoi : parce que je n'ai pas respecté la méthode.

La méthode c'est Rama qui me l'a apprise et, normalement, elle est infaillible.

Les règles de sa méthode sont au nombre de quatre :

Première règle : « ne recevoir aucune chose pour vraie que je ne la connusse évidemment être telle », c'est-à-dire que quelque chose n'est vrai que lorsque je peux le prouver, moi-même, avec certitude. (Par exemple, quand on plante un stylo dans la jugulaire de quelqu'un et qu'il se vide de son sang, il meurt ; je peux le prouver, donc c'est vrai. Par contre, je dois dire qu'il est « probable » qu'une personne qui passe plus de dix minutes sous l'eau sans respirer se noie parce que, comme je n'en ai pas fait l'expérience, ce n'est pas certain.)

Deuxième règle : « diviser chacune des difficultés que j'examine pour les mieux résoudre », c'est-à-dire que, quand quelque chose est trop compliqué, je dois en analyser chaque élément un par un avant d'en tirer une conclusion. (Par exemple, pour le moment j'ai encore du mal à comprendre ce qui se passe entre mon frère et Inès, vu que parfois on a l'impression qu'il veut l'étrangler et d'autres fois qu'il veut l'embrasser ; alors j'étudie chacune de leurs actions séparément en attendant de pouvoir en tirer une conclusion.)

Troisième règle : « conduire par ordre mes pensées, en commençant par les objets les plus simples et les plus aisés à connaître pour monter peu à peu, comme par degrés, jusqu'à la connaissance des plus compliqués ». Ça, c'est la règle de l'Ordre, elle signifie que lorsqu'on cherche une réponse à un problème complexe il faut partir de ce qui est évident et déduire. (Par exemple, il est évident que les Autodafeurs cherchent à tout prix à nous empêcher de trouver le « Livre qu'on ne peut pas lire », je peux donc en déduire avec certitude qu'il est prioritaire pour nous de le trouver, même si je ne sais pas encore ce qu'il contient.)

Quatrième règle : « faire partout des dénombrements entiers, et des revues générales, sans rien omettre ». C'est-à-dire qu'il faut toujours prendre en compte l'ENSEMBLE des données avant d'agir, sans RIEN négliger.

Bon, ça peut sembler un peu compliqué dit comme ça mais c'est une méthode très efficace ; d'ailleurs ce n'est pas vraiment celle de Rama, mais celle d'un membre de la Confrérie mathématicien et philosophe français qui est mort en 1650 (un certain René Descartes).

En résumé, disons qu'il faut toujours beaucoup réfléchir, tout analyser et tout vérifier avant de prendre une décision et d'agir parce que souvent, la meilleure façon de gagner du temps, c'est d'aller lentement.

Sauf qu'en entrant dans la grotte je suis allée trop vite et je n'ai pas respecté la méthode. J'ai ouvert la porte, regardé brièvement et tiré des conclusions sans avoir TOUTES les informations nécessaires. Je n'ai vu personne dans un rayon de dix mètres, je n'ai entendu personne donc j'en ai déduit qu'il n'y AVAIT personne, alors que ce que j'aurais dû dire c'est qu'il était PROBABLE qu'il n'y ait personne.

C'était une erreur mais aussi la parfaite illustration de ce que Rama appelle la « loi de Murphy », c'est-à-dire que s'il existe un seul risque que les choses tournent mal… cela a de grandes chances de se réaliser.

Donc :

1 : TOUJOURS respecter la méthode.
2 : Être idiot, c'est peut-être de famille.

pris au piège

À peine avons-nous franchi la porte et pénétré dans la grotte qu'une équipe d'Autodafeurs en combinaisons noires a émergé du tunnel sous-marin. Ils étaient quatre : trois super baraques et un quatrième moins costaud qui arracha son masque et s'avança vers moi en beuglant dès qu'il me vit.

– Laissez-le-moi ! Murphy a promis, cette petite ordure est pour moi !

Je sursautai ; malgré la cagoule de plongée qui masquait partiellement son visage, cette délicate voix de bourrin ne laissait aucun doute sur l'identité de son propriétaire.

– BG !

Oui, je sais, j'aurais pu faire mieux que de juste crier bêtement son nom. Par exemple un truc du genre :

Emphatique : Entre ici, Bernard-Gui, avec ton terrible cortège…

Ironique : Tiens, je ne savais pas que la conférence annuelle des gros cons se tenait dans le coin !?

Courtois : BG, quel plaisir de te revoir, et comment va ton père ?

Grossier : Je savais que la merde flottait, mais grâce à toi je découvre qu'en plus elle sait nager.

Poétique : Un jour comme celui-ci, de sang tombé du ciel,

Au beau milieu de troupes d'azur et de chevaux bipèdes,

La masse écumeuse du grand large

Créa BG qui, telle une vague, surgit de l'onde marine.

Oui, j'aurais pu mais, un, n'est pas Cyrano qui veut et, deux, sur le coup j'avais pas des masses d'inspiration…

Figés l'un en face de l'autre, nos deux groupes s'observaient en attendant de voir qui allait dégainer le premier et, pendant une seconde, je me suis cru dans un de ces films de baston coréens où les gros plans de visages précèdent le carnage.

J'aurais bien tiré le premier, sauf que, pour ce faire, encore aurait-il fallu que j'aie une arme ! Alors, certes, nous avions bien des armes, même que pour réussir à nous les procurer j'avais été OBLIGÉ d'embrasser l'autre emmerdeuse, sauf qu'elles étaient planquées dans le local de plongée, et que celui-ci était pile DERRIÈRE les quatre gugusses ! Bref, *bad day*…

Ce qui était un poil vexant c'est que, pendant que je réfléchissais, les gros bras n'avaient pas du tout l'air d'avoir peur de nous ; aucun n'avait pris la peine de sortir son arme et, à part BG qui se prenait pour un autre et se la pétait en gesticulant tout en me criant des trucs très vulgaires, les trois armoires à glace nous contemplaient calmement en ayant juste l'air de se demander par lequel d'entre nous ils allaient commencer le massacre.

En même temps, comment leur en vouloir ? Nous avions beau être en supériorité numérique, le spectacle qu'offrait notre petite troupe n'avait pas franchement de quoi faire peur.

À part Inès et moi qui étions à peu près crédibles comme combattants, de qui auraient-ils dû avoir peur ? De Rama et de son un mètre quarante perché sur douze orteils ? De Super Néné qui flottait dans sa chemise hawaïenne et dont la trouille se sentait d'ici ? De la délicate Shé dans ses voiles de princesse des Mille et Une Nuits... ou d'une petite fille à couettes et en socquettes qui les observait sans dire un mot ?

Bon, pour ma sœur, ils avaient tort de ne pas avoir peur, mais ça ils ne pouvaient pas le savoir et je comprenais qu'ils ne soient pas plus inquiets que ça. Néanmoins, tant qu'ils n'avaient pas sorti leurs armes, nous avions nos chances... à condition de nous bouger avant que d'autres Autodafeurs les rejoignent.

Inès avait dû en arriver à la même conclusion, car elle coupa tout à coup la parole à BG.

— Et t'es qui, toi ?

BG, ça l'a stoppé net ; déjà qu'il n'était pas du genre à accepter les remarques mais, en plus, de la part d'une fille, ce n'était rien de dire qu'il n'avait pas l'habitude.

— Je suis Bernard-Gui Montagues, je suis le fils d'un père assassiné et le petit-fils d'un grand-père assassiné ! Je réclame mon droit à la vengeance, clama-t-il le poing sur le cœur sans pour autant se rapprocher de nous.

Sans déconner, fallait qu'il arrête de regarder *Gladiator* parce que là, sa réplique, elle était juste ridicule !

– OK, le comique, vu ton humour, t'es un copain de l'autre couillon, j'aurais dû m'en douter, soupira Inès en se retournant vers moi. Dis donc, Gus, ils sont tous comme ça vers chez toi ou le grand tragédien derrière moi c'est juste un cas isolé ?

Elle était maintenant dos aux Autodafeurs et, en voyant la lame d'un de ses couteaux briller furtivement tandis qu'elle le glissait dans sa main droite, j'ai compris ce qu'elle cherchait à faire. J'entrai aussitôt dans son jeu.

– Hou là, rassure-toi, BG est unique en son genre et en plus d'être un gros naze il est aussi un peu maso… il adore que je lui mette des branlées ; j'ai jamais compris pourquoi mais c'est son kiffe, ai-je répondu à Inès en haussant les épaules.

– P'têt qu'il est amoureux ? ironisa-t-elle en faisant lentement glisser un second couteau dans son autre main.

– Nooon, tu crois ? Alors y a méprise, faut que je lui dise au pauvre gars, dis-je en me frappant le front avant de m'avancer vers BG.

Montagues, tendu comme un string, frémissait de rage, mais derrière lui les trois baraques se retenaient visiblement de rire et nous observaient comme s'ils étaient au théâtre.

– Écoute, BG… tu sais, les mecs, c'est pas mon truc… je respecte mais, tu vois, je préfère les filles… demande à Isabelle, tu verras elle te le confirmera.

Quand j'ai fini ma phrase, la distance qui nous séparait n'était plus que de deux mètres mais la colère de BG lui fit franchir cet espace, poing en avant, d'un seul bond. La violence de son geste était telle qu'il m'aurait probablement séché sur place si je ne m'étais pas écarté à la dernière seconde avant de l'assommer d'une puissante manchette sur la nuque.

Comme un ballet parfaitement chorégraphié, nous étions tous entrés dans la danse en même temps, les deux lames d'Inès clouant sur place deux des balèzes avant qu'ils aient pu esquisser le moindre geste vers leurs armes tandis que Shé, hallucinante de souplesse, maîtrisait le troisième en l'étranglant à l'aide de son voile avec une technique que je n'avais jamais observée avant. En quelques secondes, nous étions à nouveau seuls et les quatre affreux gisaient au sol comme des tas de merde emballés de Néoprène.

– Shé, c'était quoi ce truc que t'as fait ?! balbutia Néné un peu abasourdi, pendant que son amie utilisait un de ses foulards pour attacher solidement l'homme évanoui à ses pieds.

– De l'aïkido, je pratique depuis que j'ai six ans et je suis passée Shodan cette année.

Comme quoi ma sœur a bien raison de dire qu'il faut se garder de juger les gens sur leur apparence… Être Shodan signifiait que Shé était ceinture noire d'aïkido et, à son âge, je ne savais même pas que c'était autorisé !

– Mais ?! tu sais te battre ? Je croyais que tu étais non violente ? couina Néné en la regardant bizarrement.

Shé lui sourit doucement avant de lui répondre calmement.

– Non, je sais me *défendre*, nuance. Je n'attaquerais jamais personne à moins d'y être obligée. D'ailleurs c'est le principe de l'aïkido, c'est une philosophie de la défense, pas du combat. Je suis pacifiste et non violente, mais ce n'est pas une raison pour me laisser marcher dessus sans réagir, conclut Shé en remettant autour de son visage le voile qui lui avait servi à étrangler son adversaire.

– C'est de la légitime défense, donc, elle a le droit, ajouta Césarine à qui on n'avait rien demandé.

Inès avait récupéré ses deux couteaux de lancer et les essuyait tranquillement sur son treillis ; la bonne nouvelle c'était que, pour les deux types sur qui ils avaient atterri, on n'aurait pas besoin de corde… encore que, pour eux, la nouvelle était plutôt mauvaise.

– Joli carton, l'ai-je félicitée avec sincérité tout en finissant de saucissonner BG qui commençait déjà à revenir à lui. Et toi, le gros lard, je ne sais pas ce que t'a raconté Le Négrier, mais sache que si tu veux te venger, tu n'es pas dans le bon camp ! Tu te trompes d'ennemi, Bernard-Gui, je n'ai rien à voir avec la mort de ton père, au contraire j'ai même éclaté la tronche de l'espèce de taré à cheveux blancs qui l'avait abattu ; alors au lieu de m'emmerder tu ferais mieux de me remercier, ai-je conclu avant de lui enfoncer sa cagoule dans la bouche pendant que ses yeux s'agrandissaient de surprise et d'incompréhension.

– Il va avoir du mal à te répondre, m'a signalé ma sœur.

– Tu m'étonnes… mais en même temps on s'en fiche un peu non ?

Après une seconde de réflexion, Césarine a acquiescé et nous avons commencé à nous préparer rapidement pour la plongée.

journal de Césarine

Quand j'ai vu qu'il y avait des Autodafeurs dans la grotte alors que j'avais affirmé qu'il n'y avait personne, ça m'a embêtée et je suis restée là sans rien faire ; mais ce n'était pas grave parce qu'Inès, Shé et Gus ont vite résolu le problème. Même que j'ai découvert que Shé se battait vraiment très bien et que j'ai enfin compris pourquoi elle a sans arrêt un foulard sur la tête alors qu'on est à l'intérieur.

Par contre, vu son niveau de combat, je ne comprenais pas comment j'avais pu l'éliminer aussi facilement lors de l'exercice dans le noir de maître Akitori. Alors je lui ai demandé une explication et elle m'a répondu en désignant Néné du regard qu'il y avait « des combats qu'il fallait savoir perdre, car en amour la faiblesse pouvait être une force ». Je n'ai rien compris, mais je pense que ça a un rapport avec cette étrange histoire de mouche et de vinaigre.

Le frère de Bart aussi était là et, comme d'habitude, il a dit des gros mots et après il s'est retrouvé par terre.

Ensuite on a récupéré nos affaires là où mon frère et Inès les avaient cachées, on a mis nos combinaisons, pris nos bouteilles de plongée ; mais nous ne sommes pas allés assez vite car, au moment d'entrer dans l'eau, tout un tas d'Autodafeurs sont arrivés par le couloir et là, pour une fois, mon frère a fait quelque chose qui avait l'air idiot mais qui ne l'était pas : il a tiré sur le plafond juste avant de plonger.

La dernière image que j'ai vue avant qu'il ne m'entraîne sous l'eau a été celle de milliers de chauves-souris immenses se précipitant sur les Autodafeurs pendant qu'ils s'enfuyaient en courant.

Donc :

1 : Nager avec une combinaison, c'est beaucoup plus pratique qu'avec une jupe et un chemisier.

2 : L'amour, c'est n'importe quoi.

3 : Mon frère est de moins en moins idiot.

navigation

Plonger la nuit est une expérience rare et fantasma-
tique. Protégés par nos combinaisons noires et nos gilets
de flottaison, nous glissions dans l'obscurité mouvante
du long couloir sous-marin permettant de rejoindre
la mer. La liberté intense que je ressentais habituellement avait été rempacée par une désagréable sensation
d'étouffement.

Juste devant moi, Néné s'agitait frénétiquement pour
tenter d'éclairer l'espace autour de lui avec le maigre
faisceau de sa lampe ; on aurait dit un junkie parkin-
sonien sous acide tentant d'imiter un stroboscope et,
à la vitesse à laquelle les bulles s'échappaient de son
embout, j'ai compris qu'il respirait trop vite et n'était
pas loin de péter un plomb. Sous l'eau, la panique est le
pire ennemi des plongeurs et les Autodafeurs risquaient
de devenir le cadet de nos soucis si je ne trouvais pas
rapidement un moyen pour calmer Néné. J'étais censé
m'occuper de ma sœur, mais un rapide coup d'œil dans
sa direction me prouva qu'elle n'avait pas l'air d'avoir
besoin de moi. Parfaitement calme, elle palmait avec

régularité sans dévier de son chemin et sa minicombinaison noire la faisait ressembler à une petite otarie. Bref, comme d'hab, Césarine n'avait besoin de personne et j'allais m'avancer pour aider Néné quand Shé s'en chargea à ma place.

Passant sa torche dans sa main gauche, elle entrelaça ses doigts entre ceux de mon pote et l'attira contre elle.

Pour nager, le plan épaule contre épaule et main dans la main, ce n'était pas top... Inès et Rama nous distancèrent rapidement ; par contre, pour ce qui était de calmer Néné, c'était super efficace et j'ai vu avec soulagement le débit des bulles d'air s'échappant de son détendeur devenir plus régulier (comme quoi il doit y avoir du vrai dans ces histoires d'endorphines et d'hormones du bonheur sécrétées quand on est amoureux !).

Il nous a fallu moins de cinq minutes pour rejoindre Inès et Rama. À notre arrivée, ils avaient eu le temps de débâcher *Marion* et étaient en train de la préparer, si bien que nous n'avons plus eu qu'à grimper, enlever nos combis et attendre le départ.

À bord, l'ambiance était tendue ; rien ne nous permettait d'affirmer que les Autodafeurs ne disposaient pas eux aussi d'un submersible et, pendant les dix longues minutes que mit Rama à nous éloigner des côtes de Redonda, chacun de nous resta silencieux, s'attendant à tout moment à voir surgir des ennemis des profondeurs ; mais, rien.

– S'ils ont un sonar ils risquent de nous repérer. Alors on garde un silence total jusqu'à ce qu'on puisse refaire surface, murmura Rama sans quitter les commandes des yeux.

Il avait raison ; même si nous avions plongé, nous n'étions pas tirés d'affaire ; peut-être que mon coup de génie avec les chauves-souris nous avait fait gagner du temps, mais il y avait fort à parier que les Autodafeurs étaient maintenant à nos trousses et là, serrés comme des sardines dans notre sous-marin de poche, nous étions une proie trop facile pour nous permettre de prendre le moindre risque.

C'était la première fois que Néné, Shé et Césarine montaient à bord de *Marion* et je comprenais les regards étonnés qu'ils jetaient autour d'eux, car cet engin était carrément dément et semblait tout droit échappé d'un James Bond.

Rama nous avait expliqué que c'était un prototype américain développé pour l'armée et les plates-formes pétrolières, qu'il valait plus de trois millions de dollars et, rien qu'à le regarder, ça n'avait rien de surprenant. Moitié sous-marin, moitié hors-bord, avec sa coque profilée et sa coupole de verre, l'Hyper-Sub était la première petite embarcation de 800 chevaux pouvant atteindre les 70 km/h en surface, mais qui fonctionnait aussi de manière autonome en atmosphère sous-marine jusqu'à près de deux cents mètres de profondeur pendant plusieurs heures. Si vous ajoutiez à ça une double proue triangulaire ressemblant à celle d'un croiseur interstellaire de l'Empire et un poste de pilotage hyper-sophistiqué faisant passer le tableau de bord d'une Ferrari pour la façade d'un micro-ondes, vous n'auriez encore qu'une vague idée de l'engin dans lequel nous venions de nous enfuir.

C'était le secret le mieux gardé de la base, mais, Rama ayant été chargé d'installer des programmes furtifs sur son ordinateur de bord, c'est lui qui nous avait soufflé l'idée de l'utiliser pour nous échapper... surtout que pour le programmer il avait appris à le piloter et qu'il se disait capable de nous emmener où nous voulions.

Quand il nous en avait parlé, Inès et moi avions tout de suite compris le potentiel exceptionnel du submersible pour notre fuite et, tout en conservant le secret, il ne s'était pas passé une journée sans que nous nous glissions discrètement à son bord pour nous familiariser avec ses commandes... Mais la surprise que j'avais ressentie en découvrant *Marion* pour la première fois ne s'était pas atténuée.

Le seul hic, c'est que *Marion* était prévue pour cinq, alors, avec une personne de plus à bord et le matos que nous y avions caché en prévision de notre fuite, nous étions super serrés... mais nous étions en vie et, surtout, nous étions enfin dans l'action.

Au bout de quarante minutes de plongée, Rama se décida à rompre le silence.

– Je pense que c'est bon maintenant. Je ne détecte plus rien sur le radar et, comme nous avons contourné la pointe de Montserrat, ils ne peuvent plus nous avoir en visuel. J'estime qu'à présent nos chances de nous en sortir sont remontées à 57 %.

– Ah ouais ? 57 % ? Parce qu'avant elles étaient de combien « nos chances de nous en sortir » ? demanda Néné en grinçant des dents.

Connaissant Rama et sa manie des statistiques, c'était vraiment LA question à ne pas poser...

– Eh bien, quand nous courions dans les couloirs, en tenant compte du facteur risque que présentait la panique de nos camarades, nous étions à peine à 5 % ; passer dans le tunnel de service nous a fait remonter à 29 %, mais l'erreur de Césarine dans la grotte nous a fait redescendre à 5, avant que notre taux chute à 0,4 quand j'ai constaté à la fois l'armement, le nombre d'hommes et la haine personnelle de celui que vous avez appelé BG ; évidemment, après leur élimination nos chances sont nettement remontées, même si je pense que n'en tuer que deux sur quatre était une erreur et…

Argggghhh… plus exaspérant tu meurs ! Je savais que cette espèce de cloporte était capable de continuer ainsi pendant de longues minutes et je fusillai Néné du regard, histoire de bien lui faire comprendre ce que je pensais de sa question à la con. Coup de bol, je n'étais pas le seul que le monologue statistique de Rama gonflait et Inès péta un câble avant moi.

– C'est bon Rama, je crois qu'on a saisi le principe ! Alors tu arrêtes ta machine à stats déprimantes deux secondes et tu nous déroules plutôt le programme qui nous donne un max de chances de s'en sortir, sinon je te jure que tu vas avoir 100 % de chances que je t'en colle une en travers de la figure !

Ça avait le mérite d'être clair et Rama a changé de discours sans transition.

– Regardez ce sillage, dit-il en nous désignant une traînée sur son radar, c'est celui d'un cargo qui se dirige dans la même direction que nous, alors je vais remonter et nous glisser dans sa trace comme ça nous avancerons plus vite tout en restant discrets.

C'était un super plan, mais tous ces événements avaient occulté un point important qui méritait tout de même d'être éclairci.

– C'est bien beau tout ça, mais vous avez trouvé l'endroit où était caché le « Livre qu'on ne peut pas lire » au moins ?

Ma question s'adressait à Rama, mais ce fut ma sœur qui choisit de me répondre.

– Évidemment.

Super, avec ce type de réponse j'étais bien avancé !

– Et ?

– Et quoi ? Tu as demandé si on avait « trouvé »… j'ai répondu, me lança Césarine en me regardant de travers.

Bon, en même temps j'aurais dû m'en douter.

– On a eu du mal au début parce qu'on était partis sur une mauvaise piste, enchaîna Shé en volant à mon secours. Le problème c'est que, de nos jours, l'« île aux Iguanes » est le nom donné à un des îlets de la Guadeloupe, du coup, on a perdu du temps à chercher dans cette zone alors qu'en fait, à l'époque où Hernando Colomb a écrit son journal, *Ioüanacéra*, qui se traduit par « île aux Iguanes », était le nom que les Indiens caraïbes donnaient à la Martinique.

– OK, ça réduit le champ des recherches mais est-ce que vous avez trouvé où était le fameux rocher « joyau » dont il parlait ? Parce que s'il faut qu'on retourne chaque pierre de la Martinique, on n'est pas sortis de l'auberge, avança Néné.

Shé tourna son visage vers mon pote pour lui répondre et je remarquai tout à coup qu'elle n'avait pas remis son voile depuis que nous étions sortis de l'eau. Sa longue chevelure brune pendait en une lourde tresse humide qui s'enroulait du côté gauche de son cou en soulignant la finesse de ses traits, et je me surpris à penser à elle comme à une version exotique de la petite sirène du port de Copenhague. Ça m'a fait si bizarre de la voir comme ça que je n'ai pas pu m'empêcher de remarquer :

– Heuu, t'as pas remis ton voile ?

Shé a rougi mais, avant qu'elle puisse me répondre, Césarine nous donnait son explication… une explication très Césarine qui nous laissa tous sans voix !

– Ne sois pas idiot, Gus, tu vois bien qu'il n'y a personne à étrangler ici !

Je sais que ma sœur a, parfois, pour ne pas dire souvent, des raisonnements *un peu* particuliers mais, j'ai beau être habitué, j'avoue que sur ce coup-là je n'ai pas réussi à décoder.

– Cés, tu peux m'expliquer le rapport ?

– Eh bien, ce foulard que Shé porte sans arrêt sur la tête, j'avais bien compris que ça ne pouvait pas être en rapport avec le temps, vu que sur l'île on était *à l'intérieur*, alors au début j'ai cru qu'elle le mettait parce qu'elle n'aimait pas ses cheveux, comme toi le jour où le coiffeur t'avait raté et que tu avais passé trois semaines avec une casquette. Tu te souviens, tu avais voulu ressembler à ton chanteur préféré et…

En voyant une lueur amusée briller dans l'œil d'Inès, je coupai vivement la parole à ma sœur avant qu'elle ne se mette à décrire avec trop de précision la tronche de hamster que m'avait faite cette andouille de coiffeuse pendant ma période boys band.

– C'est bon Cés, j'ai compris !

Pour une fois, Dieu merci, ma sœur accepta de ne pas développer et embraya sur la suite de son explication.

– Donc, dans la grotte, quand j'ai vu Shé utiliser son foulard pour étrangler le gros monsieur en combinaison, j'ai compris que c'était une arme… sinon pourquoi elle s'embêterait à le porter tout le temps sur la tête ? conclut ma sœur avec assurance.

C'est sûr, vu comme ça c'était parfaitement logique, mais je doutais franchement que les sourates du Coran soient en accord avec une vision aussi « pratique » des choses.

Contre toute attente, Shé fut la première à éclater de rire.

– Césarine, la prochaine fois que j'aurai à justifier mon choix devant quelqu'un, je te promets de lui présenter ta version ; je suis certaine que ça amènerait beaucoup de gens à se montrer plus tolérants avec moi, dit-elle sans cesser de se marrer.

Enfermés dans notre bocal, nous nous sommes tous regardés en rigolant ; le geek écolo, l'autiste géniale, l'Espagnole féministe, le Philippin polydactyle, l'Iranienne musulmane et moi, l'ado idiot. C'est sûr qu'à nous six, question « différences », nous faisions une sacrée brochette !

journal de Césarine

Au début tout allait bien et puis, après que Shé nous a expliqué pourquoi elle portait un foulard (une explication nettement moins logique que la mienne, d'ailleurs), ils se sont tous mis à réfléchir et je me suis endormie.

Je n'aurais pas dû, car j'ai tout à coup pris conscience de l'endroit où j'étais : enfermée à soixante-dix-huit mètres de profondeur dans une boîte en métal alors que je ne suis pas un poisson.

Ce n'était pas NORMAL alors j'ai commencé à trembler et j'ai senti les tentacules noirs de ma pieuvre sortir de ma poitrine pour s'emparer de mon esprit.

J'ai respiré profondément pour les repousser, mais ils étaient plus forts que moi.

Je n'ai pas réussi à les empêcher de me poursuivre alors je me suis réfugiée dans ma maison, j'ai couru dans les escaliers blancs pour aller me cacher au fond d'un placard, mais avant que je l'atteigne les tentacules visqueux ont explosé les volets violets et se sont déroulés derrière moi, frôlant mes chevilles, agrippant mes mollets, léchant mes genoux, m'emprisonnant.

Je ne pouvais plus bouger et c'est là que l'eau noire s'est mise à suinter des murs de ma maison en emportant toute ma vie sur son passage.

L'encre de Chine des mots de Sun Tzu a dégouliné, les sourires d'or de Sara se sont effacés, le sang de Sabots marron s'est mis à goutter du plafond et j'ai vu papa, mamie et papi qui étaient morts en train de se faire manger par les vers de terre.

Alors j'ai hurlé, mais l'eau noire qui montait de plus en plus vite en a profité pour entrer dans ma bouche.

Je ne pouvais plus respirer.

J'étais en train de me noyer dans mon histoire, de m'étouffer dans ma propre vie.

C'était HORRIBLE et j'allais abandonner quand tout à coup, s'emparant de moi, des tourbillons violents sont arrivés dans ma maison, balayant tout sur leur passage, détruisant les tentacules, lavant les murs de ma conscience, me portant, me soulevant, m'enveloppant, me caressant, me protégeant.

J'étais bien, j'étais sauvée, alors j'ai recommencé à respirer et je me suis enfin réveillée.

Donc :

1 : La maison de mon esprit est presque détruite.
2 : Ma pieuvre peut être vaincue.

joyau

– Bordel ! C'était moins une ! Merci, Inès.

Tremblant, je regardais ma sœur qui s'était enfin remise à respirer depuis qu'Inès s'était mise à siffler.

– Tu es sûr qu'elle va bien ? me demanda Shé en se penchant sur elle.

– Si seulement je savais... jamais elle ne m'avait fait un truc pareil !

Sans qu'on sache pourquoi, alors que nous naviguions depuis plusieurs heures, Césarine s'était mise à hurler dans son sommeil avant de cesser purement et simplement de respirer. Comme ça, d'un coup, alors qu'il ne s'était rien passé de spécial (enfin excepté les deux mecs tués par Inès dans la grotte, notre fuite dans un sous-marin sur les traces d'un livre que tout le monde prenait pour une légende et que nous comptions retrouver en suivant les indications hallucinées d'un gamin de quatorze ans mort il y a cinq siècles... Rien, quoi !).

– En tout cas bravo pour le sifflement, Inès, comment tu as su que ça marcherait ?

Inès haussa les épaules.

– Je ne savais pas, mais j'ai bien vu que ta sœur faisait le même genre de crise que l'autre jour et, comme à la cantine elle s'était calmée quand j'avais sifflé, j'ai pensé que ça valait le coup d'essayer.

– D'essayer quoi? dit Césarine qui ouvrait enfin les yeux.

– Cés! Ça va ma puce?

– Ben oui, mais je ne suis pas une puce. Et pourquoi vous me regardez tous comme ça avec cet air idiot?

Un soupir de soulagement commun traversa l'habitacle pendant que ma sœur nous regardait de travers en fronçant les sourcils.

Nous étions des idiots, elle n'était pas une puce… tout était redevenu normal; nous pouvions changer de sujet et je me retournai vers notre pilote.

– Tu peux nous dire dans combien de temps on arrivera?

Consultant l'ordinateur de bord, Rama me répondit sans se retourner.

– Une demi-heure je pense, trois quarts d'heure maximum. Tout dépend si le cargo que nous suivons dévie de sa trajectoire ou non; mais de toute façon il fera toujours nuit quand nous arriverons.

C'était parfait, l'assaut de l'île avait modifié nos plans et nous avions décidé de partir chercher le Livre d'Alexandre sans attendre, mais nous n'étions pas stupides au point d'imaginer que les Autodafeurs ne s'étaient pas lancés à notre recherche, alors autant rester le plus discrets possible. Pour l'instant le stratagème de Rama semblait avoir fonctionné; nous étions bien cachés dans le sillage du cargo et les deux bateaux que

Rama avait détectés sur son radar nous avaient dépassés sans s'approcher. Il ne restait plus qu'à patienter en essayant de ne pas trop penser à ce qui se passait sur Redonda.

Comme s'il lisait dans mes pensées, Néné choisit ce moment pour poser à voix haute la question que nous nous posions tous en silence.

– Et les autres, vous croyez qu'ils s'en sont sortis ?

Seul le silence lui a tenu lieu de réponse. Nous avions tous en mémoire le bruit des coups de feu rebondissant sur les parois de pierre ; aucun d'entre nous ne savait quoi dire, mais ce qui était certain c'est que nous n'avions pas envie de nous pencher trop sérieusement sur la question et j'ai préféré changer lâchement de sujet.

– Inès, tu peux nous lire les passages du carnet de Hernando qui concernent l'endroit où on va, histoire qu'on sache précisément ce qui nous attend ?

Encore un peu tendue par la crise de ma sœur et la question de Néné, Inès opina avant d'extraire le carnet de son sac et d'en commencer la lecture.

Carnet de Hernando

18 juin de l'an de grâce 1502

Je rentre seul de ma mission.

Comme promis j'ai laissé Mahanibos sur l'île de ses ancêtres avec suffisamment de biens pour lui permettre de reprendre la place qui était la sienne avant que l'Amiral ne lui vole sa vie ; car Mahanibos est un prince, un prince parmi les siens. Fils, petit-fils et arrière-petit-

fils d'une longue lignée de rois-prêtres, il m'a avoué lors de notre expédition que s'il avait passé six années de sa vie avec nous ce n'était pas, comme je le pensais, en raison de l'arbitraire de mon père mais par la volonté de son peuple qui l'avait confié à nous en le chargeant d'une mission: savoir si nous étions des dieux, des diables ou juste des hommes.

Ce soir Mahanibos m'a dit que sa mission était achevée et ce prince est retourné vers son peuple pour le guider loin des îles; il a vu de quoi nous, Occidentaux, étions capables et tous vont partir sur le continent pour se perdre dans une forêt profonde où, dit-il, jamais nous ne pourrons les retrouver. J'espère de tout cœur que mon ami atteindra son but, de la même manière que lui m'a aidé à atteindre le mien.

Comme prévu nous avons quitté la Capitana à bord d'une des grandes pirogues qu'utilisent les Indiens pour se déplacer d'île en île. Ce n'est guère plus qu'un tronc d'arbre évidé, mais cette embarcation est d'une efficacité redoutable pour qui sait la manier. Malgré tout, il nous a fallu caboter pendant des heures pour atteindre notre but et ce n'est qu'en fin de journée que nous avons abordé sur ce que Mahanibos nomme « le Joyau » et qui m'a tout d'abord fait l'impression d'un caillou inhospitalier posé sur la mer.

Comment vous décrire ce lieu étrange? Monstrueuse concrétion de pierre enracinée au plus profond de l'eau turquoise, ce caillou gigantesque n'était entouré d'aucune grève, d'aucune anse, pas même d'une petite plage pour permettre de s'y échouer et ses parois, couvertes de la dense et verte végétation que l'on trouve partout aux Indes, plongeaient à pic dans les flots sur toutes ses faces en rendant le lieu plus inexpugnable que la mieux défendue des citadelles. C'était un navire immense, sans mâts, sans voiles et sans équipage… à moins de considérer que la multitude d'oiseaux qui y nichaient en soit les bruyants et colorés matelots.

Sans Mahanibos, jamais je n'aurais su comment aborder cette place forte et j'aurais sans doute tourné et tourné encore sans découvrir l'accès secret qui en perçait les flancs.

Lors de notre arrivée la nuit s'apprêtait à tomber ; longeant l'îlot par sa face nord-ouest, j'ai vu les derniers rayons du soleil le frapper en rasant les vagues et j'ai enfin compris pourquoi mon ami appelait cette monstruosité « le Joyau ». Pendant les quelques secondes qu'a mis l'astre céleste à s'abîmer dans une mer de sang, nous avons été éblouis par le scintillement éclatant de mille feux semblant irradier de la roche comme d'une rivière de diamants. C'était un spectacle féerique ; la mer, le soleil, le rocher se confondaient en une unique lumière divine dont même le plus grand des artistes n'aurait pu imiter le chatoiement.

Puis, aussi vivement que la lumière était apparue, elle a disparu avec la dernière courbe de l'astre solaire, cédant immédiatement la place à une nuit noire et bruyante parsemée d'étoiles et de sons inconnus.

C'était ma première nuit aux Indes et, malgré les mille et une histoires rapportées par mon père, j'ai eu du mal à m'habituer à ce vacarme nocturne. Après que j'ai été bercé pendant des jours par le chant des vagues, le cliquètement des gréements, les cris des matelots, le sifflement du vent, le tintamarre de la cambuse et les grincements du pont, l'explosion de ces vies animales hurlait à mes oreilles dans une cacophonie déchirante et agressive.

Tout à coup, j'ai pris conscience de mon insignifiance, petit être humain fragile chevauchant un bout de bois sur un océan inconnu, perdu aux portes d'un monde nouveau débordant de dangers trop nombreux pour que je puisse seulement envisager d'y penser sans faiblir.

Sous ma chemise, le paquet emballé dans la peau huilée que m'avait confié l'Amiral s'est mis à peser plus fort sur ma poitrine. L'avenir du monde dormait, là, contre mon cœur affolé et ma mission arrivait à son terme ; je ne pouvais plus reculer, aussi ai-je indiqué d'un signe de tête à Mahanibos que j'étais prêt et nous avons plongé dans l'eau noire pour pénétrer au cœur de la plus précieuse des pierres.

Sous l'eau, à quelques brasses de la surface, caché derrière un rideau d'algues noires s'ouvrait un couloir plus obscur que l'enfer. Ce boyau était à peine plus large que le col d'un tonneau, mais c'est sans hésitation que Mahanibos m'a entraîné à l'intérieur. J'ai beau être un marin, je ne suis qu'un piètre nageur et sans mon ami je pense que je serais mort dix fois. L'eau tiède m'enveloppait et je sentais les parois de pierre m'oppresser de toutes parts, je battais furieusement des bras et des jambes pour avancer mais mes poumons en feu criaient à ma bouche de s'ouvrir à la recherche d'un air trop absent. J'ai cru que j'allais mourir mais, juste au moment où mes poumons allaient exploser, Mahanibos m'a fait émerger dans une poche d'air coincée sous le plafond de pierre et j'ai enfin pu respirer goulûment.

Je ne sais pas quelle distance nous avons parcourue ainsi mais, par deux fois, mon ami m'a guidé vers de salvatrices oasis d'air avant que nous débouchions enfin dans une grotte suffisamment grande pour nous tenir debout. Étrangement, alors que l'heure et la profondeur auraient dû nous laisser dans la plus noire des obscurités, cette grotte était baignée par une douce lumière verdâtre semblant diffusée de l'intérieur même des parois et j'ai craint un instant quelque sorcellerie avant que Mahanibos ne m'explique que cette lumière était due à une matière naturelle recouvrant l'intérieur du rocher.

Sur les bords de l'eau étaient entreposés des vêtements blancs au fin tissage ainsi que quelques pots emplis d'une matière visqueuse dont mon ami s'est servi pour enflammer deux torches ; puis il m'a demandé de me changer pour ne pas offusquer ses dieux. Dans un autre lieu j'aurais probablement refusé de céder à ce rituel païen, mais ici je n'étais pas dans mon monde et, même si ma croyance en un dieu unique et en la parole de son fils Jésus-Christ n'en demeurait pas moins forte, je me suis plié à la demande de mon ami.

Enfiler ce que je qualifierai de « toge » ne s'est pas révélé chose facile mais, avec l'aide de Mahanibos, j'ai fini par y arriver et c'est ainsi vêtus que nous nous sommes enfoncés dans les profondeurs du rocher.

Décrire avec minutie les passages obscurs dans lesquels m'a entraîné mon ami pour arriver jusqu'à la salle des dieux serait chose malaisée mais, avec son aide, j'ai tracé au dos d'un papier huilé les indications nécessaires pour pouvoir se retrouver dans le labyrinthe que forment les entrailles de ce rocher et je compte dès demain demander au chirurgien du bord de me tatouer ce chemin à même la peau pour en garder la trace indélébile.

Pourquoi fais-je ceci ? Je n'en sais rien, cela va même à l'encontre des consignes de l'Amiral. Lui souhaite que je ne garde aucune trace de son secret et que j'efface de ma mémoire le souvenir de ce que j'ai accompli. Mais j'en suis incapable, aussi, même si j'ai scrupuleusement respecté sa volonté et n'ai pas ouvert le paquet qu'il m'avait confié, je garde néanmoins l'espoir de retourner un jour voir ce qu'il contient et conserverai ainsi sur ma peau la clé du passage vers cette connaissance qui a brûlé l'âme et l'esprit de mon père.

diamant

– Donc, si je résume, on doit longer la face nord-
ouest d'un gros rocher, plonger dans le noir pour trouver, on ne sait trop où, un passage sous-marin qui a
échappé aux milliers de touristes qui viennent là depuis
l'invention des masques et des tubas, avant de chercher, dans ce qui est décrit comme « un labyrinthe »,
un livre dont on ne sait pas à quoi il ressemble ! Trop
de la balle, un jeu d'enfant je vous dis !

Il avait beau le dire sur le ton de la plaisanterie,
le résumé de Néné était tellement pessimiste que j'ai
senti mon moral tomber en chute libre.

– N'exagère pas, Néné, tempéra Shé en posant la main
sur son bras. D'abord ce n'est pas un « gros rocher » mais
le rocher du Diamant ; nous l'avons localisé avec Inès et
nous sommes certaines à 200 % de notre déduction...

– 200 % c'est impossible, lança ma sœur en déclen-
chant immédiatement l'intervention de Rama.

– Ben si c'est possible ; regarde, si tu gagnes mille euros
par mois et que tu es augmentée de 200 %, tu gagneras
trois mille euros.

– Là d'accord, c'est de l'argent, mais ici Shé parle de chances et tu ne peux pas avoir deux cents chances sur cent de trouver la bonne réponse, c'est idiot !

– Mais si parce que…

Et voilà, c'était reparti !

– STOP ! Ça suffit vous deux ! les coupai-je avant que leur débat s'éternise. On s'en fiche de savoir ce qui est « possible » ou ce qui ne l'est pas. Shé a voulu dire qu'elle était CERTAINE que le rocher du Diamant était le lieu où Hernando Colomb avait caché le « Livre qu'on ne peut pas lire » et C'EST TOUT ! Fin de la parenthèse.

– N'empêche que c'est pas pour autant qu'on va trouver le passage, ni le Livre… ni même qu'il y est encore, d'ailleurs, ronchonna Néné.

Ils commençaient à me gonfler sévère avec leurs réflexions ; alors certes on était tous un peu tendus, stressés, crevés et en plus on était tassés les uns sur les autres dans un air chaud et moite depuis des heures… mais ce n'était pas une raison pour en rajouter !

– Mais bordel Néné, t'es con ou tu le fais exprès ? Évidemment qu'on est sûrs de rien, mais au moins on ESSAIE. T'as un autre plan peut-être ?

– …

– C'est bien ce que je pensais. Alors arrête de râler et écoute les filles !

Baissant les yeux en direction du sol de résine du submersible, mon pote, un peu merdeux, la mit enfin en veilleuse et Shé put continuer ses explications.

– Évidemment on s'est tout de suite dit que le plus compliqué serait de découvrir le passage. Ce rocher est un spot de plongée depuis des années alors si ça avait été évident ça ferait longtemps qu'il aurait été trouvé, mais grâce à Inès nous bénéficions d'un atout que personne n'a eu avant nous : la carte réalisée par Hernando et Mahanibos !

– Comment ça ? Tu veux dire qu'Inès a le même tatouage qu'Hernando ?! Et il est où alors ?! la coupa Néné en louchant sur Inès dont le maillot noir une pièce laissait peu de zones découvertes.

L'idée était tentante, mais notre Espagnole n'avait pas envie de jouer aux devinettes et coupa court tout de suite aux fantasmes de mon pote.

– Range tes yeux, *stupido*, ça fait longtemps que notre famille se transmet cette carte et qu'elle n'est plus tatouée sur personne, regarde, elle est gravée à l'intérieur de mon bracelet.

Inès dégagea son poignet de la large manchette en argent qui ne la quittait jamais et en éclaira l'intérieur avec une de nos torches. Comme des moustiques attirés par la lumière, nous nous sommes penchés dans un même élan… occasionnant aussitôt un carambolage de crânes qui aurait pu être comique s'il n'avait pas été douloureux.

Nous voulions tous voir ce fameux plan mais, le manque de lumière étant ce qu'il était, nous devions être raisonnables. Chacun notre tour nous nous sommes passé le bracelet pour en observer la face interne : c'était bien une carte mais elle était codée, composée d'une succession de chiffres, de lettres et d'un message incompréhensible. Néné fut le premier à soulever le problème.

– Heu, Inès, tu sais la déchiffrer ta carte ? Non, parce qu'autrement elle ne va pas trop nous aider, lui dit-il en lui rendant son bracelet.

Inès se saisit du bijou en lançant un regard noir à mon pote.

– Évidemment, *cabeza de bobo*, sinon j'aurais fermé ma gueule !

– Oh, là, là ! Ça va miss Parfaite ! Arrête tout de suite de me prendre pour un débile et explique-nous plutôt pourquoi vous n'êtes jamais allés le chercher ce fameux Livre si vous saviez lire ta carte magique ?!

Là il marquait un point, mais ma sœur avait la réponse.

– Il lui fallait le carnet pour savoir où chercher ; une carte sans point de départ, ça ne sert à rien.

Logique.

journal de Césarine

La carte du bracelet d'Inès n'était pas vraiment une carte. *Normalement pour les trésors tu as un plan avec une route à suivre et une croix au bon emplacement. Mais là c'était juste une suite de lettres et de chiffres accompagnée de phrases qui ne voulaient rien dire… et c'est bien pour ça que sa famille n'avait jamais réussi à trouver le* « *Livre qu'on ne peut pas lire* »*.*

Voilà ce qui était gravé dans son bracelet :

NOEXCUIIIBXVIIIVEXIIVB
SÉ HUMILDE ANTE MAROCAEL O TEME LA VEN-
GANZA DE BOYOSU. ACORTA EL SUFRIMIENTO DE LA
MUJER-RANA Y A CACIBAJAGUA TE CONDUCINÁ SU
HIJA. PROSTERNATE ANTE LOS DIOSES Y A SU PADRE
CONFÍA EL NIÑO ENTONCES SE ABRIRÁ EL VIENTRE
DE LA MONTAÑA CANTA.

Évidemment c'était en espagnol, mais traduit ça don-nait ça :

NOEXCUIIIBXVIIIVEXIIVB
SOIS HUMBLE DEVANT MAROCAEL OU CRAINS LA
VENGEANCE DE BOYOSU. ABRÈGE LES SOUFFRANCES
DE LA FEMME-GRENOUILLE ET SA FILLE TE CONDUIRA
À CACIBAJAGUA. PROSTERNE-TOI DEVANT LES DIEUX
ET CONFIE L'ENFANT À SON PÈRE, ALORS LE VENTRE
DE LA MONTAGNE CANTA S'OUVRIRA À TOI.

Ce n'était pas plus clair en français, mais comme la
famille d'Inès cherchait depuis des années la solution de ce
message codé elle a pu nous apporter quelques explications.

Pour la première ligne c'était assez simple ; c'était une
suite de mesures marines devant nous conduire au cœur du
rocher. Concrètement, NOEXCUIIIBXVIIIVEXIIVB se tra-
duisait par :

NorOeste Estribord 10 Cuerda 3 Braza 18 Vara
Estribord 12 Vara Babor.

C'est-à-dire, en français :
Nord-ouest tribord 10 cordes (68,96 mètres droite)
3 brasses (5 mètres de profondeur) 18 verges tribord
(15 mètres droite) 12 verges bâbord (10 mètres gauche).

Évidemment, comme jusqu'à présent ils ne savaient pas
où chercher ça ne les avait pas beaucoup aidés, mais maintenant c'était différent.

Pour le texte, c'était plus compliqué, car il faisait référence aux mythes amérindiens des Taïnos et des Caraïbes.

Inès nous a expliqué que Boyosu était un démon-
serpent à tête d'arc-en-ciel et que Marocael était le gardien de la grotte Cacibajagua, où seraient nés les humains

suite à l'accouplement d'un homme-chauve-souris et d'une femme-grenouille.

Bien sûr, comme tous les mythes c'était complètement idiot, mais pas plus que de croire qu'on pouvait créer l'homme à partir d'un tas de poussière ou la femme à partir d'une côte.

Moi, toutes ces histoires de dieux, ça m'agace parce que ce n'est pas LOGIQUE et que du coup, à part nous confirmer que la cachette se trouvait bien dans les Caraïbes, c'était vraiment du charabia.

Donc :

1 : Nous sommes au bon endroit.
2 : Les mythes, quelle que soit l'époque, c'est idiot.

plongée

Il nous a encore fallu une bonne demi-heure après avoir quitté la protection du cargo pour rejoindre les abords du Diamant, longer sa face nord-ouest par la droite et nous amarrer à l'endroit indiqué par Hernando Colomb.

Ce qui allait nous compliquer la tâche c'est que, dans son carnet, Hernando précisait que Mahanibos et lui avaient actionné à leur départ un mécanisme obstruant l'accès du couloir sous-marin… mais sans expliquer si ce phénomène était réversible ! Alors, certes, le fils de Colomb y expliquait aussi y avoir apposé sa marque pour pouvoir retrouver l'endroit plus facilement, mais ce qui était dommage c'est qu'il n'avait pas jugé utile de préciser *quelle* marque !

De toute manière nous n'avions pas le choix… Il nous restait à peine deux heures avant que le jour se lève et nous n'avions pas le temps de nous perdre en conjectures.

Pour gagner du temps nous avions décidé que seuls Inès et moi plongerions pendant que les autres étaient chargés de surveiller nos arrières ; aussi, après nous être correctement équipés, GI Jane et moi nous sommes enfoncés dans l'eau noire et avons commencé à balayer du faisceau de nos torches les parois de dacite et de quartz en arrachant les algues et les éponges, à la recherche du fameux « signe » laissé par Hernando.

Après cinq siècles d'érosion par les vagues et l'accumulation des plantes marines, nos chances de découvrir une marque gravée sur la paroi rocheuse étaient infimes (à peine 0,7 % selon Rama), et sans la précision des mesures relevées par Hernando nous aurions pu passer des heures à chercher sans rien trouver. Pourtant, à 5 mètres de profondeur, pile à l'aplomb des 68,96 mètres tribord nord-ouest où nous étions amarrés, alors que je venais d'arracher une énorme gorgone, le cercle lumineux de ma torche éclaira soudain deux barres verticales coupées d'un troisième trait. C'était infime, mais il n'y avait pas de doute à avoir : j'avais sous les yeux un H majuscule… soit la première lettre du prénom de Hernando Colomb !

Saisissant Inès par le bras, je lui montrai ma trouvaille et lui fis signe de remonter vers la surface.

– Néné, on a trouvé ! Passe-nous les explosifs, criai-je en retirant mon embout.

Inès émergea à cet instant.

– Non mais ça ne va pas ?! Tu comptes faire quoi exactement avec tes explosifs ? Tu veux faire s'effondrer la galerie et nous faire perdre toute chance d'accéder à la grotte ?!

– Parce que tu as une autre solution peut-être ? T'as vu la taille du bloc, on ne pourra jamais le déplacer ; Hernando et son pote ont mis deux secondes à le mettre en place parce qu'à l'époque le système était déjà prêt, mais Dieu sait combien de temps le peuple de Mahanibos avait mis à le concevoir... Nous, on n'est que deux, et on n'a pas la vie devant nous je te rappelle !

Sur le fond j'étais d'accord avec Inès : défoncer l'entrée d'un site archéologique majeur à coup d'explosifs c'était carrément barbare, mais là il y avait urgence et ce n'était pas le moment de tortiller du cul.

– Si on calcule bien, il y a moyen de faire exploser uniquement le bloc sans rien abîmer d'autre, dit alors Rama en se penchant sur le bord. Vous pouvez m'envoyer des images, que je me rende compte ? ajouta-t-il en me tendant une caméra amphibie.

On pouvait et c'est ce qu'on a fait.

Dix minutes plus tard, Rama nous tendait trois petits pains de plastic et un plan où il avait indiqué par des croix l'emplacement où nous devions positionner nos charges.

– L'explosion devrait se faire en profondeur, donc pensez bien à vous mettre sur les côtés du bloc, surtout pas en face, ajouta ma sœur pendant que nous remettions nos masques.

Comme si j'étais assez idiot pour faire un truc pareil !

Inès a installé les charges, j'ai placé les détonateurs et nous nous sommes collés contre la paroi avant de déclencher le dispositif. Nous étions sous l'eau, mais l'explosion fit voler autour de nous des milliers de particules de pierre et de plantes mêlées.

Nous avons senti les remous et l'onde de choc m'a bouché désagréablement les tympans, mais en moins de cinq minutes l'eau était redevenue suffisamment claire pour que nous puissions constater le résultat de notre action : là où le bloc de pierre se confondait avec la paroi, nous pouvions maintenant voir l'ouverture d'un tunnel ! Nous avions réussi et, sans perdre une seconde, nous nous sommes engagés l'un derrière l'autre dans les profondeurs du rocher.

le Livre

— Eh bien dis donc ils devaient être sacrément bons en apnée les Indiens du coin !

Même si nous avions croisé les poches d'air décrites par Hernando dans son carnet, le parcours dans ce boyau sombre n'avait pas été une partie de plaisir, et j'étais assez content de pouvoir enfin émerger à l'air libre. Inès était sortie de l'eau juste avant moi et observait avec curiosité la grotte dans laquelle nous avions débouché, sans sembler intéressée par ce que je lui racontais.

— Hé Inès, je te cause !

— C'est bien ce que je te reproche, abruti, me lança-t-elle d'un ton agacé en se débarrassant de sa bouteille. Arrête deux secondes de faire du bruit avec ta bouche et regarde plutôt autour de toi ; tu ne remarques rien ?

Tout en finissant de détacher ma ceinture de plombs je me concentrai sur ce qui m'entourait : nous étions à l'entrée d'une petite grotte dont les murs fluorescents projetaient une curieuse lumière. À part cette étrangeté, cette caverne au plafond bas creusée de main d'homme n'était pas immense. À moins de deux mètres de nous, un autel de pierre brute entièrement gravé de spirales et de figures stylisés évoquant des visages en train de pleurer nous séparait du fond de la grotte : une paroi percée de trois ouvertures identiques et composée de cette étrange roche lumineuse décrite par Hernando.

– Brrrr, pas gai comme endroit, tu m'étonnes qu'Hernando ait eu les chocottes. N'empêche qu'au moins, avec les murs qui brillent, on est certains d'être au bon endroit, lui ai-je répondu en m'avançant vers l'autel de pierre pour en détailler les sculptures.

Inès avait elle aussi fini de se débarrasser de son équipement de plongée, ne gardant que son combi-short en Néoprène et le sac d'outils que nous avions emporté avec nous.

– Alors, madame Je-sais-tout, on prend quelle galerie à ton avis ?

Devant nous les trois ouvertures nous narguaient, mais Inès connaissait son plan par cœur et n'hésita pas une seconde.

– Celle de droite sur quinze mètres et, normalement, on devrait voir un autre passage sur notre gauche.

– Et autrement ?

J'aurais mieux fait de me taire.

– Autrement c'est qu'on s'est trompés… mais si t'as des suggestions je t'écoute !

– Non, non, c'est toi le chef ; après tout c'est sur la trace de ton ancêtre qu'on est, alors je te laisse faire.

Agacée, Inès ne prit même pas la peine de me répondre ; elle alluma sa torche et s'engouffra dans le tunnel de droite sans quitter des yeux la fonction métreur de sa montre.

Dans le couloir, l'étrange roche lumineuse avait cédé la place à une classique roche volcanique et seuls les faisceaux de nos lampes nous permettaient de percer l'obscurité. Avançant lentement, nous avons croisé deux ouvertures sans les prendre et, quinze mètres plus loin, nous nous sommes arrêtés au milieu du couloir en regardant sur notre gauche… mais rien !

– Alors miss GPS, on fait quoi maintenant ? On creuse ?

– Non, crétin, on pousse… Observe le mur, tu ne vois pas qu'il y a une porte ?

Le pire c'est qu'elle avait raison. Même si c'était discret, le faisceau puissant de nos lampes nous montrait bien la différence infime d'épaisseur qui courait dans le mur ; il y avait une rainure et qui disait rainure disait porte… Moi qui espérais lui rabattre son caquet, c'était raté !

– Je pense que t'as raison, mais on appuie où ?

Inès haussa les épaules en signe d'ignorance avant de me tendre sa lampe et de se mettre à ausculter la pierre centimètre par centimètre avec ses deux mains pendant que je l'éclairais.

– On aurait dû prendre un peu d'explosifs, lançai-je au bout de cinq minutes de recherches infructueuses.

– Ben voyons, et pourquoi pas un tank pendant que tu y es ? T'es bien un mec, toi, parce que la patience c'est visi…

« CLIC. »

Le bruit sec avait résonné brusquement dans le couloir ; je n'eus pas le temps de demander à Inès ce qu'elle avait fait : le mur qu'elle était en train de palper commença à pivoter lentement sur lui-même.

– Eh bien voilà, il suffisait d'être patient, monsieur
« je-dynamite-tout-au-moindre-problème » ; Allez, fais
pas la gueule, Rambo, on te trouvera bien un petit truc
à casser avant la fin, ironisa Inès en récupérant sa lampe
avant de faire un pas vers le nouveau tunnel.

– Attends, Inès ! Regarde ça, criai-je en éclairant un
visage grimaçant gravé à sa gauche juste à l'entrée du
couloir. Je pense qu'il faudrait peut-être avancer doucement. N'oublie pas qu'avant de servir de refuge au
« Livre qu'on ne peut pas lire » cette caverne était celle
où les prêtres du peuple de Mahanibos conservaient
leurs trésors et je les vois mal les laisser en open bar…
Plus on s'approche, plus il risque d'y avoir des pièges.

Bon, j'avais peut-être un peu trop regardé *Indiana
Jones*… mais avoir l'air idiot, c'était moins grave qu'être
mort !

– Ça m'ennuie de le dire mais je crois que tu as raison, admit Inès avant d'éclairer consciencieusement
l'espace qui nous entourait. Après tout, les autres sont
bien tranquilles dans le submersible, alors ils peuvent
bien nous attendre quelques minutes de plus !

journal de Césarine

Dix-sept minutes après que mon frère et Inès sont partis dans le tunnel nous avons vu des bulles crever la surface, alors nous avons cru qu'ils avaient un problème et qu'ils étaient en train de remonter. Néné et Shé se sont penchés pour les aider, mais deux paires de bras sont sorties de l'eau pour les attraper et les ont fait basculer par-dessus bord.

Il n'y avait que deux solutions : soit mon frère nous faisait une de ses stupides blagues, soit ce n'était pas mon frère et nous avions un problème. Dans le doute, et parce que mon frère n'est tout de même pas AUSSI idiot, j'ai opté pour la solution numéro deux et pendant que Rama se précipitait sur l'ordinateur de bord pour taper je ne sais quel message, j'ai glissé deux des couteaux plats d'Inès contre ma cuisse, juste entre ma peau et le Néoprène de ma combinaison, j'ai attrapé un masque avec une des minibouteilles de secours, et j'ai couru à la proue pour me glisser le long de la chaîne d'ancre en prenant garde de bien rester hors de l'eau.

J'ai bien fait, car au même moment quatre hommes-grenouilles sont montés sur le bateau par la poupe. Je ne voyais rien mais j'ai entendu Néné et Shé qui toussaient.

Ça m'a rassurée parce que s'ils avaient été noyés ils n'auraient pas pu tousser, car quand on est mort on ne tousse pas.

Un des hommes leur a demandé où étaient « les autres », mais personne n'a répondu, ce qui est logique parce que « les autres » ce n'était pas très précis. Ensuite j'ai entendu des bruits de gifles et un des plongeurs a utilisé une radio pour dire à quelqu'un de « venir les récupérer parce qu'ils avaient retrouvé une partie du colis », ce qui là aussi était idiot, car un nous n'étions pas emballés dans du carton et deux aucun d'entre nous n'était timbré.

Ces hommes avaient l'air particulièrement stupides, mais je savais que si un bateau arrivait et que je restais sur ma chaîne d'ancre j'allais finir par me faire attraper.

Donc je n'avais que deux options :

1 : Rester où j'étais.
2 : Plonger.

rester humble

Nous avions à peine fait les dix mètres recommandés par Hernando que nous avons abouti à l'entrée d'une petite grotte aux parois décorées de multiples gravures. Je stoppai net ; nous étions dans une impasse, le couloir se terminait sur cet espace clos et ses murs avaient beau être magnifiques avec leurs feuillages finement ciselés, leurs entrelacs complexes et les figures de pierre émergeant çà et là, on n'était pas ici pour faire du tourisme et j'aurais mille fois préféré voir une ouverture quelque part que cet élégant cul-de-sac. Désemparé, je suis resté bloqué sur le seuil.

– Et là ? on fait quoi s'il n'y a plus de chemin ?

Au lieu de me répondre, cette casse-pieds promena lentement le faisceau de sa lampe sur les parois tout en récitant les vers gravés à l'intérieur de son bracelet :

– Sois humble devant Marocael ou crains la vengeance de Boyosu. Abrège les souffrances de la femme-grenouille et sa fille te conduira à Cacibajagua. Prosterne-toi devant les dieux et confie l'enfant à son père, alors le ventre de la montagne Canta s'ouvrira à toi.

– Merci Inès ! Mais plutôt que de me la faire en live, tu n'as pas la version pratique par hasard ? Un truc du genre « t'appuies ici, la porte s'ouvre et tu gagnes le bouquin » ? Et puis d'ailleurs c'est lequel Marocael ? parce qu'il y en a un paquet de bonshommes dans cette pièce, râlai-je en désignant les multiples visages qui nous contemplaient stoïquement de l'autre côté du seuil.

J'allais entrer dans la grotte pour scruter les figures de pierre de plus près quand Inès me retint fermement par le bras.

– N'avance surtout pas, Gus ! Regarde, dit-elle en me désignant un grand monolithe aux yeux vides situé à gauche de l'entrée. Lui, c'est Marocael et lui, ajouta-t-elle en éclairant un grand serpent à plumes placé juste en face, c'est Boyosu. À mon avis, Hernando veut nous prévenir d'un piège. Boyosu, le serpent emplumé, est un chemeen, un démon qui propage les épidémies et déclenche les crues… c'est pas un gentil et c'est pas bon signe.

Prudemment, je reculai d'un pas. Elle avait raison, pour entrer dans la grotte nous étions obligés de passer entre les deux statues et leurs yeux vides ne me disaient rien qui vaille.

– OK, t'as pas tort, ça pue le coup foireux ; mais on ne va pas rester là toute la nuit… alors on fait quoi ?

Inès avait l'air d'hésiter.

– Hernando parle de « rester humble », or il était catholique et dans les églises on s'incline en signe de respect et on s'agenouille pour prier, du coup je pense que ça peut vouloir dire que le piège est en hauteur et ne se déclenche pas si on passe dessous… mais je n'en suis pas certaine du tout, conclut-elle en grimaçant.

C'était assez logique et la position des deux personnages collait assez bien avec l'idée d'Inès vu que chacun d'eux, haut d'environ 1,60 mètre, faisait face à l'autre et qu'avancer courbés nous mettait juste en dessous de leurs visages et de leurs yeux creux. Si Rama avait été là, il nous aurait certainement bassinés avec des pourcentages de réussite proches de zéro… mais ce n'était pas le cas et on était pressés.

– Pas la peine qu'on se fasse avoir tous les deux, j'y vais en premier, lançai-je en m'agenouillant sans attendre l'aval de ma coéquipière.

Centimètre par centimètre, tête baissée et menton rentré dans les épaules, je m'engageai sur le seuil en retenant mon souffle. Cinq centimètres, puis dix, puis… un désagréable grincement commença à s'élever des parois. Je stoppai net mais le grincement continua.

– Bordel, c'est quoi ça ?!

– Attends ! Tu es encore trop grand ! Regarde la taille des humains représentés autour de nous, ils sont beaucoup plus petits que nous, allonge-toi ! me cria Inès.

C'était trop tard pour réfléchir et je me jetai au sol juste au moment où une dizaine de fléchettes s'éjectaient du torse du serpent à plumes…

journal de Césarine

Les Autodafeurs étaient moins idiots que je le pensais et c'était la deuxième fois aujourd'hui que je commettais une erreur.

Ils n'étaient pas quatre, mais cinq, car ils avaient laissé l'un d'entre eux sous l'eau.

L'homme était caché dans l'ombre de la paroi de pierre et m'a agrippée au moment où je nageais vers l'ouverture dégagée par mon frère ; je ne l'ai pas vu venir et quand j'ai senti sa présence il était trop tard : son bras s'était fermement enroulé autour de moi.

Depuis l'histoire avec Sabots marron, j'avais dû promettre de ne plus tuer personne, alors au lieu de le poignarder je me suis contentée de sectionner l'arrivée d'air de sa bouteille pour l'obliger à me lâcher. Ça n'a pas été difficile, car il ne s'y attendait pas, mais il n'a pas réagi comme je l'espérais. Au lieu de paniquer, il a attrapé mon poignet et l'a serré si fort que j'ai dû lâcher le poignard d'Inès, puis il m'a frappée à la tête, m'a arraché ma minibouteille et en a placé l'embout dans sa bouche avant de m'entraîner vers le fond avec lui.

Comme je ne suis pas un poisson j'allais mourir, ce qui n'était pas grave en soi, sauf que si je mourais maman ne saurait pas que j'avais respecté ma promesse et donc ça ne servait à rien que je la tienne.

C'était logique, alors j'ai glissé mes doigts le long de ma cuisse pour attraper la lame qui y était cachée et je l'ai plantée dans son cou en me disant que si le priver d'air n'avait pas marché, le priver de sang serait peut-être plus efficace.

Ses pupilles se sont dilatées d'un seul coup, puis ses yeux sont devenus blancs et un nuage sombre s'est répandu tout autour de nous, mais ce n'était pas un problème parce qu'on était dans l'eau et que je n'avais pas mon chemisier blanc.

Ce qui m'a surprise, c'est que l'homme a encore refusé de réagir comme je l'avais prévu : au lieu de me lâcher il m'a serrée encore plus fort et nous avons commencé à descendre en tourbillonnant ; lui en perdant son sang ; moi en perdant mon air.

Ce n'était pas logique mais, au lieu d'avoir peur, j'étais bien ; j'étais enveloppée par la douceur de la mer, mes couettes caressaient doucement mon visage à chaque tourbillon et, dans le silence cotonneux, j'entendais mon cœur battre.

Au bout de six secondes l'homme était mort et la pression de ses bras s'est faite plus douce ; nous flottions toujours ensemble mais il s'éloignait peu à peu, il m'abandonnait. Pourtant j'étais si bien que j'ai eu envie de l'embrasser, de me coller contre lui.

J'ai serré mes bras contre son corps pour continuer de tourbillonner vers les profondeurs.

J'ai souri en admirant le sillon sombre qui bouillonnait autour de nous.

J'étais bien, car je savais que dès que j'ouvrirais la bouche l'eau entrerait dans ma trachée, inonderait mes poumons et noierait la pieuvre noire qui m'opprimait depuis si longtemps.

Alors j'ai commencé à entrouvrir les lèvres.

Donc :

1 : Je vais mourir.

2 : La mer a le même goût que les larmes de Sara.

la femme-grenouille

La tête appuyée sur le sol, j'ai senti le souffle des flèches passer au-dessus de moi et s'écraser contre le mur sans m'effleurer. C'était moins une.

– Sympa l'accueil, et faut que je m'attende à quoi avec la femme-grenouille ? chevrotai-je en direction d'Inès.

Je faisais le malin mais n'en menais pas large. Le plan Indiana Jones c'était peut-être cool au ciné, mais en direct live ça filait grave les foies et il me fallut deux bonnes minutes pour réussir à ramper de l'autre côté de l'entrée tellement mes mains tremblaient.

– Ça va, Gus ?

Inès m'avait rejoint et, pour une fois, je ne décelai pas la moindre trace de sarcasme dans sa voix. Ma gorge était tellement serrée que je n'étais pas certain de réussir à prononcer un mot sans déraper dans l'aigu, alors je me suis contenté de hocher la tête.

– Regarde, me dit-elle en me tendant une des flèches, je pense que cette substance verdâtre est un poison, ça collerait bien avec la fonction épidémique de Boyosu.

J'observai deux secondes la pointe acérée à laquelle j'avais échappé de justesse avant de me redresser en frissonnant.

– Super, j'espère juste qu'il n'y en a pas d'autres dans ce goût-là, parce que je suis pas trop fan !

Debout à côté d'Inès au centre de la grotte, je distinguais clairement le décor qui nous entourait.

Grâce à ma mère j'avais de bonnes notions d'archéo, mais ce que je contemplais était très éloigné de ce que j'avais l'habitude de voir en France. Ce qui décorait les murs n'était ni des sculptures, ni des bas-reliefs, mais plutôt des sortes de gravures épaisses soulignées de blanc qui faisaient plus penser à de l'art urbain contemporain qu'à un truc antique.

– Tu ne trouves pas qu'on dirait du Keith Haring ou du Basquiat ? demandai-je à Inès.

J'étais sincère mais, elle, ça l'a fait marrer.

– Keith Haring… c'est pas banal comme comparaison ! En fait ça s'appelle des pétroglyphes, des gravures sur pierre, et c'est typique de l'art amérindien. On en trouve sur toute la côte du golfe Caraïbe et ça correspond à l'aire de civilisation des Tainos ou des Indiens caraïbes ; sauf que ceux que j'ai pu voir jusqu'à présent n'avaient aucune couleur et que là… c'est juste fantastique, conclut-elle en faisant un tour sur elle-même pour éclairer le moindre recoin de la grotte.

Côté couleurs elle n'avait pas tort. Je ne savais pas à quoi pouvaient ressembler les pétroglyphes habituels mais ici, c'était comme si une armée de gosses déchaînés avait été lâchée dans la pièce avec un crédit illimité sur la peinture : du rouge, du vert, du bleu, du jaune… après les mètres de couloirs de pierre grise on avait un peu l'impression d'avoir basculé au cœur d'un arc-en-ciel !

– D'où tu sais tout ça, toi ?

J'étais sacrément épaté, mais Inès se la joua modeste.

– Depuis le temps que ma famille cherche à décrypter le sens du message de Hernando, tu te doutes qu'on en a étudié chaque référence ; alors Marocael, Boyosu, la femme-grenouille et la montagne Canta ont bercé mon enfance. Ma mère me racontait déjà ces légendes pour m'endormir quand j'étais petite et plus tard j'ai passé tous mes étés à travailler sur les chantiers de fouilles du coin avec mon père.

En prononçant ces derniers mots, sa voix se brisa subitement et elle s'éloigna de moi pour faire le tour de la pièce. Inès ne disait plus rien, se contentant de balayer les surfaces peintes avec le halo de sa torche, et je m'aperçus tout à coup que la lumière de sa lampe tremblotait légèrement.

Dire des conneries je sais faire, mais là je n'avais pas les mots, alors j'ai juste posé la main sur son épaule mais Inès s'est aussitôt dégagée d'un coup sec, comme si ce simple contact lui était insupportable.

Dirigeant la lumière puissante de sa torche au centre du mur de droite, elle reprit ses explications d'une voix ferme comme si rien ne s'était passé.

– Ce que tu vois ici, c'est une figure stylisée de femme-grenouille ; en haut, la tête humaine encadrée par les deux V des bras, puis le losange du ventre percé par le nombril et enfin les deux V inversés qui forment les jambes de la grenouille.

Tout en parlant, Inès suivait du doigt les gravures et elle aurait fait un bon prof parce que, à la fin de sa description, je voyais clairement la fameuse femme-grenouille se détacher de la paroi.

– OK pour miss Batracienne, mais on fait quoi pour la soulager de ses douleurs ? Parce qu'elle n'a pas l'air de souffrir tant que ça…

Si j'avais osé, j'aurais même ajouté que son visage était si peu expressif que pour moi elle aurait aussi bien pu être super heureuse ou en pleine réflexion métaphysique ; sa tronche, c'était en tout et pour tout un rond mal dessiné avec deux points pour les yeux et un mince trait pour la bouche, pire que la tête à Toto, mais ça, je me voyais mal le dire devant Inès et j'ai eu bien raison de garder mes analyses pour moi parce que j'étais à mille lieues de la bonne réponse.

– Elle souffre parce qu'elle est en train d'accoucher, c'est pour ça que ses jambes sont dans cette position. C'est une figure féminine, la mère de l'humanité ; dans le mythe originel, elle est chassée de la grotte Canta après s'être accouplée avec l'homme-chauve-souris. En faisant un GROS raccourci, je te dirai que c'est l'équivalent d'Ève qui est chassée du paradis pour avoir couché avec Adam et qui est condamnée à enfanter dans la douleur.

Là, soit j'avais trop dormi au cathé, soit j'avais raté un épisode !

– Attends un peu, Adam et Ève, ils sont chassés du paradis parce qu'ils ont croqué une pomme, pas parce qu'ils couchent ensemble ! T'as lu ça où toi ?

Inès se retourna d'un coup et je me retrouvai avec le faisceau de sa torche en pleine figure.

– Je le crois pas ! Tu penses vraiment qu'il faut prendre cette histoire de pomme au premier degré !? Elle est trop forte celle-là ! Rassure-moi, Gus, tu ne crois plus au Père Noël et à la petite souris j'espère ? *Croquer la pomme*, avoir *la connaissance*, *céder à la tentation* ce sont des symboles, il ne faut pas les prendre au premier degré... En plus, je te rappelle que c'est juste après avoir « croqué la pomme » qu'Adam et Ève prennent conscience qu'ils ont un sexe et qu'ils se cachent derrière une feuille... alors, *stupido*, tu piges l'allusion ou je te fais un dessin ?

Là, j'avais l'air d'un con mais au moins j'avais réussi à la faire rire et c'était toujours ça de pris.

– C'est bon, Inès, pas la peine de te moquer ! Je suis un mec normal, moi, j'ai pas la Bible comme livre de chevet, alors comment tu voulais que je devine que la Genèse était un porno crypté, grognai-je en m'avançant vers le mur. Et puis en plus, pour une femme enceinte je trouve qu'elle a le ventre drôlement plat ta grenouille, ajoutai-je en enfonçant mon index dans le nombril de notre « Ève ».

J'avais fait ça pour me donner une contenance mais, contre toute attente, le ventre de la femme-grenouille recula brutalement dans la paroi sous la pression de mon doigt et de l'eau se mit à jaillir entre ses jambes.

– Bordel ! c'est quoi ça encore ?! je rêve ou elle me pisse dessus ?! Tu crois que c'est encore du poison ?

Dès la première goutte j'avais fait un bond en arrière, mais ma jambe gauche était trempée et je me suis mis à la frotter frénétiquement avec le manche de ma torche pour tenter d'éliminer toute trace de liquide.

Inès s'approcha pour observer le filet d'eau qui coulait du mur avant d'en prendre un peu dans sa main et de la porter à sa bouche.

– Non mais t'es dingue ! Tu veux mourir empoisonnée ?

– Bien sûr que non, abruti, goûte, c'est de l'eau douce, me dit-elle en me tendant sa main remplie d'eau.

Je refusai son offre d'un signe de tête mais lui demandai comment elle avait deviné.

– Facile. Dans les légendes, la femme-grenouille est la mère des sources, vu que dans les îles il ne peut pas y avoir de vie sans eau douce ; alors de là à en déduire qu'en appuyant sur son ventre tu l'avais aidée à « accoucher » d'une source souterraine, ce n'était pas sorcier, m'expliqua-t-elle rapidement. D'ailleurs, si on reste dans cette logique, il suffit de suivre cette eau pour trouver l'entrée de la grotte Canta…

Comme elle, je me mis à suivre des yeux la rigole emplie d'eau qui courait sur le sol pour rejoindre l'autre extrémité de la grotte où je la vis disparaître sous une paroi magnifiquement décorée, mais sans ouverture apparente.

– Bon, alors si j'ai bien compris, « être humble devant Marocael et éviter la vengeance de Boyosu », c'est fait ; « abréger les souffrances de la femme-grenouille et suivre sa fille », c'est fait aussi ; et la suite du poème, c'est quoi déjà ?

– Sa fille te conduira jusqu'à Cacibajagua. Prosterne-toi devant les dieux et confie l'enfant à son père, alors le ventre de la montagne Canta s'ouvrira.

– Et donc ? Traduction ? C'est qui l'heureux papa ? demandai-je à Inès en désignant les trois gravures qui nous faisaient face.

– Dans la légende, la femme-grenouille s'accouple avec l'homme-chauve-souris… alors il n'y a plus qu'à chercher lequel c'est.

Ça avait l'air simple, sauf qu'il me fallut moins d'une minute pour comprendre que j'avais un problème. D'abord, parce qu'à peu de chose près ces bonshommes se ressemblaient tous (comprenez qu'ils ne ressemblaient pas à grand-chose), et ensuite parce que pour moi « chauve-souris » rimait avec « truc qui vole » et que pas un de ces mecs n'avait des ailes.

Perdus au milieu d'une forêt verte d'entrelacs et de spirales, leurs trois corps, très stylisés, étaient tous plus ou moins identiques et se terminaient par le même style de jambes en V que la femme-grenouille. Les seules différences notables se trouvaient dans le traitement des visages et plus précisément… au niveau des oreilles !

Comment vous décrire ces trois personnages sans passer pour un dingue ? Si ma sœur avait été là, elle m'aurait probablement traité d'idiot et asséné qu'il suffisait de dire ce que je voyais. Certes. Sauf que là, ce que j'avais devant moi c'était, à gauche, un proto-Shrek avec oreilles en entonnoir, à droite, une sorte de Gollum aux bras ondulants avec cinq oreilles réparties autour du crâne, et entre les deux un genre d'extraterrestre à la tête cubique et aux oreilles en spirale.

Bon, ma description aurait fait tache à un congrès d'archéologie mais elle était pourtant très proche de la vérité.

Ma perplexité devait être évidente, car Inès abrégea le suspense en tendant la main vers l'extraterrestre aux oreilles en tire-bouchon.

– C'est celui-là, dit-elle en s'avançant résolument vers le mur.

– Ouais… ben faudrait voir à ne pas avoir de doute parce que les erreurs se paient au prix fort dans cette caverne, grognai-je sans m'approcher.

– Mais non, t'inquiète ! me répondit-elle en me faisant signe de la rejoindre. Cette absence de nez et ces oreilles spiralées sont typiques de la représentation de l'homme-chauve-souris, alors que celui qui a les petites oreilles en entonnoir représente un homme qui pleure, et le personnage aux bras qui ondulent c'est Guabancex, le zémi des Ouragans… je suis sûre de moi, Gus, fais-moi confiance on peut y aller.

– Je veux bien te croire, mais on va où ? Y a pas d'accès, au cas où ce détail t'aurait échappé.

Inès s'est retournée face au mur et a commencé à en observer chaque centimètre carré du bout des doigts.

– Il y a forcément un mécanisme, comme tout à l'heure, il faut juste le trouver. Pose ta lampe et viens m'aider au lieu de rêver, m'assena-t-elle brusquement.

Bon, « rêver » n'était pas franchement le terme que j'aurais employé pour expliquer ma réticence à palper un mur qui pouvait me cracher des flèches empoisonnées en pleine tronche… mais vu que je doutais qu'Inès soit super partante pour un débat lexical, j'optai pour la seule option qui s'offrait à moi, à savoir obéir à mon enquiquineuse de partenaire !

journal de Césarine

Penser aux larmes de Sara m'a rappelé une chose importante : si la mort n'existe pas pour celui qui la subit, elle est une chose terrible pour ceux qui restent et, même si c'est idiot, les gens qui vous aiment réagissent souvent mal (comme maman qui était devenue toute bizarre après la mort de papa ou Gus qui faisait n'importe quoi après la mort de papi et mamie).

Si j'ouvrais la bouche je serais morte et je ne souffrirais plus, ce qui était bien, mais je ne pouvais pas le faire à cause de mon frère qui risquait de faire des bêtises, de maman qui serait malheureuse et de Sara qui ne sourirait plus.

Alors j'ai décidé que je pouvais bien supporter de vivre encore un peu, au moins le temps que mon frère devienne celui que papa espérait, que maman se décide à être heureuse avec le prof de Gus et que je puisse expliquer à Sara qu'il ne fallait pas être triste quand les gens sont morts, parce que les morts, eux, ils s'en moquent, vu qu'ils sont morts.

Le temps que je réfléchisse à tout ça nous étions arrivés au fond. J'ai détaché mes bras du cadavre de l'homme aux yeux noirs avant de le poser doucement sur le sable et de reprendre ma bouteille. Comme Shé me l'avait appris, j'ai glissé son embout entre mes lèvres, expulsé l'eau qui s'était infiltrée dans ma bouche et j'ai inspiré une grande bouffée d'air. Après ces minutes passées en apnée, je pouvais sentir chaque bulle d'oxygène se frayer un passage dans les alvéoles de mes poumons asphyxiés.

C'était douloureux, mais cette douleur était la preuve que j'étais vivante. Que j'avais fait le CHOIX de vivre.

Alors, comme pour tous les choix, il fallait que j'en accepte les conséquences : j'étais responsable de mon frère et de ses amis et il était temps que j'aille les aider.

Donc :

1 : Je suis vivante.
2 : Je dois faire en sorte que mon frère le reste lui aussi.

le Livre qu'on ne peut pas lire

Après avoir caressé chaque millimètre de pierre il a fallu nous rendre à l'évidence : soit il n'y avait pas de mécanisme, soit il était cassé, mais ça ne servait à rien de continuer à appuyer partout comme des malades.

Quand j'ai découvert le réceptacle de pierre dissimulé dans le sol, aux pieds de l'homme-chauve-souris, nous étions tout près d'abandonner. A *posteriori* j'ai baratiné Inès en tentant de lui faire croire à une déduction logique car son poème parlait de « se prosterner devant les dieux »… Je n'ai pas l'impression qu'elle m'ait cru. Pour être parfaitement honnête, la vérité c'était que j'en avais eu marre, que je m'étais assis pour me reposer, et qu'en grattant le sol pour virer la caillasse qui me rentrait dans le cul… j'avais mis au jour l'espèce de bénitier rituel qui allait nous permettre d'accéder à la cachette.

Pour la suite, c'est Inès qui avait deviné que « confier l'enfant à son père » signifiait qu'il fallait le remplir avec l'eau de la source et, après l'avoir fait, nous avons entendu le grondement caractéristique de deux rochers roulant l'un contre l'autre et le sol s'est ouvert à deux mètres de nous, pile au centre de la pièce.

Après toutes les épreuves que nous avions traversées pour arriver jusqu'ici je m'attendais à un escalier taillé dans le roc, à une grotte monumentale remplie de trésors... mais la réalité c'est que cette cachette n'était qu'une simple fosse d'à peine un mètre de profondeur et que, d'où nous nous tenions, elle paraissait complètement vide.

Nous allions l'inspecter quand nous fûmes stoppés par un écho inattendu qui nous fit tous les deux sursauter.

– C'était quoi ce truc ?! s'exclama Inès.

– J'en sais rien, mais ce n'est p...

« UUUUUSSSS... ÈÈÈSSS... »

Le son, de plus en plus proche, de plus en plus insistant, avait à nouveau retenti et nous distinguions à présent une forme de langage ; au moins ce n'était pas le bruit d'un quelconque piège que nous aurions déclenché !

– Tu n'as pas l'impression qu'on nous appelle ? me dit tout à coup Inès tandis que la voix résonnait une nouvelle fois.

Effectivement, en tendant l'oreille, les syllabes qui rebondissaient sur les parois sonnaient un peu comme celles de nos prénoms.

– Les Autodafeurs nous ont retrouvés ! Faut qu'on se bouge ! criai-je en me précipitant sur mon sac.

– Mais non, crétin, si c'étaient eux, ils ne gueuleraient pas comme des veaux ; ça doit être un des autres, qui en avait marre d'attendre et qui a plongé pour nous rejoindre.

Au moment où Inès prononçait sa phrase, la voix est enfin devenue distincte et j'ai reconnu le timbre léger de ma sœur.

– Bordel ! les flèches ! Césarine, ne bouge plus ! hurlai-je en me précipitant vers l'entrée de la grotte.

C'était moins une ; ma sœur était arrivée devant les statues de Marocael et Boyosu et s'était arrêtée à quelques centimètres du piège tendu par les Indiens caraïbes sur le seuil de leur sanctuaire.

– Qu'est-ce qui te prend de hurler comme ça, Gus ? Je ne suis pas sourde, tu sais… par contre vous, ce n'est pas sûr, parce que ça fait au moins dix minutes que je vous cherche et, avec le temps que j'ai perdu, l'autre bateau doit déjà être arrivé.

Je lui aurais bien demandé comment elle avait fait pour venir jusqu'ici mais Inès, plus pragmatique, préféra éclaircir cette histoire d'« autre bateau »… et la réponse de ma sœur nous fit froid dans le dos.

– Tu veux dire que Néné, Shé et Rama sont prisonniers et que les Autodafeurs attendent le reste de leur équipe pour les évacuer ?

– Non, je pense que, vu le temps que j'ai mis à vous trouver, les autres sont *déjà* sur le bateau des Autodafeurs et que leurs plongeurs vont arriver ici dans moins de cinq minutes. Alors ? On fait quoi ? Vous avez trouvé le « Livre qu'on ne peut pas lire » ?

Inès prit aussitôt les choses (et ses poignards) en mains.

– Gus, va voir si tu trouves le Livre, me lança-t-elle avant de se mettre à ramper pour rejoindre Césarine de l'autre côté du seuil.

L'affrontement était inévitable et ce n'était pas le moment de discuter (ni même de réclamer un petit « s'il te plaît » à ma commandante en chef !).

Je me précipitai vers la fosse. Contrairement à ce que j'avais cru, elle n'était pas totalement vide : bien à plat dans un recoin, un paquet rectangulaire enveloppé d'un épais tissu brun reposait sur le sol de pierre. Le paquet n'était pas grand, à peine une vingtaine de centimètres de long pour une dizaine de large, et quand je le soulevai sa légèreté me prit par surprise ; si c'était bien le « Livre qu'on ne peut pas lire », j'avais du mal à croire qu'un si petit ouvrage ait le pouvoir de changer l'histoire du monde !

Quand je me redressai enfin avec mon trophée au bout des doigts et me retournai pour le montrer aux filles, je vis qu'Inès était allongée par terre et que ma sœur n'était plus avec elle. Ce n'était pas normal et j'aurais dû avoir peur mais je n'en ai pas eu le temps… la seconde d'après, tout devint noir et je glissai moi aussi au sol.

mourir ne sert à rien

Quand je me suis réveillé, j'étais dans le noir le plus total, je ne pouvais plus bouger et le monde tanguait autour de moi. J'émergeais d'un cauchemar absurde où j'étais ballotté sous l'eau dans l'obscurité, déplacé comme un sac sur un bateau, traîné dans un avion ; ça n'avait pas de sens et les images me parvenaient toutes en même temps, hachées, brouillées, sans aucun enchaînement logique avec, parfois, la vision de visages grimaçants en gros plan me hurlant des paroles déformées. En me concentrant, j'avais bien un souvenir cohérent de ce qui m'était arrivé, mais il était tellement illogique que j'avais du mal à y croire… parce que la dernière chose claire dont je me souvenais, c'était d'avoir vu le pouce de Césarine s'approcher de mon cou et d'avoir entendu sa voix me murmurer : « Mourir maintenant ne sert à rien. »

Imaginer que ma sœur nous ait volontairement livrés aux Autodafeurs dépassait mon entendement, mais j'avais beau chercher une autre explication je n'en trouvais pas.

Ma seule certitude était d'avoir été drogué et je ne savais pas quel produit ces salauds m'avaient injecté, mais la brume qui encombrait mon esprit était si lourde que ma tête semblait sur le point d'exploser.

Difficile de se concentrer quand on ne sait ni où on est, ni ce qui nous arrive... ni même si on est tout à fait vivant et, pendant de longues minutes, je me suis acharné à essayer de retrouver la maîtrise de mes muscles. Ça m'a pris du temps, mais au bout d'un moment j'ai senti que mes sensations revenaient... et j'ai regretté ma paralysie précédente.

En plus de l'horrible migraine j'avais la bouche sèche, ma nuque, mon dos, mes poignets me faisaient atrocement souffrir et une violente nausée me tordait le cœur. Le cauchemar.

J'étais attaché sur une surface froide, lisse et dure comme de l'acier et, à la sensation d'étouffement que je ressentais, j'ai fini par comprendre que je n'étais pas devenu aveugle mais que ma tête était recouverte d'un sac opaque.

Essayer de me dégager ne servait à rien, à part à augmenter ma migraine et ma nausée, alors j'ai choisi de rentrer en moi-même et de me relaxer pour me préparer à ce qui allait suivre...

journal de Césarine

C'était la seule option. Nous étions piégés dans une grotte dont l'unique issue était un minuscule couloir inondé ; Shé, Néné et Rama étaient prisonniers, notre submersible était sous le contrôle des Autodafeurs, nous ne pouvions attendre du secours de personne et nous détenions le « Livre qu'on ne peut pas lire ».

Imaginer que nous avions la moindre chance de nous en sortir était idiot.

Nous battre aurait abouti à deux résultats :

1 : nous serions morts ;

2 : les Autodafeurs se seraient emparés du Livre.

En choisissant de ne pas nous battre je changeais les données de l'équation et ça nous laissait une chance d'en modifier le résultat.

J'aurais bien expliqué ma théorie à Gus et à Inès, mais je savais que ce serait une perte de temps car ils refuseraient de m'écouter. Mon frère parce qu'il est idiot et Inès parce qu'elle rêve de se battre pour venger son père... ce qui est encore plus idiot, car son père n'en a rien à faire, vu qu'il est mort.

Du coup, au lieu de parler, j'ai agi.

J'ai neutralisé Inès et Gus, pris le petit paquet, remplacé son contenu par le livre de Hernando qu'Inès avait emporté dans son sac et glissé le « Livre qu'on ne peut pas lire » dans ma combinaison. J'aurais bien aimé l'ouvrir pour voir ce qu'il contenait, mais je n'avais pas le temps.

Quand les hommes-grenouilles des Autodaffeurs sont arrivés, j'étais recroquevillée, pleurant à côté de mon frère, et ils ont été un peu surpris. Je leur ai tendu le paquet en leur disant que je ne voulais pas mourir, que je voulais voir ma maman et que s'ils nous amenaient à leur chef je lui dirais où étaient cachés tous les membres de la Confrérie.

Évidemment c'était n'importe quoi mais, comme je suis une petite fille avec des couettes et que je pleurais en réclamant ma maman, je leur offrais une image logique ; ils ont été assez idiots pour me croire et ont décidé de nous remonter sur le bateau.

En voyant que mon frère et Inès étaient inconscients, ils ont voulu savoir ce qui s'était passé ; je leur ai dit que je ne savais pas et qu'ils étaient comme ça à mon arrivée.

L'un d'entre eux a montré les fléchettes sur le sol et a ricané en disant qu'ils avaient dû se faire piéger. Puis ils leur ont fait une injection qui les a rendus tout bizarres et très obéissants et nous ont traînés avec eux dans les couloirs jusqu'à l'accès inondé où nous avons plongé.

À la sortie, un autre homme-grenouille nous attendait, il était armé d'un harpon et il a fait signe à ses amis de regarder vers le fond.

J'ai senti que les hommes avaient peur car ils ont détourné le regard, mais moi j'ai souri parce que, même si je trouve que la chance est un concept stupide, j'étais contente d'en avoir. Mon dernier problème s'était résolu de lui-même d'une manière écologique qui aurait certainement plu à Néné : à une quinzaine de mètres sous nos pieds, un groupe de requins était en train de se partager les restes de l'homme que j'avais égorgé et plus personne ne pourrait me soupçonner de ne pas être une gentille petite fille.

Donc :

1 : Nous ne sommes pas morts.
2 : J'ai le « Livre qu'on ne peut pas lire » caché sous ma combinaison.
3 : Les requins sont des animaux très utiles.

dans la gueule du loup

Vous, je ne sais pas, mais moi, quand je lis un livre ou quand je regarde un film, je me demande souvent quelle taille fait la vessie du héros parce que les mecs (ou les filles, d'ailleurs) on ne les voit JAMAIS aller aux toilettes. Genre, ils te sauvent le monde sans pisser une seule fois. Alors pour Harry Potter passe encore, je me dis qu'il a peut-être une formule magique du style *pissum disparum* ou *merdo evacuo*, mais les autres ? La princesse Leia, quand elle est prisonnière de l'Étoile noire, vous pouvez vérifier, y a pas de WC dans sa cellule, alors elle fait comment ? Et le comte de Monte-Cristo dans sa geôle c'est pareil, d'ailleurs je suis certain que cette histoire d'évasion pour se venger c'est du flan… le mec il en avait juste marre de pisser dans un seau et c'est pour ça qu'il s'est tiré ! Cherchez bien, vous verrez que même les héros les plus modernes, comme ceux d'*Hunger Games*… ben ils ne pissent pas ; ils passent des jours à se battre, à s'entretuer et à s'embrasser… mais jamais il y en a un qui s'éloigne pour avoir un peu d'intimité !

Alors, je sais que vous allez me dire la même chose que ma prof de français quand je lui avais posé la question : « L'auteur fait une ellipse, parce que faire pipi/caca n'apporte rien à la narration »… certes !

N'empêche qu'au bout d'un moment, quand vous êtes saucissonné sur une table à la merci de vos pires ennemis et que vous prend une envie naturelle de plus en plus pressante, je vous jure que cette histoire d'« ellipse » vous fait un peu grincer des dents et que vous donneriez votre main gauche pour trouver une solution qui n'implique pas de mouiller votre froc.

J'en étais là de mes réflexions littéraires, à la limite de m'écrier : « Mon royaume pour un chiotte ! » quand j'ai entendu une porte s'ouvrir et qu'une main a retiré le sac que j'avais sur les yeux.

Comme cette personne avait aussi eu la délicate attention d'allumer les néons blancs du plafond, je passai brutalement du noir à la lumière et, pendant quelques longues secondes, je n'ai rien distingué d'autre qu'une forme noire penchée au-dessus de moi.

– Alors voilà le fameux Auguste Mars qui me met des bâtons dans les roues depuis des mois !

Au ton de sa voix j'ai tout de suite compris qu'il n'avait pas l'air franchement impressionné, mais son accent me révéla à qui j'avais affaire et, perdu pour perdu, je décidai de me la péter un peu.

– Le grand héros *himself*, mister Murphy… Par contre si vous voulez un autographe il faudra me détacher, parce que là ça va être difficile ! lui retournai-je d'un ton bravache en agitant le bout de mes doigts dans sa direction.

La vérité, c'était que j'avais tellement envie de pisser que j'étais incapable de penser à autre chose et que je priais pour que mes sphincters ne me lâchent pas pile à ce moment-là.

L'autre crétin a dû prendre ma remarque pour du courage car, après une seconde de réflexion, il a fait signe à un de ses deux gorilles de me détacher.

– Pour l'autographe, ce ne sera pas utile, jeune homme ; je voulais juste voir à quoi tu ressemblais avant de te laisser entre les mains de ton plus grand fan. Je serais bien passé après… mais j'ai peur que tu ne ressembles plus à grand-chose à ce moment-là, ajouta-t-il en s'écartant pour laisser place à l'armoire à glace qui l'accompagnait.

Le colosse se pencha pour couper mes liens et j'allais me redresser quand son index boudiné se posa sur ma poitrine.

– Toi, tu bouges pas sinon je t'écrase.

Côté grammaire c'était pas ça, mais le message était clair.

– Laisse, Bill, ce n'est qu'un gamin, lui dit Murphy en tournant les talons.

Le gros vira son doigt de mes côtes pour suivre son maître comme un gentil toutou, pourtant, même si ça aurait dû me rassurer, je me suis senti limite vexé.

Allongé sur une table d'acier posée au centre d'une petite pièce entièrement carrelée de blanc qui n'était pas sans rappeler une salle d'autopsie, ou le labo de dissection d'un savant fou, je n'étais pas en position de la ramener pourtant je n'ai pas pu m'en empêcher.

– Et c'est tout ? Vous n'aviez pas de questions à me poser ? Pas de discours grandiloquent à m'infliger ?

lui lançai-je en me redressant et en massant mes poignets douloureux.

Murphy s'arrêta net sur le seuil de la pièce et se retourna en ricanant.

– Pour qui est-ce que tu te prends petite merde ? Pour un héros ? Franchement, comment as-tu pu être aveugle à ce point-là ? Tu n'étais qu'une marionnette dans notre plan, ton rôle était de nous mener au « Livre qu'on ne peut pas lire » et, malgré quelques retards, tu as très bien fait ton job !

Sur le côté marionnette, je ne pouvais pas lui donner tort… mais un détail de son raisonnement ne tenait pas debout.

– Alors qu'est-ce que je fais là ? Vos hommes auraient très bien pu me tuer dans la grotte quand ils nous ont volé le Livre d'Alexandre. Si je suis toujours vivant c'est que vous avez encore besoin de moi, Murphy, alors arrêtez de vous la jouer maître du monde et crachez le morceau !

J'étais assez fier de ma diatribe, mais elle aurait certainement eu plus de gueule si l'autre cinglé n'y avait pas répondu par un franc éclat de rire.

– Quand je pense qu'à un moment, un très court moment je te rassure, j'ai eu peur que tu ruines notre plan… mais si tes amis et toi êtes encore vivants, espèce d'imbécile, c'est juste pour nous permettre de faire pression sur ta mère et ce *fucking bastard* de DeVergy, m'expliqua-t-il froidement en plongeant son regard dans le mien. Mais ne te fais pas d'illusions, dès que nous aurons attrapé la totalité des membres de votre Ordre, dès que nous aurons saisi les bibliothèques que vous cachez à travers le monde, ALORS vous ne nous serez plus d'aucune utilité et vous serez aux premières loges pour assister au plus grand autodafé de l'histoire de l'humanité, un feu salvateur et purificateur qui sera la base solide d'une nouvelle ère… la NÔTRE !

Et puis il est sorti… et j'ai enfin pu aller pisser dans l'évier sur lequel je louchais depuis qu'il m'avait détaché.

journal de Césarine

Mon plan s'est déroulé comme prévu et, à part le fait qu'il a fallu que je monte dans un avion, tout s'est bien passé. Je ne sais pas ce qu'ils avaient injecté à Inès et à mon frère mais, quand nous sommes arrivés sur l'île des Autodafeurs, six heures quarante-sept plus tard, ils étaient toujours dans le coma.

Quand nous avons émergé, les hommes-grenouilles avaient fouillé nos sacs ; ils nous avaient laissé nos vêtements secs mais confisqué nos armes, l'ordinateur portable de Rama et tous les téléphones. Heureusement, comme je sortais de l'eau personne n'a pensé à me fouiller et j'ai pu garder le « Livre qu'on ne peut pas lire » que j'avais caché dans ma combinaison.

Comme ils étaient pressés, ils nous ont transférés sur leur bateau sans nous obliger à nous changer, si bien que, quand j'ai enfin retiré ma combinaison, nous étions dans leur avion et j'ai réussi à enfiler ma robe et mon chemisier sans qu'ils se rendent compte que je gardais quelque chose attaché contre moi.

D'ailleurs le foulard de Shé a été très utile, sinon je ne sais pas comment j'aurais réussi à faire tenir le Livre sous mon chemisier.

Nous avons passé six heures quarante-sept dans cet avion, pourtant je n'ai pas fait de crise. C'était étrange mais je me sentais bien ; je n'avais pas peur, parce que mon frère avait BESOIN de moi. Même s'il était endormi je savais qu'il comptait sur moi, que je comptais pour lui et que j'étais IMPORTANTE.

Pendant tout le vol je suis restée à côté de lui à le regarder dormir. Ses cheveux partaient dans tous les sens et, sur sa tempe droite, la cicatrice que lui avait laissée la balle qui avait tué papi traçait une ligne rouge tranchant sur sa peau très blanche. À cause de la drogue il respirait profondément, mais je voyais parfois ses yeux bouger derrière ses paupières crispées. À ces moments-là je lui prenais la main et ça suffisait à l'apaiser. Gus est un idiot, mais tout à coup j'ai pensé que je n'en aurais voulu aucun autre que lui comme frère.

Peut-être que c'est ça, « aimer ».

Une fois débarqués, les Autodafeurs nous ont emmenés dans les sous-sols d'une grande maison moderne toute blanche et un monsieur avec un fort accent américain nous a fait un discours où il parlait de « but ultime », de « domination des esprits » et de « grande victoire ». Ce n'était pas du tout intéressant et j'ai fini par lui demander pourquoi il faisait autant de bruit pour rien. Ça n'a pas eu l'air de lui faire plaisir parce qu'il est devenu tout rouge et qu'il est parti en claquant la porte et en disant des gros mots pas très polis en anglais.

Ensuite nous avons été emmenés dans des pièces sans fenêtres et fermées à clé qui ressemblaient beaucoup à des cellules de prison (sauf qu'il n'y avait pas de barreaux aux fenêtres vu qu'il n'y avait pas de fenêtres).

Ce qui était bien c'est qu'ils m'ont enfermée avec Shé et Inès.

Par contre, nous avons été séparées des garçons et j'ai peur que mon frère ne fasse une bêtise en se réveillant.

Au bout d'un moment, le gros garçon que je n'aime pas parce qu'il fait peur à Sara, celui que mon frère avait assommé dans la grotte de Redonda, est venu nous parler. Il voulait absolument savoir ce qui s'était passé entre mon frère et son père et il s'est mis à nous poser plein de questions.

Toutes ces histoires de famille c'était très ennuyeux alors, au bout d'un moment, comme il insistait et que j'étais la seule personne à savoir de quoi il parlait, je me suis décidée à lui révéler ce que j'avais découvert dans le carnet de papi, à savoir que :

– son grand-père, M. Montagues, avait trahi la Confrérie car il avait besoin d'argent ;

– il avait entraîné mes deux papis dans un piège à Berlin sans savoir que les Autodafeurs voudraient en profiter pour les tuer ;

– quand il s'en était rendu compte, il s'était sacrifié pour sauver ses amis mais n'avait réussi qu'à moitié vu que le mari de Mamina était mort quand même.

Conclusion, le grand-père de Bernard-Gui était à la fois un traître et un ami fidèle et, s'il fallait qu'il en veuille à quelqu'un, c'était aux Autodafeurs, car sans eux son grand-père ET son père seraient encore vivants.

C'était logique mais ça a eu l'air de le perturber, alors je lui ai dit que s'il ne me croyait pas il n'avait qu'à profiter d'être là pour pirater l'ordinateur central des Autodafeurs et vérifier lui-même.

Alors il est reparti.

Donc :

1 : Vérifier que mon frère ne fait pas de bêtises.
2 : Dire la vérité, c'est toujours une bonne idée.

surprise

Si je devais choisir un seul bon moment dans cette journée de merde, ce serait celui où j'ai enfin pu vider ma vessie prête à exploser… mais je ne vous en infligerai pas la description vu que, si ça vous est déjà arrivé, vous voyez très bien ce que je veux dire. Résultat, quand la porte s'ouvrit à nouveau pour laisser passer mon fameux «plus grand fan», je l'accueillis avec un sourire de satisfaction si intense que le pauvre en perdit ses moyens. Je pense qu'il s'attendait à me trouver en larmes, brisé, prêt à chougner ma mère et à le supplier pour échapper à sa vengeance, bref, à tout sauf à me découvrir debout, mains sur les hanches et sourire aux lèvres.

– Salut BG, je me doutais bien qu'il n'y avait que toi qui puisses répondre à la définition de Murphy… Mon «plus grand fan», sans déconner, BG, faut que t'arrêtes avec ta fixette sur moi! Tu ne peux pas collectionner des posters de joueurs de foot ou prendre un abonnement à *Tuning Magazine* plutôt? lui lançai-je en remontant ma braguette.

De toute manière j'allais prendre une raclée, alors autant que je me fasse plaisir avant. J'allais en remettre une couche quand sa réponse me sécha sur place.

– Arrête tes blagues à deux balles, Mars, j'ai débranché la caméra avant de rentrer dans ta cellule mais je ne leur donne pas cinq minutes pour débarquer ici pour voir ce qu'on fabrique, alors ne perds pas de temps et explique-moi ce que tu as voulu me dire dans la grotte, parce que si ce n'est pas toi qui as tué mon père, c'est qui ?

Ainsi, l'australopithèque qui ne pensait qu'à me taper dessus depuis que je le connaissais avait aussi un cerveau. J'ai hésité une fraction de seconde en pensant à un piège, mais la douleur que je lisais au fond des yeux de BG n'était pas simulée et, comme je n'avais rien à perdre, j'ai choisi de lui raconter ce qui s'était passé dans la forêt le soir de la mort de son père.

Je pensais que ce serait difficile, je pensais que revenir sur cet épisode qui me hantait jour et nuit et dont je n'avais parlé à personne jusqu'à présent me ferait revivre ce cauchemar atroce. Pourtant, les phrases se sont écoulées avec soulagement de ma bouche ; plus je mettais des mots sur mes actes, plus je me sentais libéré, comme si chaque voyelle, chaque verbe, chaque consonne avait le moyen d'effacer l'horreur de ce que j'avais fait.

J'ai décrit la scène sans en rajouter ; je lui ai parlé de l'homme maigre aux cheveux gris et aux bras de tarentule, de la peur que j'avais sentie chez son père ; du moment où Bart et moi avions compris que nous ne nous en sortirions pas vivants, de ma tentative pour éviter le pire et de l'étincelle de plaisir que j'avais vue briller au fond des yeux de l'homme aux cheveux gris quand son doigt avait pressé la gâchette pour tirer sur Bart.

J'aurais pu cacher à BG la présence de son frère, mais j'ai senti qu'il avait besoin de connaître la vérité alors j'ai tout dit ; que son père avait reconnu Bart, que lui aussi avait compris que l'homme aux cheveux gris n'aurait aucune pitié et qu'il s'était sacrifié pour le sauver. Et puis, alors que ce n'était pas nécessaire, je lui ai décrit la rage qui m'avait saisi et la violence de mes coups, j'ai décrit les paupières éclatées, les pommettes brisées, le sang qui m'éclaboussait, le plaisir intense que j'avais ressenti en tuant cet homme à coups de poings... et le profond dégoût que je ressentais depuis pour ce que j'étais devenu.

Quand je me suis enfin tu, les épaules de BG étaient basses mais ses yeux brillaient d'une rage immense.

– Murphy m'a dit que c'était TOI qui avais tué mon père, comme ton grand-père avait tué le mien il y a vingt-cinq ans.

– BG je te jure que...

– Garde ta salive, Mars, je te crois, me coupa-t-il. Quand ta sœur m'a raconté son histoire de dingue à propos de mon grand-père, je n'ai pas voulu la croire, mais je suis quand même allé fouiller dans les archives des Autodafeurs pour vérifier ce qui s'était passé à Berlin en 1989. Ces connards prétentieux ont tellement confiance en eux qu'ils n'avaient même pas pris la peine de camoufler leurs infos et je sais que ta sœur m'a dit la vérité.

– Tu as trouvé quoi ?

– Pas grand-chose en fait, mais les archives mentionnent à cette date une mission à Berlin-Est pour récupérer des documents et éliminer des membres de la Confrérie. Il n'y a pas beaucoup de précisions, juste que l'opération a mal tourné parce que, en s'apercevant que ses amis étaient en danger, le Propagateur qui avait été acheté par les Autodafeurs avait tout balancé. Il n'y a pas de noms, mais ça correspond en tout point à la version de ta sœur et j'ai du mal à croire que ce soit une coïncidence.

– Donc, en fait, ton grand-père trahissait la Confrérie mais se serait racheté en se sacrifiant pour que mon grand-père puisse s'en sortir… Ce serait donc pour ne pas salir sa mémoire que mon grand-père ne voulait pas expliquer ce qui s'était réellement passé !?

Dite comme ça, cette histoire paraissait débile, mais elle éclairait pourtant chacune des zones d'ombre entre nos deux familles : le départ brutal de Mamina au Brésil, la rupture entre Charles Montagues et ses amis ; la haine que sa famille vouait à la nôtre depuis cette époque… En fait c'était stupide, mais c'était logique et BG en était arrivé à la même conclusion.

– Il faut croire que oui, et du coup mon père a toute sa vie cherché à se venger en se trompant d'adversaire, soupira BG en redressant les épaules. Mais maintenant c'est fini, je vais leur faire payer à ces salauds, et même si je continue de penser que tu n'es qu'un sale petit con prétentieux, sur ce coup-là, on va bosser ensemble, Mars.

C'était un peu rapide pour moi mais, juste au moment où j'allais lui poser quelques-unes des questions qui se bousculaient dans mon esprit, la porte s'est brutalement ouverte sur deux gardes armés et BG m'a balancé son poing dans la figure en gueulant :

– Voilà pour toi, ordure, et ne crois pas que j'en aie fini ! Reprends ton souffle et repose-toi avant le deuxième round ; dès ce soir, mes frères seront arrivés et nous reviendrons tous ensemble pour te faire ta fête !

Le cul par terre, j'ai vu les deux abrutis de gardes baisser leurs armes et se regarder d'un air rassuré pendant que BG me donnait un dernier coup de pied avant de les entraîner à sa suite hors de ma cellule. Je ne savais pas quelle excuse il allait leur fournir pour la caméra, mais ce qui était certain, c'est qu'il avait réussi à les convaincre qu'il était toujours mon pire ennemi.

Il ne me restait plus qu'à suivre son conseil et attendre qu'il revienne avec le reste de sa troupe de choc.

journal de Césarine

Quand Inès s'est enfin réveillée complètement, elle n'était pas contente du tout et j'ai regretté un instant d'avoir appris l'espagnol parce que ce qu'elle disait sur moi n'était ni très gentil, ni très poli… ni très logique vu que je ne vois pas quelle aurait pu être l'utilité de me faire « bouffer mes couettes ».

Heureusement que Shé était avec nous, sinon j'aurais encore été obligée d'assommer Inès et je n'en avais pas envie.

Pour la calmer je lui ai expliqué que :

1 : les cheveux ne se mangeaient pas ;

2 : je l'avais endormie pour l'empêcher de se battre, car elle n'avait aucune chance de s'en sortir vivante ;

3 : mourir n'aurait servi à rien.

Pour finir de la convaincre je lui ai cité Sun Tzu, qui expliquait qu'il fallait savoir perdre des batailles pour gagner la guerre.

C'était très logique et ça aurait dû la faire réfléchir, mais tout ce qu'elle a trouvé à me répondre c'est que « je pouvais me mettre mon *Sun Tzu* où elle pense », ce qui était idiot vu que je ne sais pas lire dans les pensées (parce que c'est impossible) et qu'en plus mon exemplaire de *Sun Tzu* était resté sur Redonda.

C'est ce que je lui ai expliqué mais elle s'est pris la tête dans les mains en « demandant au bon Dieu ce qu'elle lui avait fait pour mériter ça », question idiote à laquelle j'ai répondu « rien » vu que Dieu, s'il existe, se fiche complètement de ce qu'on peut faire et que c'est même pour ça qu'il nous avait donné notre « libre arbitre ». Depuis que j'avais lu Pascal et Épicure, j'avais plein d'arguments pour la convaincre, mais Shé m'a fait signe de me taire.

Assise sur le lit dans le pantalon de treillis et le tee-shirt que nous lui avions enfilés dans l'avion, Inès a ensuite passé de longues minutes sans parler.

Même si je ne suis pas très douée pour comprendre les sentiments des gens, je voyais bien qu'elle avait l'air découragée, parce qu'elle avait les épaules basses et avait enfoui sa tête entre ses mains.

Sauf que si nous voulions nous en sortir, j'avais besoin qu'elle redevienne la combattante que j'avais découverte sur Redonda, alors, pour la remotiver, je suis allée lui glisser à l'oreille que j'avais donné le livre de Hernando aux Autodafeurs à la place du « Livre qu'on ne peut pas lire » et que celui-ci était bien caché sous mon chemisier.

Ça a été très efficace. À la seconde où je finissais ma phrase elle s'est redressée, ses yeux se sont mis à briller et elle m'a demandé « ce qu'il y avait dedans ». J'ai répété « le Livre », mais Shé a précisé qu'Inès parlait justement du Livre et pas de mon chemisier, ce qui était effectivement plus logique.

J'aurais vraiment aimé pouvoir lui répondre, sauf qu'à cause de la caméra c'était impossible. Quand le gros frère de Bart était passé, il nous avait dit qu'on pouvait parler en toute sécurité car il n'y avait pas de micro, mais qu'il y avait une caméra, et je voyais mal comment j'aurais pu récupérer le Livre sous mon chemisier et le lire sans que ça soit suspect.

Nous ne pouvions pas prendre ce risque.

Il fallait attendre et c'est ce qu'on a fait.

Trente-deux minutes plus tard, la porte s'est ouverte sur un garde qui nous a fait signe de le suivre. Il avait un pistolet à la main et trois autres gardes étaient avec lui. Il a pris une voix méchante pour nous dire de nous presser et qu'ils nous conduisaient devant le Grand Autodafeur en personne ; il a même ajouté qu'il ne savait pas ce que nous lui avions fait mais qu'il ne l'avait jamais vu aussi en colère.

Nous avons marché dans un couloir uniformément blanc pourvu de part et d'autre de portes identiques percées chacune d'un trou pour regarder à l'intérieur et d'un moniteur extérieur avec un digicode. À voir la lumière rouge clignoter sur chacune de ces portes, j'en ai conclu que c'était une prison, les cellules devait contenir d'autres membres de la Confrérie, et je me suis demandé si maman était dans l'une d'elles.

Dans notre couloir, j'ai pu compter vingt portes avant d'arriver à l'ascenseur et, si chacun des trois étages du sous-sol en contenait autant, j'en ai conclu que les Autodafeurs avaient décidé qu'ils préféraient nous avoir vivants plutôt que morts. C'était de leur part un manque total de rationalité, mais pour une fois je me suis dit que cet illogisme m'arrangeait bien.

Donc :

1 : Je pense que Murphy a compris que je ne leur avais pas donné le bon livre.

2 : J'espère que ma maman est dans une des cellules.

retrouvailles

– Rama, tu en as encore pour longtemps ? chucho-tai-je sans quitter le couloir des yeux. Si Néné a raison sur son timing, ils devraient être là dans moins de deux minutes, alors grouille-toi, mec !

Arme au poing dans le couloir, je surveillais les arrières de notre asticot polydactyle pendant que celui-ci fourrageait dans le boîtier de commande de l'ascenseur.

BG et ses frères étaient revenus me libérer vers 20 heures ; j'avais retrouvé Bart avec bonheur, mais nous étions trop pressés pour perdre du temps à bavarder. Comme ils connaissaient mieux les lieux que moi, j'avais tout de suite adopté leur plan et il faut avouer qu'il ne manquait pas de génie. En moins de cinq minutes, profitant de l'angle mort situé juste sous la caméra, j'avais mis la veste et la casquette du garde que BG avait assommé et nous l'avions balancé au sol à ma place. Face contre terre avec mon sweat sur le dos, il pouvait facilement passer pour moi. L'idée c'était que BG allait rester ici à l'injurier et le tabasser tout le temps qu'il nous faudrait pour délivrer les autres... et c'est ce que nous nous sommes empressés de faire, en commençant par Néné et Rama pour des raisons évidentes de logistique. Si nous voulions avoir une chance de réussir, il était hors de question que les Autodafeurs devinent ce que nous étions en train de fabriquer ; nous devions impérativement les rendre aveugles et pour ça nos deux compères étaient des as.

Le reste avait été d'une simplicité enfantine. Déguisé en garde et accompagné de ce qui restait des frères Montagues, j'étais tout simplement allé ouvrir la cellule de mes amis avec le code que m'avait donné BG, avant d'aller rendre une petite visite aux types du PC de sécurité.

Murphy ne devait pas se sentir en danger, car la porte n'était même pas fermée à clé. En quelques secondes, les deux pauvres types chargés de surveiller les écrans n'étaient plus en état de regarder quoi que ce soit, Rama et Néné créaient des boucles sur tous les réseaux de surveillance et dérivaient les commandes de tous les systèmes sur un portable.

Cinq minutes plus tard, nous savions précisément où se trouvaient nos ennemis et nous pouvions nous balader partout sans apparaître nulle part ! Le pied total.

Nous nous apprêtions à aller ouvrir les cellules pour libérer les autres membres de la Confrérie quand Néné a repéré sur un écran des gardes armés se dirigeant vers la cellule que BG nous avait indiquée comme étant celle des filles. Nous étions trop loin pour les intercepter et il était trop dangereux de tenter de les libérer en force ; j'étais bien placé pour savoir le danger que représentait une balle perdue et je refusais de prendre ce risque.

C'est pour cette raison que je me retrouvais dans un couloir à surveiller Rama pendant qu'il bidouillait dans le panneau de commande de l'ascenseur : nous avions décidé de les attirer au sous-sol pour limiter la casse.

– Voilà, c'est bon. Maintenant, quel que soit le bouton sur lequel ils appuient, ils seront envoyés au troisième niveau, pile dans les bras de Conrad, Guillaume et Bart, me dit Rama en finissant de fixer le panneau.

– Super, alors on se casse d'ici vite fait !

Attrapant Rama par le bras, je l'entraînai vers la porte ouvrant sur les escaliers que je me mis à descendre quatre à quatre. Il était temps ; à peine arrivé en bas, j'ai entendu le glissement caractéristique des portes qui coulissaient et les bruits sourds de corps qui s'effondraient.

Le temps d'arriver, la bataille était déjà terminée.

Les trois frères n'avaient pas eu besoin de notre aide pour se débarrasser des gardes… d'autant que le joli foulard rose décorant le cou de l'un d'eux et l'air épanoui d'Inès nous indiquaient clairement que les filles leur avaient donné un coup de main !

– Quand même ! c'est maintenant que t'arrives, toi ? T'as pas l'impression d'être un peu en retard sur ce coup-là ?! me lança Inès dès qu'elle me vit.

C'était injuste mais, quand je croisai son regard, je compris qu'elle n'en pensait pas un mot.

– Moi aussi je suis content de te revoir, lui rétorquai-je en m'accroupissant devant ma sœur. Ça va, Cés ? Tu sais qu'il va falloir qu'on ait une petite discussion tous les deux, parce qu'assommer les gens sans les prévenir quand ils font partie de ton camp, même si c'est logique, ça ne se fait pas !

– Parce que c'est différent de les endormir avec une seringue pour les obliger à prendre un hélicoptère ? me retourna-t-elle en penchant la tête sur la droite d'un air concentré.

– Dans tes dents ! rigola Inès avant de pincer les lèvres et se tourner vers ma sœur. Césarine, je te préviens, si jamais tu me demandes ce qu'il y a dans les dents de ton frère, je pète un câble !

C'était mon tour de rigoler ; à la tête d'Inès, être enfermée dans la même cellule que ma sœur n'avait pas été de tout repos, et je me mordis l'intérieur des joues pour garder mon sérieux quand ma sœur lui demanda logiquement « quel câble, exactement, elle allait casser ».

J'aurais bien laissé faire mais on n'avait pas le temps, d'autant que BG venait de nous rejoindre.

– On fait quoi maintenant ? demanda Shé. Vous savez si les autres sont là ? parce qu'il y a tout un tas d'autres cellules et je me disais que, peut-être…

Elle n'a pas fini sa phrase, pourtant à son air angoissé j'ai bien compris que, quand elle disait « les autres », il fallait en fait entendre « ceux que nous avons abandonnés sur Redonda », mais je ne relevai pas.

– Néné est en train de s'en occuper, lui a répondu Rama. Il y a certainement un système d'ouverture générale comme dans les prisons, il faut juste trouver le code.

– Césarine, donne-nous le « Livre qu'on ne peut pas lire », il faut absolument qu'on sache ce qu'il contient avant d'aller plus loin, a lancé Inès à ma sœur en s'accroupissant à côté de moi.

La surprise a failli me faire tomber par terre.

– Tu as toujours le Livre ?!

Calmement, ma sœur a hoché la tête avant de soulever son chemisier, détacher le foulard qu'elle avait noué autour de son ventre et me tendre un petit carnet à l'épaisse couverture de cuir.

Après avoir passé ces dernières heures contre ma sœur, le carnet était chaud et j'ai eu un instant l'impression de tenir entre mes mains un objet vivant.

Je me suis lentement redressé ; tout le monde retenait son souffle mais, au lieu de l'ouvrir, j'ai tendu le Livre à Inès.

– À toi l'honneur, après tout c'est à tes ancêtres que ce Livre a été confié en dernier.

Je serais incapable de vous décrire le regard d'Inès à l'instant où ses mains ont effleuré les miennes pour se saisir du Livre.

Inès était comme transfigurée, son souffle était court et j'ai craint un instant qu'elle ne tombe dans les pommes mais elle s'est reprise, et c'est sans trembler qu'elle souleva l'épaisse couverture de cuir… pour aussitôt jeter un regard stupéfait en direction de ma sœur.

– C'est quoi cette blague, Césarine ?!

journal de Césarine

Quand Inès a ouvert le Livre j'ai tout de suite compris qu'il y avait un problème parce qu'elle faisait exactement la même tête que les gens à qui je parle pour la première fois (un air bizarre, avec des paupières qui clignent et la mâchoire inférieure qui refuse de se fermer).

Inès était si surprise qu'elle a même secoué la tête deux fois avant de regarder à nouveau le Livre comme pour se persuader qu'elle avait bien vu ce qu'elle avait vu et, évidemment, c'était le cas.

Une fois qu'elle me l'a passé j'ai mieux compris pourquoi : c'est parce qu'à l'intérieur de la très vieille couverture de cuir il n'y avait pas de Livre… mais un miroir.

Ce qui était rassurant, c'est qu'au moins je comprenais enfin pourquoi tout le monde disait qu'on ne pouvait pas lire ce Livre ; vu que ce n'en était pas un, c'était logique.

Par contre c'était un peu ennuyeux pour notre plan d'empêcher les Autodafeurs de dominer le monde, parce qu'un miroir, même si c'est très pratique pour se coiffer et qu'on peut, éventuellement, l'utiliser pour capter les rayons du soleil et allumer un feu, ce n'est tout de même pas une arme très efficace. Du coup, je comprenais que tout le monde soit déçu, mais ce n'était pas une raison pour m'accuser de leur avoir fait une blague.

D'abord parce que je ne fais JAMAIS de blagues ; ensuite parce que ce paquet ne m'avait pas quittée une seule seconde depuis que nous l'avions trouvé dans sa cachette.

J'ai rappelé à Inès qu'Hernando lui-même parlait d'un miroir dans son carnet, mais aussi que son père employait souvent les mots « vision » et « voir » au lieu de « lecture » et « lire ».

Il n'y avait donc pas de doute possible, ce miroir était bien l'objet qu'Alexandre le Grand avait confié à Roxane, qui l'avait donné à sa famille perse, qui se l'était transmis jusqu'à ce que Djalal ad-Din Muhammad Rumi le donne à Marco Polo, qui l'avait caché avant que Christophe Colomb le retrouve puis demande à son fils Hernando de le faire disparaître... et que celui-ci le dépose là où mon frère et Inès l'avaient découvert et que je le mette sous mon chemisier. Voilà, c'était un long parcours mais c'était bien le bon objet et je n'y pouvais rien s'il ne correspondait pas à nos attentes.

Il allait falloir qu'on fasse avec, et c'est tout.

Donc :

1 : Le « Livre qu'on ne peut pas lire » est un miroir.
2 : Ce n'est pas ma faute.

miroir ! Oh miroir ! dis-moi...

Tout ça pour ça ! J'en aurais pleuré, mais j'avais beau retourner encore et encore les événements dans ma tête je ne trouvais aucune explication rationnelle à la présence de ce satané miroir à la place du Livre d'Alexandre.

Comme une bande de singes découvrant un objet inconnu, notre petit groupe se le passait et l'auscultait sous toutes ses coutures sans prononcer un mot. Nous étions complètement abasourdis, aussi, quand Néné balança sa suggestion, je n'eus même pas le courage de me foutre de lui.

– Et si ce n'était pas un miroir ? Après tout c'est peut-être un objet extraterrestre et il suffit juste de trouver comment l'actionner et... BORDEL DE DIEU !!!!

Tout en émettant son hypothèse complètement débile, Néné, en bon geek qu'il était, avait fait glisser son doigt sur la surface miroitante comme si c'était une tablette... et le truc s'était alors illuminé comme un sapin de Noël !

– Regardez, les mecs, c'est pas un miroir c'est une interface tactile ! se mit-il à beugler en nous tendant le machin à bout de bras.

Le pire c'est que cette andouille avait raison : ce que nous avions pris pour un miroir s'était transformé en un écran au fond bleu nuit sur lequel défilaient des signes, une quinzaine maximum à chaque fois, accompagnés d'une voix synthétique prononçant quelques mots incompréhensibles... qui changeaient toutes les deux secondes.

Passé la première minute d'incrédulité, nous avons tous tenté de comprendre à quoi nous avions affaire.

– Vous ne trouvez pas qu'on dirait des écritures ? avança Rama.

– Tu as raison, lui répondit Shé. D'ailleurs je pense que la voix nous « lit » ce qui est écrit.

– Et ça veut dire quoi votre charabia ? grogna BG en s'approchant.

C'était lui qui avait posé la bonne question, mais personne ne se précipita pour lui répondre jusqu'à ce que la petite voix flûtée de ma sœur se fasse entendre.

– Je pense que la machine souhaite communiquer et fait défiler tous les langages qu'elle a en mémoire pour trouver celui que nous comprenons. Il n'y a plus qu'à attendre et bien écouter pour trouver le nôtre.

Elle avait raison, au bout de trois minutes Inès reconnut du grec ancien, et nous traduisit la phrase.

– C'est une question, ça veut dire : « Où sommes-nous ? ».

Bonne question ! je me tournai vers Bart.

– Tu sais où on est toi ?

– On est aux États-Unis, au large de Rhode Island sur Block Island, l'île privée d'Adam Murphy, me répondit mon pote sans hésiter.

La machine continuait à débiter ses phrases et celles-ci sonnaient de moins en moins étrangement à nos oreilles.

– Je pense que la machine procède par ordre chronologique, avança Inès qui n'était visiblement pas uniquement douée pour se battre et m'enquiquiner. Je suis certaine d'avoir reconnu de l'araméen et de l'hébreu... et ce que vous venez d'entendre, « *ibi sumus* », c'est du latin ! La question est toujours la même, le miroir nous demande où nous sommes !

À partir de là nous nous sommes tous concentrés sur le petit écran, nous avons vu défiler des caractères orientaux puis Shé reconnut une phrase en arabe et une autre en farsi qu'elle traduisit de la même manière. Inès avait raison.

– C'est bien beau tout ça, mais on fait quoi maintenant ? ronchonna à nouveau BG.

– Quand on vous pose une question, il faut répondre, dit ma sœur en prenant la couverture de cuir des mains de Néné.

Sans attendre notre accord, Césarine approcha sa bouche de l'écran et articula le plus distinctement possible :

– Nous sommes aux États-Unis d'Amérique, au large de Rhode Island sur l'île de Block Island.

Immédiatement, la litanie cessa et la voix s'adressa à nous dans un français parfait.

– *Définissez $E = mc^2$.*

– Mais… pourquoi il nous demande ça ? s'exclama Bart.

– Je pense que le « miroir », après s'être repéré dans l'espace, cherche à se repérer dans le temps, dit Rama.

– Mais pourquoi il ne le demande pas tout simplement ? C'est idiot, lui retourna Césarine du tac au tac.

– Parce que n'importe qui peut dire n'importe quoi. $E = mc^2$ est une notion universelle qui n'a été formulée qu'au début du XXe siècle, alors si nous pouvons la définir la machine est certaine que nous ne sommes pas des hommes vivant à une époque antérieure.

– Parce que TOI tu peux définir un truc pareil ! lui lança BG.

Évidemment, Rama pouvait et c'est ce qu'il fit sans attendre plus longtemps.

– $E = mc^2$ signifie qu'une particule de masse m isolée et au repos dans un référentiel possède, du fait de cette masse, une énergie E appelée « énergie de masse », de valeur donnée par le produit de m par le carré de la vitesse de la lumière.

Inutile de préciser que PERSONNE n'avait rien compris, mais le miroir a dû trouver la réponse à son goût parce qu'au bout de quelques secondes, le fond bleu céda la place au visage d'un homme âgé, aux cheveux blancs et aux yeux clairs, qui nous salua d'un hochement de tête grave avant de commencer à nous raconter l'histoire la plus dingue qui nous serait jamais donné d'entendre.

« Je m'appelle Noé et, comme ce fichier ne peut être ouvert que par un homme du XXe siècle, je sais que si vous

voyez ces images, c'est que mon "arche" aura traversé l'histoire pour parvenir jusqu'à vous ; j'espère juste que nous ne sommes pas trop loin dans votre siècle, qu'il n'est pas trop tard et que j'aurai réussi mon pari... un pari fou et sans commune mesure dans toute l'existence de l'humanité, un pari qui m'a obligé à quitter les miens pour un voyage sans retour, un pari qui a failli me coûter la vie mille fois mais que je referais sans hésiter si j'avais le pouvoir de revenir en arrière, car je sais que ce pari est la seule et unique chance que nous ayons de sauver l'humanité.

Mon pari, notre pari, c'est que l'homme peut suivre le bon chemin si on lui montre la voie.

Mais pour que vous compreniez mieux le sens de tout cela et, surtout, que vous acceptiez de jouer votre rôle dans cette histoire, il faut que je revienne un peu en arrière pour vous expliquer comment j'en suis arrivé là. »

Nous n'avons pas eu le temps de réagir que l'image s'est brouillée avant d'être remplacée par celle du visage d'un garçon à peine plus vieux que nous et aux yeux étrangement semblables à ceux du vieil homme qui disait s'appeler Noé.

« Papa vient de nous donner notre arche, alors je commence à enregistrer mon journal. Donc, nous sommes le 15 août 2084, je m'appelle Noé, j'ai vingt ans et je vis avec mon frère et mon père dans les laboratoires secrets de la résistance en Antarctique.

Demain, le protocole de Chronos sera enfin opérationnel, Canaan et moi devrons le tester et, même si nous nous

*préparons depuis des années à cette mission, je ne peux
m'empêcher d'avoir peur. »*

– Mais ! c'est le même type qu'au début mais en
jeune ! s'exclama Néné pendant que nous lui faisions
tous signe de se taire et d'écouter.

Sur la vidéo, le jeune en combinaison orange ne semblait pas très habitué à s'exprimer face à un enregistreur
et cherchait visiblement les mots pour commencer son
histoire. Pourtant, après s'être passé la main dans les
cheveux et avoir inspiré profondément, il se lança.

*« La situation en surface semble avoir dépassé le stade de
non-retour, mais tout est allé si vite que revenir sur les événements qui nous ont menés au chaos me donne le vertige.*

*Quand je pense qu'il a suffi de quelques décennies pour
que notre belle civilisation, soi-disant "évoluée", replonge
dans la plus profonde barbarie, ça me rend dingue.*

*Après des siècles d'insouciance, quand les hommes ont
enfin pris conscience que les ressources n'étaient pas inépui-
sables et que leur course effrénée à la consommation, tout
en creusant les inégalités, les conduisait à leur perte… ils
ont eu peur.*

*À cette époque, il aurait encore été possible de faire chan-
ger le cours des choses ; il aurait suffi de s'arrêter, de discuter
et de convenir d'un moyen pour préserver et partager équi-
tablement les ressources encore disponibles. Mais la peur est
mauvaise conseillère et, au lieu de ça, c'est l'éternelle loi du
plus fort qui s'est imposée, crispant chaque pays sur sa sur-
vie et lui faisant considérer tous les autres peuples comme
des obstacles.*

Quand le mouvement qui allait aboutir à la guerre a commencé, je n'étais pas encore né mais père m'a raconté que tout avait débuté par la chute de l'Organisation unitaire des pays. Depuis plus d'un siècle, cette organisation permettait aux peuples de vivre en paix, pourtant, pour la majorité des habitants de la planète, sa disparition passa presque inaperçue ; à l'époque son dernier secrétaire avait prédit le chaos... mais il aurait dû parler d'"apocalypse" !

Très vite la culture fut la première victime de cette peur, probablement parce que tout ce qui pouvait ramener les hommes vers leur humanité était considéré comme un danger par des États de plus en plus agressifs et totalitaires. Les livres, les films, l'art ont commencé à être contrôlés, censurés, supprimés ; il fallait "rééduquer la population", l'obliger à "penser dans le bon sens", extirper le "pessimisme intellectuel" qui nous empêchait de consommer... Finalement, une solution avait été mise en place : en partenariat avec le lobby écologiste mondial et le consortium de la Silicon World Enterprise, les États ont arrêté d'apprendre à lire, à écrire et à dessiner aux enfants autrement qu'à l'aide d'un clavier et d'un écran.

L'écriture manuscrite et le dessin ont mis moins de quinze ans à disparaître et, avec eux, les livres, papiers et crayons.

Devenus inutiles, les livres ont fini par être détruits pour laisser place à de grandes bibliothèques numériques permettant aux États de contrôler la totalité de ce que nous lisions et écrivions. D'ailleurs, la majorité des livres n'était plus "lue" mais "vue", transformée en films prédigérés et prémâchés pour des populations pressées et passives ayant renoncé à tout effort intellectuel.

À l'époque, Amnesty International, une vieille association défendant les droits de l'homme, avait été une des seules voix à s'élever contre ce qu'elle dénonçait comme la pire des atteintes aux droits de l'humanité… mais tout ce qu'elle y avait gagné, c'était d'être purement et simplement déclarée hors-la-loi.

À la suite de cette condamnation, de nombreux philosophes, penseurs, professeurs et intellectuels déclarés "liberticides" ont été arrêtés et jugés dans de grands procès en mondovision…

C'est à cette époque que notre père et certains de ses amis sont entrés en résistance ; d'abord en copiant un maximum d'œuvres vouées à la destruction puis, après avoir compris que le monde avait franchi le point de non-retour, en créant le centre secret de Chronos avec l'aide des plus grands scientifiques dissidents de la planète. Leur but : comme le futur était sans espoir, il fallait trouver un moyen de prévenir les hommes du passé pour enrayer notre extinction.

Il leur a fallu vingt ans pour finaliser le protocole Chronos mais, demain, Canaan et moi partirons. Nous serons les premiers Timonautes de l'histoire et, même si j'ai conscience de l'importance de notre mission… je suis terrifié ! »

Sur cette dernière phrase, Noé s'était approché de l'écran pour couper son enregistrement et c'est vrai que la peur se lisait au fond de son regard ; mais ce n'était encore rien à côté de l'affolement total de l'image qui suivit.

Complètement échevelé, vêtu d'un simple tee-shirt beige, Noé semblait complètement perdu et parlait à toute vitesse.

« Nous sommes le 16 août 2084. Canaan et moi avons été réveillés en sursaut par les sirènes et j'enregistre ce message tandis que les ingénieurs testent les derniers protocoles de lancement. Papa vient de finir de configurer nos arches. Nos deux livres tactiles renforcés et autonomes sont prévus pour durer des milliers d'années si nécessaire et contiennent maintenant la totalité des écrits de l'humanité mais aussi des copies d'œuvres d'art et de films détruits ; Canaan et moi avons la même arche, mais nous partons dans deux époques et régions différentes pour multiplier nos chances de réussite.

Mon frère est prêt. Je vois son visage par la vitre de son chronoboat. Il a l'air sous le choc mais je pense que je ne dois pas avoir l'air brillant non plus.

Je sais à quoi il pense ; il pense aux dernières images enregistrées dans l'arche il y a quelques minutes par papa, des images si terribles que je n'ai eu besoin de les voir qu'une seule fois pour qu'elles se gravent à jamais dans mon esprit et fondent ma détermination en une masse d'acier implacable.

J'ai peur mais je n'ai plus le choix, tout retour est impossible : NOUS DEVONS RÉUSSIR. »

– Mais de quoi il parle, bon sang ? grogna BG tandis que l'image s'effaçait.

– Je n'en sais rien mais ça continue, lui répondit Rama en désignant l'écran où un paysage désertique venait d'apparaître.

L'image n'était pas stable et se mit à tourner à 360 degrés avant de revenir sur le visage de Noé. Il avait l'air plus calme mais semblait…perdu.

« Je ne sais pas quel jour nous sommes. Quelque chose a foiré. J'aurais dû me retrouver à Genève en 2020 pour convaincre les hommes de l'Union des Nations de revenir sur le traité entérinant le partage de l'Asie et de l'Afrique entre les Banques-Nations les plus riches pour empêcher les crises qui allaient en découler… mais je suis seul et dans une espèce de basse montagne désertique !

D'ailleurs, suis-je encore sur terre ? La fonction de localisation planétaire m'indique des coordonnées situées en bordure de la Turquie, mais je ne vois personne et j'ai beau avoir essayé de contacter la base des milliers de fois je n'obtiens aucune liaison.

Comme le prévoit le protocole, je viens de régler mon chronoboat sur "enfouissement" et je l'ai regardé disparaître profondément dans le sol. Je ne garde que l'arche avec moi et je vais partir à la recherche d'un indice pouvant m'indiquer où, et surtout quand, j'ai atterri. »

– Attendez, c'est quoi cette histoire d'Union des Nations ? En 1920 il y avait bien la Société des Nations, mais l'*Union des Nations* ça n'a jamais existé… pas plus qu'un traité de partage de l'Asie et l'Afrique entre des Banques-Nations d'ailleurs, s'étonna Shé en cherchant du soutien auprès de Néné.

Vu le niveau de mon pote en histoire, Shé avait mal choisi son interlocuteur et celui-ci soupira d'aise quand le visage de Noé réapparut.

Cette fois-ci, Noé était habillé d'une chemise de lin assez grossière et chuchotait. Il était enfermé dans une pièce sombre, mais derrière lui on pouvait distinguer des jarres de terre cuite, des herbes en train de sécher pendues à un plafond bas, tandis qu'une faible lumière éclairait son visage.

« Mon histoire devient complètement folle, mais j'ai réussi à conserver mon arche et je profite d'être seul pour enregistrer ce qui m'est arrivé.

Après avoir erré pendant des heures dans la montagne, j'ai été ramassé par une caravane de marchands qui, me prenant pour un espion, m'ont conduit directement devant leur chef. Grâce à eux, je sais enfin où je suis... mais le savoir m'apporte plus de questionnement que de réponses, vu que je n'arrive toujours pas à déterminer précisément "quand" je suis ! Seule certitude, vu les vêtements et la langue des hommes qui m'ont recueilli, je dois être quelque part dans l'Antiquité. J'en suis sûr, car j'ai discrètement enregistré les marchands pendant le trajet pour pouvoir utiliser la fonction de reconnaissance vocale de l'arche. D'après elle, ces marchands parlent soit une langue sœur du grec ancien appartenant à un groupe appelé "gréco-macédonien", soit un dialecte grec proche du dorien, soit une langue des groupes illyrien ou thrace... bref, un genre de dialecte antique !

Par chance, une fois arrivé dans le centre urbain local, une ville qui se nomme Atarnée, j'ai été confié par les gardes au médecin des lieux, un homme bon nommé Nicodème qui m'a pris sous son aile et chez qui je suis actuellement. Grâce à mes notions de latin et de grec ancien, j'ai pu le convaincre que je n'étais pas un espion mais un honnête médecin romain détroussé par des bandits. Voyant que je m'y connaissais en anatomie, Nicodème a cru à mon histoire et s'est porté garant de moi, ce qui m'a évité de finir en prison ; malheureusement il m'est interdit de quitter l'enceinte de la ville et je ne sais pas comment je vais pouvoir mener à bien ma mission.

Je m'inquiète aussi pour Canaan, si mon chronoboat a été détourné il est probable que le sien l'ait été lui aussi... Dieu seul sait où et quand mon frère et son arche ont atterri ! »

– C'est où ça, Atarnée ?

C'était une bonne question, mais personne ne répondit à ma sœur car Noé était déjà de retour. Il était toujours vêtu de la même manière, enregistrait son journal dans la même pièce sombre, mais ses cheveux avaient pris dix bons centimètres et sa peau était devenue brune ; autant d'indices nous prouvant que quelques mois au moins s'étaient écoulés depuis son dernier message. Il avait l'air surexcité.

« Cette semaine Nicodème m'a présenté le fils d'un de ses anciens confrères et je pense savoir enfin "quand" je suis... et c'est complètement dingue ! Le jeune homme en question s'appelle Aristote, c'est un garçon de quinze ans qui souhaite partir étudier à Athènes à l'Académie d'un certain... Platon.

Platon, vous vous rendez compte ! À moins qu'il y en ait eu d'autres dans l'histoire, ça voudrait dire que je suis au IVe siècle avant Jésus-Christ et que je suis remonté de vingt-cinq siècles en arrière !!! Jamais papa n'aurait imaginé que son chronoboat puisse me ramener si loin et je ne comprends pas comment cela a pu se produire. Mais au lieu de m'abattre, cette nouvelle m'a redonné un but, car j'ai enfin une idée : si je réussis à me lier d'amitié avec Aristote et à le convaincre de m'emmener avec lui à Athènes, je pourrai peut-être changer le destin du monde. »

C'était tellement délirant que pas un d'entre nous n'ouvrit la bouche. Nous attendions la suite mais, quand Noé réapparut, nous eûmes de la peine à le reconnaître.

Impossible de savoir combien d'années séparaient ces deux séquences, mais c'était à présent un homme mûr qui nous parlait. Vêtu d'une toge blanche très élégante retenue à l'épaule par un bijou en or, Noé était installé dans une pièce lumineuse dont nous pouvions distinguer un mur, décoré d'une végétation peinte de couleurs vives, et une grande ouverture donnant sur la mer. Il avait beaucoup changé et, plus que son apparence, c'est son calme qui nous surprit le plus.

« D'après mes calculs, nous devons être autour de −343 avant Jésus-Christ et la première partie de mon plan s'achève. À force de patience j'ai réussi à devenir l'ami d'Aristote et je l'ai suivi à Athènes. Au fil des années, j'ai su me rendre si indispensable qu'il a convaincu le despote Philippe II de me convier à la cour de Macédoine pour seconder mon ami dans son rôle de pédagogue auprès de son fils.

J'ai eu quarante-sept ans hier et, si les visages de mon père et de mon frère sont devenus de simples ombres dans ma mémoire, jamais je n'ai oublié la mission qui m'a été confiée… et jamais je n'ai été aussi près d'atteindre mon but.

Ce matin, j'ai rencontré le jeune élève d'Aristote ; Alexandre n'a que treize ans et je peine à voir en cet adolescent colérique et bagarreur le futur grand conquérant au règne de cinquante longues années que l'histoire décrit. Pour l'instant, ce n'est guère qu'une tête à claques imbue de sa personne racontant à qui veut l'entendre qu'il est à la fois le fils de Zeus, le descendant d'Achille et d'Héraclès… rien que ça !

Néanmoins il est intelligent, cultivé et possède une volonté de fer que je compte bien utiliser à mon avantage : qu'il le veuille ou non, Alexandre doit devenir l'homme qui changera la face du monde ! »

– Il a dit Alexandre ? Il parle DU Alexandre ? Celui de la Confrérie et du « Livre qu'on ne peut pas lire » ? Non parce que…

Mais seul un concert de sifflements exaspérés répondit à Néné. Ce n'était pas le moment de parler, car Noé revenait déjà… encore plus vieux. C'était le Noé aux cheveux blancs que nous avions découvert dans son premier message et nous avons compris que nous arrivions à la fin de son histoire.

« *Nous sommes à Suse, au fin fond de la Perse, et ce message sera le dernier que j'enregistrerai. Si mes calculs sont justes, nous devons être en −324 et je pense qu'après plus de quarante longues années, l'heure est enfin venue pour moi de m'en remettre au destin.*

Aristote est reparti il y a longtemps mais je suis resté auprès de son élève. Alexandre est roi depuis treize ans, il est devenu le grand conquérant que l'histoire décrira et grâce à l'arche, j'ai pu lui faire suffisamment de prédictions pour qu'il me croie envoyé par les dieux pour le guider vers son destin. Sa superstition a fait le reste : je suis devenu son conseiller occulte. J'ai aussi gagné la confiance de son ami Ptolémée ; plus sage et plus posé qu'Alexandre, il sera certainement un précieux atout pour ma mission.

Hier j'ai enfin abattu mes cartes : j'ai dit la vérité à mes deux amis et utilisé l'arche pour leur prouver mes propos.

Voir les images du monde de demain les a beaucoup effrayés et j'ai craint un moment de me retrouver sur le bûcher, pourtant la fascination a fini par l'emporter sur la peur et j'ai réussi à les convaincre de l'importance de ma mission… mais je n'avais pas prévu qu'Alexandre prendrait les choses autant à cœur !

Demain, il célébrera ici même des noces géantes entre les Perses et les Grecs pour symboliser son nouvel objectif : arrêter les guerres et apprendre à ne former qu'un seul et unique peuple. C'est la première fois qu'il programme quelque chose qui ne va pas dans le sens de l'Histoire et je tremble en pensant que je suis en train de modifier le futur.

J'ai bien essayé de le dissuader de voir aussi grand, j'ai bien tenté de lui expliquer l'importance d'avancer doucement et dans l'ombre, mais c'était sans compter sur la fougue de mon jeune ami. Alexandre est un impulsif, un sanguin qui s'enthousiasme avec passion mais n'a aucune mesure ; malheureusement j'entends déjà la grogne de ses officiers et j'ai peur pour lui que ceux-là ne le laissent pas faire si facilement. Mais je n'y peux plus rien, j'ai fait le maximum et je sens bien que mes forces me lâchent, je suis trop vieux et le reste de l'Histoire devra s'écrire sans moi.

Heureusement, le Diadoque Ptolémée est plus mesuré et a promis de m'aider à mettre en place la deuxième partie de mon plan, en instruisant dans l'ombre des hommes de courage et de paix sur le devenir du monde pour qu'ils puissent le préserver et éviter ainsi sa destruction. J'ai confiance en Ptolémée, il saura faire ce qu'il faut pour que l'humanité ne se perde pas et je lui confie mon bien le plus précieux, cette "arche de Noé" contenant la totalité des plus grandes réalisations des hommes pour qu'elles parviennent intactes jusqu'à vous.

Voilà, maintenant, qui que vous soyez, vous connaissez mon histoire, et si Alexandre échoue à installer la concorde entre les peuples, je vous transmets la lourde tâche d'utiliser l'arche pour faire comprendre au monde son erreur. C'était ma mission et c'est celle que je vous transmets aujourd'hui : montrer aux hommes ce qu'ils ont fait, ou ce qu'ils feront à leur planète s'ils ne réagissent pas. »

Noé

Serrés autour de l'écran luminescent nous avions tous vu, ou écouté pour Césarine, se dérouler ces messages d'outre-temps complètement incroyables ; effarés nous avions vu le visage de Noé vieillir à chaque intervention, passant en un éclair de la fraîcheur d'un jeune homme au vieillard à cheveux blancs de la dernière image. C'était surréaliste et nous contemplions maintenant le clignotement d'un triangle caractéristique d'un fichier vidéo sans qu'aucun de nous n'ose bouger.

Je ne sais pas ce que pensaient les autres, mais j'étais totalement abasourdi par ce que nous venions de découvrir. C'était trop… trop tout ! Je n'arrivais même pas à mettre des mots sur ce que je ressentais : incompréhension, choc, absurdité ? Je cherchais vainement un élément tangible auquel me raccrocher, une preuve de la fausseté de ce que je venais de voir. J'espérais qu'un crétin allait surgir de derrière un rocher en criant « Surprise ! » et en éclatant de rire… mais le chemin que nous avions dû parcourir pour arriver jusqu'ici, les multiples preuves parsemées dans l'Histoire ne laissaient aucune place au doute : le « Livre », cette arche que nous venions de découvrir, était RÉEL, c'était un message de demain en provenance d'hier… La Confrérie avait été créée il y a vingt-quatre siècles par un homme qui n'était pas encore né et c'était à nous qu'il revenait d'empêcher le futur qu'elle nous prédisait.

Autour de moi, les autres semblaient eux aussi plongés dans des abîmes d'incompréhension et il s'écoula de longues minutes avant que quelqu'un réagisse enfin.

– Einstein avait tort, les voyages dans le temps sont possibles, murmura Rama en nous tirant de la transe dans laquelle nous étions tous plongés.

– Einstein ? Le type mal coiffé qui tire la langue sur les tee-shirts ? Qu'est-ce qu'il a à voir là-dedans celui-là ? s'étonna Néné en se tournant vers lui.

Moi, ce qui m'étonnait le plus dans la remarque de Rama, c'est que ce soit la seule chose surprenante qu'il retire de cette histoire… mais ce n'était pas le moment de le lui faire remarquer.

– Faut espérer que oui, Rama, sinon tous nos espoirs d'en finir avec les Autodafeurs tombent à l'eau ! Il y a un fichier vidéo, je pense qu'il faut le visionner avant de décider ce qu'on fait, dis-je en tendant la main vers l'écran et en positionnant mon index à quelques centimètres du triangle clignotant. Tout le monde est prêt ? Je lance ?

Seule une succession de hochements de têtes me répondit.

– Césarine, tu sais l'effet que te font les films, alors je préfère que tu ne regardes pas s'il te plaît. Ferme les yeux et bouche-toi les oreilles, je te promets de te raconter.

Docilement ma sœur s'éloigna, s'accroupit au pied d'un mur et enfouit la tête entre ses genoux. Nous étions prêts et, après un dernier coup d'œil vers mes amis, j'appuyai enfin la pulpe de mon index sur la surface noire et froide du « Livre qu'on ne peut pas lire ».

Aussitôt, une lueur violente envahit le couloir en nous plongeant tous au cœur de l'expérience la plus phénoménale qui nous ait été donné de contempler ; nous ne regardions pas un film... nous étions DANS le film. Mais ce que nous y avons découvert transforma vite ce qui aurait pu être fantastique en un cauchemar sans nom.

journal de Césarine

Mon frère a tenu sa promesse et m'a décrit ce que l'enregistrement leur avait fait découvrir.

Je dis « enregistrement » et pas « film », parce que ce dont m'a parlé Gus semble issu d'une technologie nettement supérieure à la nôtre. Néné a parlé de « réalité augmentée en 4D/5S sans être obligé d'utiliser de lunettes » et, comme je ne comprenais pas, il m'a expliqué :

– 4D, c'était pour dire que les images étaient en quatre dimensions, c'est-à-dire en volume, et qu'ils n'étaient pas face aux images mais dans les images.

– 5S, c'est parce que ces images s'adressaient aussi aux cinq sens de ceux qui les regardaient ; alors, la vue et l'ouïe c'est classique, mais ils ont aussi tous senti des odeurs et perçu des sensations tactiles. Inès a parlé « d'odeur de mort », Néné a senti le souffle de l'explosion faire voler ses cheveux, quant à Shé, j'ai bien vu que ses poils étaient dressés comme si elle venait de traverser un champ électrique.

J'ai bien fait de ne pas regarder, d'autant que même eux avaient l'air complètement traumatisés par ce qu'ils venaient de vivre : Gus est resté silencieux, Inès s'est mise à pleurer, Shé a commencé à prier ; les frères Montagues se sont pris par les épaules et se sont collés les uns contre les autres, quant à Rama il s'est mis à se balancer en fredonnant une musique lancinante. Leurs réactions étaient idiotes, car elles ne servaient à rien, et le seul qui semblait encore capable de raisonner rationnellement c'était Néné ; il se concentrait sur la forme pour éviter de penser au fond et il est parti dans un grand discours technique pour nous démontrer que les moyens utilisés dans le film existaient déjà plus ou moins à l'état de prototypes aujourd'hui. Personne ne l'écoutait, mais j'ai compris que parler était sa manière à lui de gérer sa peur et que ça n'avait pas d'importance.

Nous ne pouvions pas rester dans le couloir à attendre que les Autodafeurs nous trouvent, alors j'ai utilisé la méthode d'Inès pour capter leur attention.

J'ai glissé mon index et mon majeur entre mes lèvres et j'ai sifflé le plus fort que je pouvais.

Ça a fonctionné.

Donc :

1 : Siffler, c'est simple.
2 : On va enfin passer à l'action.

le plan

Ce que nous avions découvert était monstrueux, mais nous avions tous convenu que dévoiler ce secret au monde était probablement le seul moyen de détruire les Autodafeurs. Sauf que pour ça, encore fallait-il accéder à l'ordinateur central de Murphy et ce n'était pas gagné !

– Néné, t'es sûr de toi ? parce que des gardes j'en compte déjà trois dans le couloir d'accès au sas, alors j'ose pas imaginer la suite… si tu t'es planté on va droit au suicide mon pote !

Allongé dans l'escalier de secours, je venais de refermer doucement la porte que j'avais entrebâillée pour visualiser l'espace que nous devions franchir, et ce que j'avais découvert ne m'avait pas franchement rassuré.

Immédiatement, la réponse de Néné m'est parvenue en crachouillant.

– *Certain, mec, je les ai en visuel sur les écrans de contrôle ; quatre gardes dans le couloir qui mène au sas, et, après le sas, juste deux mecs mais ce sont des techniciens et ils n'ont pas l'air armés. Si vous arrivez à passer le sas, c'est bon !*

Néné était resté avec Césarine dans la salle de contrôle pendant que Bart, Inès et Shé devaient s'occuper de libérer les membres de la Confrérie enfermés dans les cellules. Pour pouvoir communiquer, on avait récupéré les talkies des gardes qu'on avait assommés et on les avait basculés sur une autre fréquence. C'était risqué, mais on n'avait pas le choix.

L'idée, c'était de pirater le réseau des Autodafeurs grâce à la clé cryptée qu'on avait piquée à Gabrielle, pour diffuser le message de Noé au monde entier tout en attaquant en force les Autodafeurs et en les empêchant de bloquer notre diffusion.

Pour une fois, le contrôle du Net mis en place par ces idiots avait du bon : en organisant un réseau centralisé pour coordonner leur « nettoyage » du Web, ils nous avaient facilité le travail. Si nous arrivions à utiliser leur serveur central, notre message atteindrait immédiatement la totalité des télés et des ordis du monde entier.

Le hic, c'est que malgré les efforts de Néné et Rama nous nous étions vite aperçus que, même avec la clé de Gabrielle, il était impossible de diffuser nos données à partir de n'importe quel ordinateur. Notre seule option était de connecter l'arche de Noé directement à leur ordinateur central... et on n'entrait pas dans celui-ci comme dans un moulin. Néné et Rama nous avaient expliqué que c'était un Data Center dernière génération, une « salle blanche » coupée du monde et parfaitement isolée pour résister à toutes les interférences extérieures.

Voilà pourquoi, une fois de plus, je me retrouvais dans une position inconfortable et à deux doigts de me faire tirer dessus.

Après un dernier coup d'œil vers le couloir, je me suis redressé et j'ai descendu quelques marches pour rejoindre les BCG et Rama qui m'attendaient plus bas.

– OK les mecs, on fait comme on a dit et on croise les doigts pour que ça se passe sans problème.

BG se contenta de hocher la tête et me saisit par le bras pendant que Conrad faisait pareil avec Rama.

– Hé ! on n'avait pas dit qu'on attendait que les autres nous rejoignent ? s'exclama Guillaume sans bouger d'un pouce.

Je jetai un dernier coup d'œil à ma montre : ça faisait presque quarante minutes que Murphy avait envoyé chercher les filles et que nous avions éliminé ses gardes sans que personne ne s'en aperçoive ; alors soit le mec avait une patience de maître zen, soit il était très occupé ailleurs… mais je doutais fort que cette situation dure beaucoup plus longtemps. Si nous voulions avoir une chance de conserver l'effet de surprise, nous devions faire vite et je n'étais pas certain qu'attendre les autres soit très utile. Néanmoins, ça ne coûtait rien de poser la question.

– Néné, les autres en sont où avec l'ouverture des cellules ? demandai-je en approchant la bouche du talkie.

La réponse ne tarda pas.

– *Je viens de les avoir et c'est la merde ! Je n'arrive pas à déclencher l'ouverture des portes à distance et le code que BG a utilisé pour ta cellule et la nôtre ne marche pas sur les autres. Inès et Shé ont réussi à accéder aux couloirs de détention et à éliminer les gardes, mais maintenant elles sont bloquées à l'intérieur avec Bart… Pour tout dire, on compte un peu sur vous pour faire quelque chose quand vous serez devant l'ordi central.*

– Bien reçu Néné, je passe le message à Rama.

D'un signe de tête, l'agaçant morpion me fit comprendre qu'il avait entendu puis, en désignant la porte, il tapota son ventre où nous avions scotché la précieuse arche.

– Plus on attend, plus notre taux de réussite diminue, déjà que nous ne sommes qu'à 12 %, il faut y aller maintenant ! En plus j'ai hâte de voir leur bécane parce que, pour réussir à diriger comme elle le fait tous les réseaux, ça doit être un sacré monstre, nous lança-t-il, visiblement pressé de se jeter dans la gueule du lion.

– Je t'aime pas, Mars, mais quand je vois les cinglés que tu te trimballes il y a des moments où je te plains, chuchota BG à mon oreille.

En ce qui concernait Rama, je n'étais pas loin d'être d'accord, mais il était hors de question d'avouer un truc pareil à voix haute et j'ai préféré répéter notre plan une dernière fois pour que les choses soient claires.

– OK, alors Rama et moi sommes vos prisonniers et Murphy en personne vous a demandé de nous amener à l'ordinateur central.

– Et si le garde nous demande pourquoi ? lâcha Guillaume.

– Tu réponds que je dois entrer des codes informatiques qui leur permettront de localiser les derniers membres de la Confrérie. Vu que c'est pour ça qu'ils avaient envoyé Gabrielle me chercher, c'est parfaitement crédible, répondit Rama.

Conrad et BG hochèrent la tête mais Guillaume, en bon trouillard qu'il était, n'avait toujours pas l'air convaincu.

– Oui mais et si…

– Si ça lui convient pas tu lui pètes la gueule, abruti, grogna BG en balançant une calotte derrière le crâne de son frère.

Bon, c'était fruste mais Guillaume devait avoir besoin de ça pour avancer, car la réaction de son aîné le poussa à se mettre en route.

Notre arrivée dans le couloir, Rama et moi mains derrière le dos et encadrés des BCG arme au poing, ne déclencha pas la méfiance que je redoutais. BG salua le garde en faction, transmit son soi-disant ordre de mission et, à part que je n'avais pas le souvenir d'avoir employé l'expression « ces deux connards » pour nous désigner, il respecta le plan à la lettre.

Nous nous sommes engouffrés dans le sas et tout se serait passé sans encombre si, juste au moment où la deuxième porte s'ouvrait, une alarme stridente ne s'était pas mise à nous hurler aux oreilles… et si Néné n'avait pas fait une légère erreur d'appréciation sur les techniciens du centre de commande !

journal de Césarine

Cela faisait dix-huit minutes que je disais qu'il y avait un problème, mais personne ne voulait m'écouter. Même Rama, qui était pourtant le premier à m'avoir expliqué la théorie de Murphy, refusait de voir que nous ne pouvions PAS réussir.

Depuis qu'il avait vu le « film » du « Livre qu'on ne peut pas lire », Rama se conduisait bizarrement, comme s'il n'avait plus peur de rien alors que d'habitude il faisait des statistiques pour tout.

Quand je lui ai demandé ce qu'il avait, il m'a dit : « Maintenant que j'ai la certitude de mourir, plus rien ne peut m'atteindre. » C'était logique, car quand on est mort on ne peut plus avoir peur, vu qu'on est mort, sauf que dans ce cas-là il aurait dû s'en rendre compte avant, vu que mourir est la seule certitude que nous partageons tous... du coup, ce qu'il disait était idiot et j'aurais préféré qu'il m'écoute.

Nous allions ÉCHOUER, c'était évident et, plus le temps passait, plus les indices s'accumulaient et je ne comprenais pas pourquoi j'étais la SEULE à m'en rendre compte.

1 : *Personne n'était venu voir ce qui se passait au centre de contrôle vidéo alors que le garde que nous avions assommé n'avait pas répondu à deux appels.*

2 : *Personne ne s'était étonné de la disparition du garde parti avec BG dans la cellule de mon frère.*

3 : *Adam Murphy n'avait pas réagi alors qu'il avait envoyé quatre gardes nous chercher et que nous avions quarante et une minutes de retard.*

Ce n'était pas logique et, quand Bart et les filles nous ont dit que les portes des cellules étaient bloquées alors que mon frère avait utilisé le même code il y a quarante-huit minutes pour aller chercher Rama et Néné, j'ai été certaine qu'il y avait un problème ! Autant de coïncidences, c'était n'importe quoi.

Quand toutes les lumières et les moniteurs se sont éteints en même temps et que le talkie a cessé de fonctionner, je n'ai pas été surprise et je n'ai pas hésité une seconde ; je me suis cachée sous le bureau le plus éloigné sans faire aucun bruit.

Une seconde après, la porte volait en éclats et des hommes surgissaient dans la pièce en courant.

Néné a été tellement surpris qu'il n'a pas fait un geste ; je pense que c'est ce qui lui a sauvé la vie.

Les hommes lui ont demandé où étaient « les autres » mais Néné n'a rien dit ; je pense que c'est pour ça qu'ils se sont mis à le frapper.

Au bout de deux minutes, alors qu'il ne parlait toujours pas, j'ai entendu une voix sur ma gauche qui disait : « Laisse tomber je les ai repérés sur les écrans ; Murphy avait vu juste, il y a une partie du groupe qui cherche à s'introduire dans la salle des ordis et l'autre qui se trouve dans les couloirs des cellules. On a bien fait de bloquer les accès et de prévenir les gardes. On les tient les gars, dès qu'ils seront dans la salle des ordis ils n'auront aucune chance de s'en sortir. »

Alors ils ont arrêté de taper sur Néné, ils ont rallumé les lumières et sont partis après l'avoir attaché sur une chaise en laissant juste un homme pour s'occuper des écrans.

Donc :

1 : Personne ne m'écoute et c'est nul.
2 : Tout le monde m'oublie et c'est bien.

faits comme des rats

Les soi-disant techniciens inoffensifs sur lesquels nous étions censés tomber dans le Data Center n'en étaient pas... mais Néné avait quelques excuses pour s'être trompé vu que ces gardes avaient enlevé leurs casquettes et mis une blouse blanche par-dessus leurs uniformes noirs. N'empêche que, à y regarder de plus près, le fait qu'ils portent des rangers aurait pu lui mettre la puce à l'oreille.

De toute manière, quand nous nous en sommes aperçus c'était trop tard... nous étions coincés dans le sas entre deux gardes armés en blouse blanche d'un côté et trois types en noir tout aussi armés de l'autre !

Bref, nous étions faits comme des rats et le fait que nous soyons nous-mêmes armés n'y changeait rien, alors les BCG et moi avons opté pour la seule solution n'impliquant pas notre mort prématurée : lever les mains très haut et se laisser désarmer sans faire un geste.

Si je précise « les BCG et moi » c'est que Rama, lui, avait une autre vision des choses. Depuis qu'il avait vu le message de Noé, j'avais bien remarqué qu'il ne se comportait plus comme avant, mais ça ne m'avait pas inquiété plus que ça et j'étais même content qu'il arrête de nous harceler avec ses statistiques.

Je ne sais pas si c'est le fait de se voir piégé qui lui a fait péter un câble mais, à la seconde où il a compris que nous avions perdu la partie, il s'est roulé en boule sur le sol et s'est mis à pleurer et à crier comme un gosse de cinq ans en plein caprice.

– Qu'est-ce qui lui arrive à l'autre cinglé ? m'a murmuré BG pendant que les gardes s'approchaient.

– J'en sais rien. Hé Rama, ça va pas ? qu'est-ce qui te prend ?

– Ça suffit ! Taisez-vous ! a hurlé leur chef avant de me fouiller sans ménagement pendant que deux de ses collègues faisaient de même avec les BCG et que les autres gardaient leurs armes braquées sur nous. Et ton copain, il lui arrive quoi ? finit-il par me demander en désignant Rama qui se tortillait au sol, en pleine crise d'hystérie.

Même si j'avais su ce qui se passait dans le crâne tordu de notre agaçant asticot, je ne lui aurais certainement pas dit… mais BG, qui ne savait pas fermer sa grande bouche, a choisi ce moment-là pour l'ouvrir.

– C'est un putain de génie de l'informatique, mais il est complètement branque !

– Ta gueule BG, personne ne t'a demandé de commentaires, le coupai-je brutalement pendant que le chef des gardes s'accroupissait devant Rama.

– Dis-moi mon grand, qu'est-ce qui t'arrive ?

Rama avait cessé de se rouler par terre ; assis sur le sol, les genoux remontés sur la poitrine et la tête enfouie entre ses bras serrés, il sanglotait bruyamment sans vouloir s'arrêter.

– Allez, je ne te veux pas de mal, je veux juste comprendre pourquoi tu pleures; les grands garçons t'ont fait du mal? Tu sais que si tu as besoin de quelque chose M. Murphy peut t'obtenir absolument tout ce que tu veux…

Les épaules de Rama cessèrent de trembloter et le petit visage morveux de celui que nous prenions pour notre allié se redressa lentement.

– C'est vrai… tout ce que je veux? Même me rendre mon papa?

Le chef hocha la tête.

– Tout ce que tu veux… mais avant il va falloir lui prouver que tu es dans son camp, tu comprends?

Rama releva complètement la tête, renifla avant d'essuyer la morve qui lui maculait le visage d'un grand geste de son bras droit. J'avais beau savoir que ce gamin était un génie, il donnait l'image pitoyable d'un pauvre gosse fragile et, pendant quelques secondes, j'ai douté de ce que j'entendais.

– Et si je vous programme l'algorithme qui permet de localiser les membres de la Confrérie sur votre ordinateur central, vous pensez que M. Murphy me rendra mon papa? dit Rama en brandissant la clé de Gabrielle.

Il avait de la chance que je sois tenu fermement par deux gardes, parce qu'autrement rien n'aurait pu m'empêcher de lui tomber dessus.

– Sale petit enfoiré de merde! Tu te rends compte de ce que tu fais!? Pour sauver une seule personne tu en condamnes des centaines d'autres!

Les BCG étaient moins touchés que moi par les conséquences de la traîtrise de Rama, mais ça n'empêcha pas BG d'en rajouter une couche.

– Ne fais pas confiance à Murphy, il a menti à ma famille pendant des années, il fera pareil avec toi, Rama ; pour un génie, tu te comportes comme le dernier des crétins !

Mais Rama n'en avait visiblement rien à foutre, pire, il avait l'air content, et c'est avec le sourire qu'il saisit la main que le chef lui tendait pour l'aider à se redresser et qu'il se dirigea sans un regard pour nous vers la salle des ordinateurs en fredonnant une putain de musique... et c'est là que j'ai compris.

J'ai compris parce que ce petit air m'a rappelé ce que m'avait raconté ma sœur à propos de l'obsession de Rama pour la musique de Bach ; s'il aimait tant ce compositeur, c'est que son père en était un des spécialistes les plus réputés... enfin, jusqu'à ce qu'il disparaisse dans un accident quand Rama avait cinq ans ! C'était sa MÈRE que détenaient les autodafeurs, pas son père !

Tête baissée, faisant mine d'être totalement abattu par la traîtrise de mon ami, je me suis alors laissé entraîner hors du couloir par les gardes tout en me demandant ce que l'agaçant morpion nous préparait encore comme surprise.

journal de Césarine

Recroquevillée sous le bureau, j'étais bien.

Depuis que les gardes étaient partis, le silence était revenu et le ronronnement doux des ordinateurs et des moniteurs me berçait doucement.

Les choses étaient allées trop vite, rien ne se passait comme nous l'avions prévu et, comme je ne pouvais plus me réfugier dans la maison de mon esprit qui avait été détruite par l'eau noire, j'ai décidé de m'échapper de mon corps pour prendre de la hauteur.

J'ai respiré profondément, j'ai fermé les yeux et j'ai commencé à m'élever en pensée. Maître Akitori m'avait initiée à cette technique, mais je n'avais jamais vraiment réussi à me détacher de moi-même avant aujourd'hui parce que je trouvais ce concept idiot.

Je ne sais pas si c'est la peur ou au contraire l'absence de peur, mais cette fois-ci ça a marché du premier coup.

Je me suis vue recroquevillée sous le bureau, dans la pièce remplie d'écrans, dans la grande maison blanche au bord de la falaise, sur l'île au large de Rhode Island, petit point à l'est des États-Unis, tout en haut de l'hémisphère Nord, sur la planète Terre… et de tout là-haut j'ai commencé à contempler le monde, si bleu, si beau, si fragile, où nous habitions tous.

Je flottais, les yeux grands ouverts sous mes paupières fermées, et je pensais aux milliers d'enfants en train de naître, aux gens qui se souriaient, qui s'embrassaient, qui s'aimaient.

Je les voyais TOUS ; les blancs les noirs les jaunes les rouges les vieux les jeunes les riches les pauvres les grands les petits les gros les maigres les barbus les tatoués les voilés les tout nus les glacés les transpirants les génies les imbéciles les moins que rien les plus que tout les odieux les gentils les futiles les miséreux les nantis les rachitiques les obèses les amputés les sociables les renfermés…

Ils étaient tous uniques.

Chacun d'eux, à lui seul, était une histoire.

Tous ensemble, nous étions les milliers de phrases d'un grand livre.

Ce que voulaient faire les Autodafeurs, c'était nous réduire à une unique page, une seule et grande page vierge pour imprimer leur toute petite, rachitique et misérable histoire, un conte où l'Homme, en perdant son droit à l'erreur, perdrait la possibilité de se racheter, d'évoluer, de s'améliorer… et serait réduit à rien.

Ils voulaient effacer nos plus grandes richesses, celles qui nous permettaient de grandir, d'avancer, de devenir meilleurs. Ils voulaient gommer nos imperfections, ils voulaient effacer nos différences ; ils refusaient d'attendre que l'Homme devienne lui-même, ils voulaient que nous soyons tous pareils… tous comme EUX !

Quand j'ai compris, j'ai décidé que je ne pouvais pas les laisser faire alors j'ai aspiré les milliers de larmes et de sourires du monde pour me donner du courage, j'ai cligné des yeux et j'ai refait le chemin à l'envers, vers la planète, vers l'océan Atlantique, vers la côte de Rhode Island, sur l'île, dans la maison, dans la pièce et quand j'ai ouvert les yeux j'étais de retour sous le bureau.

Donc :

1 : Je suis bien.
2 : Je sais exactement ce que je dois faire.

Adam Murphy

Après tout ce temps passé sous terre, sous l'eau, ou au cœur d'un rocher, j'avais fini par oublier à quoi pouvait ressembler le ciel et, étrangement, la première chose qui m'est venue à l'esprit en pénétrant dans le bureau de Murphy fut : « La vache, la vue ! ».

Ce n'était pas de circonstance, mais il faut dire à ma décharge que l'architecte s'était donné un mal de chien pour rendre la pièce inoubliable et qu'il avait réussi son pari.

L'immense salle cubique était posée comme par magie en surplomb de la falaise ; je ne sais pas comment le maître d'œuvre s'y était pris mais, à part les huit énormes poutrelles d'acier maintenant la structure en place, murs, sol et plafond étaient… en verre !

Lorsque l'ascenseur avait ouvert ses portes, j'avais cru une seconde voir Murphy flotter dans les airs. Ça m'a stoppé net et, pour une fois, ça a été au tour de BG de se foutre de moi.

– T'as le vertige, Mars ? me glissa-t-il en passant devant moi alors que j'hésitais devant la plaque de verre.

Vingt à trente mètres sous mes pieds, les vagues écumeuses de l'Atlantique s'écrasaient sur des rochers acérés et l'effet était dantesque. Je n'avais pas vraiment le vertige, mais j'avoue qu'un léger malaise m'a envahi.

– Alors, tu avances ou tu attends que je te pousse ? me jeta un des gardes en joignant le geste à la parole.

Propulsé vers le centre de la pièce, j'ai décidé d'oublier le vide au-dessous de moi et de me concentrer sur ce qui m'entourait.

Ce n'était pas gagné. Nous étions désarmés, entourés de quatre gardes ; la seule issue était celle que nous venions de franchir, et l'absence quasi totale de meubles réduisait au minimum nos chances d'utiliser un objet comme arme ou pour nous protéger des tirs de nos anges gardiens.

Le bureau de Murphy, un énorme bloc d'acier, était clairement insoulevable, quant aux fauteuils Starck en Plexi, je savais d'expérience qu'ils étaient trop légers pour assommer qui que ce soit. En gros, on était dans la merde et, sagement, j'ai décidé de la mettre en veilleuse en attendant que l'autre mégalo nous dise ce qu'il nous voulait.

Le temps que nous nous avancions vers lui, Murphy en avait profité pour faire le tour de son bureau ; fébrile, le visage tordu par un tic lui faisant remonter la paupière gauche, il se frottait compulsivement les mains, passant son regard de BG à moi en ayant l'air de se demander par lequel il allait commencer. Alignés comme quatre condamnés attendant leur exécution, les mains attachées derrière le dos et tenus en respect par nos gentils accompagnateurs, nous ne pouvions rien faire d'autre qu'attendre et, pour une fois, ce ne fut pas moi qui essuyai la première salve.

– Rangez vos armes, abrutis, vous savez bien qu'on ne peut pas les utiliser dans cette pièce ! Vous voulez tous nous tuer ou quoi ! aboya Murphy sur les gardes qui nous avaient accompagnés.

Penauds, les quatre crétins échangèrent rapidement leurs pistolets contre des Taser, pendant que Murphy se tournait vers les BCG.

– Je vous dirais bien que vous me décevez, messieurs Montagues, mais cela supposerait que j'ai eu du respect pour vous, ce qui n'est pas le cas. Votre père était une sous-merde, vous êtes ses dignes représentants et…

Je fermai les yeux en soupirant ; s'il y avait bien une chose que j'avais apprise à propos de BG, c'est qu'il était un poil chatouilleux à propos de son honneur, alors traiter son père de sous-merde n'était pas une bonne idée.

Bien sûr, ça n'a pas raté : BG, malgré ses mains attachées, s'est précipité comme un taureau furieux sur Murphy et deux des gardes lui sont tombés dessus avant qu'il puisse l'atteindre. Ses frères n'avaient pas bougé, mais lui s'est retrouvé avec deux dards plantés dans le cou et une châtaigne tellement forte qu'elle l'a laissé cloué au sol, tremblant et bavant comme une vache atteinte de l'ESB*.

La bonne nouvelle, c'était que cette décharge électrique, pour violente qu'elle soit, prouvait que Murphy

---

* Encéphalopathie spongiforme bovine, également appelée « maladie de la vache folle ».

n'avait pas l'intention de nous tuer, ou tout au moins pas dans un futur immédiat, ce qui n'était déjà pas si mal. La mauvaise c'était que, maintenant que BG était K.-O., l'attention de Murphy se dirigea sur moi.

– Comment as-tu fait pour le retourner, Mars ? Il y a encore une semaine cet idiot avait l'écume aux lèvres dès qu'on évoquait ton nom et voilà que je vous retrouve copains comme cochons… dommage que tu ne sois pas dans le bon camp, petit, car tu es visiblement un garçon plein de ressources.

Je haussai les épaules.

– Il n'y a pas de mystère, je lui ai juste dit la vérité à propos de ce que vous aviez fait à son père et son grand-père… mais pardon, il faut sans doute que je vous explique le concept : la VÉRITÉ c'est un truc hyper pratique qui permet de communiquer avec honnêteté et… mais suis-je bête, ajoutai-je en soupirant, peut-être faudrait-il d'abord que je vous fasse comprendre ce que signifient les mots « communiquer » et « honnêteté », sinon on ne s'en sortira jamais.

Moi, j'étais plutôt fier de ma phrase, mais elle n'a pas eu l'air de plaire à Murphy. Comme si j'avais appuyé sur un invisible bouton, le tic de sa paupière gauche s'est répandu sur l'ensemble de son visage qui s'est mis à tressauter de manière incontrôlée, des commissures des lèvres aux rides de son front.

– Heu, ça va m'sieu ? vous êtes certain que vous n'avez pas pris un coup de jus en passant devant BG ? parce que là, on dirait que votre visage est branché sur 220.

Depuis tout petit j'avais un don pour mettre les gens en colère, mais à ce moment-là j'ai senti que j'atteignais le sommet de mon art ; le visage blanc de rage, Murphy s'avança d'un pas, me saisit par le col de mon sweat avant d'enfoncer son regard dans le mien et de me murmurer en grinçant des dents :

— Toi et toute ta famille de bâtards, vous allez crever, Mars, mais je prendrai suffisamment mon temps pour que ce soit toi qui me supplies d'abréger tes souffrances et on verra bien si tu trouves toujours le moyen de faire le malin à ce moment-là.

Ses yeux vissés dans les miens brûlaient d'une lueur sadique et j'ai su qu'il ne bluffait pas. Ce salopard pensait chaque mot qu'il venait de prononcer, mieux, il en jouissait presque ; alors, comme l'occasion était trop belle et qu'elle ne se représenterait sans doute jamais, j'ai pris mon élan, remonté d'un coup mon genou droit sur ses bijoux de famille et, avant même qu'il ait le temps d'ouvrir la bouche pour hurler, j'ai propulsé ma tête en avant contre son visage.

À la seconde où mon front a atteint son nez, les décharges d'un Taser m'ont projeté au sol mais, avant de perdre conscience, j'ai eu l'indescriptible bonheur d'entendre exploser son arête nasale et, rien que ça... ça valait le coup !

journal de Césarine

Le garde ne m'a pas vue venir. Assis sur son fauteuil pivotant, il était trop occupé à annuler les programmations de l'ami de mon frère pour s'occuper d'autre chose. Je n'ai eu aucun mal à arriver derrière lui sans qu'il s'en aperçoive pour appuyer sur sa jugulaire et le plonger dans le sommeil.

J'ai détaché Néné et il a utilisé ses liens pour ligoter le garde avant de le pousser à l'autre bout de la pièce et de prendre sa place devant les moniteurs.

Le visage de Néné était tout abîmé mais il n'en a pas parlé, il s'est mis à pianoter à toute vitesse sur les claviers et au bout de deux minutes, grâce aux caméras placées dans toute la maison, il me résumait la situation :

– Mon frère et les BCG étaient dans le bureau de Murphy.

– Les filles et Bart étaient coincés dans les couloirs des cellules, dont les portes étaient toujours fermées.

– Deux équipes de gardes étaient en train de se positionner devant les portes des couloirs pour les prendre à revers.

Seul Rama n'apparaissait sur aucun écran, mais ça ne pouvait signifier qu'une seule chose : il était à l'intérieur de la salle blanche… sauf que je ne comprenais pas comment il avait fait pour y arriver tout seul vu que mon frère et les BCG étaient dans le bureau de Murphy.

Néné a fait défiler les enregistrements et, même sans le son, j'ai compris qu'ils étaient tombés dans un piège.

Nous étions les seuls à pouvoir faire quelque chose, même que quand, sur l'écran, j'ai vu BG, puis mon frère, s'affaler au sol en tremblant dans tous les sens, j'ai compris que c'était assez urgent.

Néné, que je n'avais jamais vu aussi concentré, est allé donner des claques au garde pour le réveiller avant de lui demander de « cracher le code d'ouverture des portes des cellules s'il tenait à la vie » (ce qui est un peu idiot parce que je ne pense pas que cracher sur l'ordinateur change quoi que ce soit au problème, mais vu qu'on était pressés je n'ai rien dit).

Mais l'ami de mon frère est trop gentil et, malgré son visage plein de sang, il ne faisait pas vraiment peur et ses claques n'étaient pas assez fortes, alors je lui ai dit qu'il manquait d'efficacité et je me suis avancée.

Pour une fois, le garde n'a pas rigolé, j'ai même vu qu'il avait peur, ce qui m'a fait plaisir car c'était la preuve qu'il ne me sous-estimait pas, et je lui ai demandé pourquoi.

Il m'a répondu un truc idiot à propos de « bruits qui couraient sur moi », alors je lui ai demandé de préciser et il m'a traitée de « monstre psychopathe ».

Je n'ai pas aimé. Je suis une ARTISTE, pas un MONSTRE. Je suis logique, je fais ce qui doit être fait et c'est ce que je lui ai calmement expliqué avant d'ajouter, encore plus calmement, que je VOULAIS les codes des cellules, que je les voulais MAINTENANT et qu'il allait me les donner parce qu'autrement je serais OBLIGÉE de faire quelque chose qu'il n'allait pas aimer.

Quand j'ai arrêté de parler, le garde était tout blanc et il me regardait en ouvrant la bouche comme s'il manquait d'air, mais il m'a donné le code sans hésiter parce que, moi, je lui faisais VRAIMENT peur.

Une minute après, toutes les portes des cellules s'ouvraient en même temps et les hommes de Murphy ont eu une drôle de surprise en pénétrant dans les couloirs. Ils s'attendaient à combattre trois ados et, au lieu de ça, ils ont été accueillis par une cinquantaine de personnes en colère. Je le sais parce que Néné regardait les écrans et qu'il a dit que maître Akitori et Marc DeVergy « pétaient la forme » et qu'ils étaient en train de « mettre grave leur race » aux gardes. Ça ne voulait rien dire, mais comme il rigolait malgré son visage abîmé j'en ai conclu que « péter la forme » et « mettre grave leur race », c'était une bonne nouvelle.

Comme je ne pouvais pas regarder les écrans de contrôle, je lui ai demandé s'il voyait ma maman. Néné a arrêté de rire, a plissé les yeux en faisant « hummm… », et puis il s'est passé la main dans les cheveux en disant que « heuuu… », il y avait beaucoup de monde et « heuu… », les écrans étaient petits, et « heuuuu… », c'était difficile à dire… Néné, il ne sait pas mentir. Il y avait trop de « heuuu » dans sa phrase et pas assez de sourire sur son visage. Alors, je suis partie en courant pour chercher maman moi-même.

Je courais mais, avant que j'arrive dans le couloir, maître Akitori m'a attrapée. Il a posé un genou sur le sol pour m'obliger à le regarder dans les yeux et j'ai compris que je n'allais pas aimer ce qu'il allait me dire.

Il a dit que maman et Mamina n'étaient pas là. Qu'après la bataille de Redonda les Autodafeurs les avaient évacués et qu'ils n'étaient plus que vingt-trois.

Vingt-trois, c'était beaucoup moins que quarante-sept, alors j'ai demandé où étaient ceux qui manquaient.

Maître Akitori a dit qu'il ne savait pas, mais qu'il ne fallait pas que je m'inquiète, car les Autodafeurs n'avaient transporté sur Block Island que ceux qui étaient en état de marcher.

Il ne l'a pas précisé, mais il était évident que ça ne laissait que deux possibilités pour maman car, à part être mort ou blessé, je ne voyais pas bien ce qui pouvait empêcher quelqu'un de marcher.

Je n'ai pas demandé à quelle catégorie appartenait maman. Je n'ai pas demandé car je SAVAIS que PERSONNE ne pouvait me promettre qu'elle était vivante… sinon maître Akitori l'aurait déjà fait et là, il ne disait rien de plus.

Tant que personne ne me disait que maman n'était pas morte, elle était encore vivante ; c'était logique et c'est ce que je devais croire parce que blessé c'était mieux que mort car on pouvait encore être soigné alors que mort on ne peut pas à part si tu t'appelles Jésus que tu es le fils de Dieu mais maman s'appelle Julie et son père ne s'appelait pas Dieu mais Roger et ce n'est pas pareil ou alors il faut croire en la réincarnation mais si maman devient une poule ou un papillon ce ne sera plus vraiment maman et comme moi je ne suis pas une poule ou un papillon je serai seule donc ce n'est pas une solution envisageable évidemment il y a aussi ces histoires idiotes de vie après la mort mais si ces vies sont après la mort est-ce que ça veut dire que je devrais moi aussi être morte pour être avec maman mais que dans ces cas-là Gus serait tout seul et on ne serait plus une famille et il ferait des bêtises parce que c'est un idiot et que Sara allait pleurer et que ça c'était impossible.

Dans ma tête tout se mélangeait et à force de vouloir être logique je disais n'importe quoi, très fort, en parlant très vite, car j'avais peur.

Maître Akitori était toujours à genoux devant moi et tout le monde s'était arrêté de parler pour m'écouter, je sentais leurs regards mais ça n'avait pas d'importance ; il fallait que je trouve l'équation où maman était vivante, il le fallait absolument parce que même si mourir c'est normal, là, tout de suite, maintenant, c'était impossible, inenvisageable, inacceptable, insupportable, intolérable…

Le professeur de Gus s'est approché de moi ; il a pris la place de maître Akitori, m'a obligée à le regarder dans les yeux et m'a demandé de l'écouter.

J'ai obéi.

Il a dit : « Arrête de réfléchir et écoute ce que te dit ton cœur. »

C'était idiot, car mon cœur faisait juste boum, boum, mais il a continué et a ajouté : « Le mien me dit que ta maman est vivante, Césarine. »

C'était complètement stupide et illogique… mais je l'ai cru parce que ça ne POUVAIT PAS être autrement.

Maman n'était PAS morte, donc elle était VIVANTE et il fallait s'occuper de Gus, car s'il lui arrivait quelque chose maman serait triste.

Alors, accompagnée de DeVergy, d'Inès, de Shé et de gens que je ne connaissais pas, je suis partie chercher mon frère dans le bureau d'Adam Murphy pendant que les autres se séparaient pour aller protéger Rama dans la salle blanche et Néné dans la salle vidéo.

Donc :

1 : Maman n'est peut-être pas morte.
2 : Maman n'est pas morte.
3 : Maman est vivante.

échec...

La fin de l'histoire a débuté pour moi dans un brouillard flou et compact. Le choc électrique m'avait privé de mes mouvements et les seules choses qui fonctionnaient encore dans mon organisme, outre la diffusion de la douleur par mon système nerveux, c'étaient la vision et l'audition. Je ne servais à rien et j'étais devenu aussi utile qu'une descente de lit en peau d'ours, mais quand l'écran géant au-dessus du bureau de Murphy s'est mis à passer en boucle le message de Noé, j'ai compris que Rama avait réussi sa mission.

Allongé comme je l'étais je ne pouvais rien voir, mais j'ai tout de suite reconnu le bruit inimitable des bombes et je n'avais pas besoin d'être face à l'écran pour me souvenir du spectacle atroce de cette apocalypse. Contempler une seule fois les villes réduites en cendres, les forêts disparues, les corps carbonisés, les ports vaporisés et même la tour Eiffel fondue comme un vulgaire tas de plomb m'avait suffi pour toute une vie et je savais à quoi le monde était en train d'assister : le monde assistait à sa mort et, même si certains crieraient certainement au trucage, je n'avais aucun doute que les preuves laissées par Noé dans son arche finiraient par les convaincre.

Si j'avais pu, j'aurais souri et je me promis de ne plus jamais traiter Rama de morpion agaçant. Si les images arrivaient jusqu'ici, c'est qu'elles passaient aussi sur la planète entière et Murphy avait dû aboutir à la même conclusion car, une fois le premier instant de stupéfaction passé, il s'est mis à hurler de rage et à me balancer des coups de pied dans les côtes. Heureusement que l'usage des armes à feu était impossible dans cette pièce, sinon je pense qu'il m'aurait volontiers collé une balle en pleine tête.

Le visage plaqué sur le sol, j'étais paralysé et ne distinguais plus qu'un ballet de chaussures qui allaient et venaient devant mes yeux ; les souliers de luxe de Murphy, les rangers de ses gardes puis, étrangement, les coups ont cessé et j'ai vu passer une paire de bottes de motard, des ballerines brodées et encore des rangers… mais en taille 38.

Malgré le brouillard causé dans mon cerveau par la décharge électrique du Taser, je me doutais qu'il se passait quelque chose d'étrange au-dessus de moi mais j'avais beau me concentrer de toutes mes forces, impossible de battre un cil et j'ai dû me contenter de mon minuscule champ de vision pour trouver une explication.

J'ai entendu des cris, des coups de feu, quelqu'un (Murphy ?) a hurlé « NOOOON !!! » et tout le monde s'est mis à courir vers la sortie.

Brusquement, j'ai senti qu'on me saisissait par les chevilles et qu'on me tirait en arrière. Pendant quelques secondes, ma joue a glissé sur la surface vitrée et j'ai vu défiler la mer, les vagues et les rochers tandis que le sol se transformait en un puzzle aux morceaux de plus en plus petits et qu'un très désagréable crissement me perçait les tympans.

Et puis j'ai senti un corps se jeter sur moi, des bras m'entourer et une voix a murmuré à mon oreille : « T'imagine pas un instant que je tiens à toi, mais je te préviens, si tu meurs, je te tue ! »

Et l'univers a explosé et je me suis retrouvé en train de voler dans les airs au milieu de milliers d'étoiles scintillantes… avant d'atterrir brutalement dans l'eau glacée de l'océan Atlantique.

journal de Césarine

Le seul accès au bureau de Murphy était un ascenseur et nous ne pouvions pas monter tous en même temps. DeVergy, Inès, Shé et moi sommes passés en premier ; les autres devaient nous rejoindre mais ils n'en ont pas eu le temps.

Quand les portes se sont ouvertes, j'ai tout de suite entendu la voix de Noé expliquant au monde ce qui allait lui arriver et j'ai vu Murphy qui s'acharnait sur Gus. J'allais bondir, mais les images du grand écran m'ont paralysée et je suis restée dans l'ascenseur à regarder les champignons atomiques pousser tout autour de la surface de la terre en détruisant toute vie sur leur passage.

C'était insupportable.

Je me suis enfoncée dans les replis de mon esprit, j'ai pataugé dans l'eau noire de ma maison détruite, j'ai couru dans les escaliers spongieux en laissant ma main glisser sur les rampes humides. Je cherchais un endroit où me cacher, où disparaître, mais tout était détruit. Il ne restait qu'une pièce que l'eau n'avait pas atteinte, la petite pièce à la porte blanche où je n'étais jamais entrée parce qu'elle me faisait peur... et je me suis retrouvée devant.

Dans ma maison-esprit dévastée, la petite porte blanche était sèche ; sa poignée dorée brillait et les deux chiffres cloués à hauteur de mes yeux se sont mis à scintiller.

22.

C'était la porte 22.

Comment aurais-je pu l'ouvrir alors que ce nombre me faisait si peur ?

22.

J'ai cligné des yeux et les chiffres se sont mis à pulser avec moi dans un rythme lent et sourd : boum, boum, boum.

C'était le rythme de mon cœur, de celui de maman, de celui de Sara et de l'humanité tout entière.

Et j'ai enfin compris de quoi j'avais peur.

J'ai tendu la main, décroché le premier 2, je l'ai retourné et je l'ai reposé sur la porte.

Bien collés l'un contre l'autre, les deux chiffres embrassés dessinaient autre chose.

LA chose qui me faisait si peur depuis toujours, celle que je m'efforçais de tenir à distance pour ne pas souffrir, parce qu'aimer c'est se mettre en danger, c'est souffrir de la souffrance des autres, c'est pleurer leur disparition, c'est mourir de leur mort, se perdre dans leur absence.

J'étais debout dans l'escalier noir et glacé de la maison détruite de mon esprit quand j'ai compris qu'il fallait que j'arrête d'avoir peur.

Alors j'ai saisi la poignée dorée qui brillait et j'ai ouvert mon cœur.

… et mat !

Je ne sais pas combien de temps mes muscles tétanisés ont mis à fonctionner normalement, mais quand j'ai enfin pu bouger à nouveau il était plus que temps. Le choc glacé de mon amerrissage avait été violent mais Inès ne m'avait pas lâché et avait réussi, je ne sais trop comment, à faire en sorte que nous entrions dans l'eau les pieds en avant.

Le point positif, c'est que nous n'avions pas été assommés par le choc et que nous avions évité les rochers, mais en contrepartie nous nous étions enfoncés profondément dans l'océan et nous devions maintenant remonter avant de nous noyer.

Nous étions déjà à une dizaine de mètres sous l'eau quand Inès m'attrapa par le col et se mit à battre frénétiquement des jambes pour me tirer vers la surface. C'était du suicide, ses rangers l'empêchaient de nager avec efficacité et mon poids l'entraînait vers le fond ; si elle ne me lâchait pas tout de suite, jamais elle n'arriverait à s'en sortir et cette prise de conscience m'a donné le coup de fouet nécessaire pour que je me secoue. Je refusais d'être responsable de la mort d'une autre personne.

J'ai bandé mes muscles de toutes mes forces, encore et encore et, d'un seul coup, j'ai senti céder le lien de plastique qui enserrait mes poignets.

Il paraît qu'en cas de situation critique le corps humain est capable de se dépasser en sécrétant d'un coup une dose d'adrénaline tellement forte qu'elle vous rend capable de soulever des voitures ; c'est exactement ce qui a dû m'arriver à ce moment-là.

Je n'avais presque plus d'air dans les poumons, mais l'énergie du désespoir m'a propulsé en avant avec plus d'efficacité qu'un moteur de dragster et, saisissant à mon tour Inès par le col de son tee-shirt, je l'ai tirée à ma suite vers la lumière…

À six mètres mes poumons brûlaient.

À quatre, j'ai senti qu'Inès ne bougeait plus.

À trois, des points noirs se sont mis à danser devant mes yeux.

À deux… j'ai commencé à avoir des hallucinations et j'ai pensé qu'il y avait vraiment des choses plus agréables à voir avant de mourir que la tronche d'un prof.

Nos têtes crevèrent la surface en même temps, mais Inès ne bougeait plus et n'était plus qu'une poupée molle entre mes bras.

– Donne-la-moi, je suis plus fort que toi et il n'y a pas de temps à perdre, me cria DeVergy en saisissant Inès sous les aisselles.

Finalement, ce n'était pas une hallu : DeVergy était là à côté de nous et c'était lui qui nous avait sauvés.

Nous étions au pied de falaises abruptes s'enfonçant verticalement dans l'océan mais, à quelques mètres de nous, un rocher plus plat que les autres affleurait à la surface.

Épuisé, j'ai aidé le prof à y hisser le corps d'Inès; totalement inerte, avec ses vêtements trempés et ses rangers pleins d'eau, elle pesait le poids d'un âne mort et son visage était devenu si blanc qu'il en paraissait presque transparent.

Hébété, j'ai contemplé Marc tirer la tête d'Inès en arrière et commencer à souffler de l'air dans ses poumons tandis que, la seule chose qui me venait à l'esprit, c'est que ça risquait de ne pas faire plaisir à ma mère, vu qu'il était en train d'embrasser ma copine. Puis je me suis souvenu que le bouche-à-bouche n'était pas franchement un baiser et qu'Inès n'était pas « ma copine » mais juste une sacrée emmerdeuse et que...

– Pousse-toi de là, Marc, laisse-moi faire! ai-je enfin réagi en posant mes mains sur la poitrine d'Inès et en commençant le massage cardiaque.

Je pompais en rythme, comme j'avais appris à le faire en passant mon brevet de secouriste, tout en essayant d'oublier que ce n'était pas un mannequin et que, sous mes mains, derrière la cage thoracique, se trouvait un vrai cœur qui ne battait plus. Je descendais, je remontais sans quitter son visage des yeux et, à chaque mouvement, je revoyais en un éclair ses froncements de sourcils, la manière qu'elle avait de caresser son bracelet d'argent, son regard furieux quand je la frôlais de trop près, sa rage, sa façon de jurer en espagnol quand elle était en colère, le frisson qui nous avait parcourus quand j'avais caressé son tatouage, la chaleur de sa peau…

À 30 elle n'avait toujours pas réagi.

Je me suis penché sur sa poitrine dans l'espoir d'y détecter un battement, mais rien ; alors j'ai posé doucement ma main sur son front, tiré sa tête légèrement en arrière, pincé ses narines et j'ai soufflé dans ses poumons le plus profondément possible… et je me suis pris un paquet d'eau de mer dans la figure !

– Ben c'est ça, crache-moi dessus pour me remercier pendant que tu y es !

De Vergy a levé les yeux en soupirant.

– Ta sœur a raison, Gus… tu es vraiment un idiot.

J'ai ri, mais c'était juste une manière de cacher mon soulagement, parce que je venais de me rendre compte qu'Inès avait beau être la reine des emmerdeuses, le monde sans elle aurait tout de même été moins bien.

– Et les autres, ils sont où ? lui retournai-je pour changer de sujet pendant qu'Inès revenait à la vie en vomissant la moitié de l'Atlantique.

– Les Montagues, Shé et Césarine ont eu de la chance, ils ont réussi à atteindre la plate-forme avant que la pièce tombe en morceaux, mais Murphy et deux de ses gardes ont chuté en même temps que vous, sauf qu'ils ont eu moins de bol à l'atterrissage, dit-il en désignant la falaise.

J'ai suivi son regard : à une dizaine de mètres de nous, le corps désarticulé de Murphy gisait sur un rocher à côté de celui d'un de ses gardes. L'autre n'était nulle part en vue.

J'ai levé la tête ; juste au-dessus de nous, l'ossature métallique de ce qui restait du bureau de verre de

Murphy surplombait le vide et j'ai aperçu des gens qui nous faisaient signe. J'ai reconnu la petite silhouette de ma sœur et celle, plus imposante, d'Akitori ; avec le fracas du ressac il était impossible de comprendre ce qu'ils nous disaient, mais de toute manière, comme nous n'avions pas des masses d'options à notre disposition, j'ai choisi la plus raisonnable.

– On attend là qu'ils viennent nous chercher ? ai-je demandé en prenant Inès contre moi pour la réchauffer.

– Parce que tu as une autre idée peut-être ?

J'ai secoué la tête et resserré mes bras un peu plus fort contre le corps tremblant d'Inès. Pour être franc, je m'attendais un peu à ce qu'elle me repousse, ou à me faire insulter, mais j'ai senti sa tête se nicher contre mon épaule tandis que ses tremblements se calmaient peu à peu, et j'allais en venir à la conclusion que la noyade était une méthode de drague vachement efficace quand un murmure m'a remis les idées en place.

– Le bouche-à-bouche, ça ne compte pas comme un baiser et si je reste dans tes bras, c'est parce que j'ai froid, alors ne va surtout pas te faire d'idées.

Elle n'avait pas parlé assez bas, parce que Marc a éclaté de rire.

– Vous allez drôlement bien ensemble tous les deux, a rugi le prof en me balançant une claque dans le dos.

Réplique à laquelle Inès et moi avons répondu sans nous concerter et dans un ensemble parfait :

– Mais on n'est PAS ensemble !!!

Ce qui devait être super drôle, car DeVergy s'est mis à rigoler de plus belle avant de conclure d'un air goguenard :

– Ouais… OK… ben alors va falloir qu'elle m'explique pourquoi elle a plongé avec toi pour te sauver… et pourquoi sa main droite est enlacée à la tienne !

Il n'y avait rien à répondre à ça et, pendant une seconde, je me suis demandé si je ne préférais pas quand il me faisait la morale.

journal de Césarine

Le temps que je sorte de la maison de mon esprit, tout était déjà terminé. Le bureau de verre avait disparu, Murphy n'était plus qu'une petite tache rouge sur un rocher et mon frère faisait l'idiot avec Inès et son prof au milieu de l'eau. Comme s'ils n'avaient pas pu choisir un autre moment pour aller se baigner.

Pendant ce temps-là, les autres membres de la Confrérie avaient réussi à se rendre maîtres de l'île sans qu'il y ait beaucoup plus de blessés. Il faut dire que, dès la diffusion du message de Noé, la majorité des gardes, hébétés, avaient préférés se rendre.

Quand j'ai retrouvé Rama dans la salle blanche, il était très fier de lui, mais il n'y avait pas franchement de quoi vu que l'arche de Noé, celle que nous appelions le « Livre qu'on ne peut pas lire », avait fait tout le travail toute seule. En fait, dès qu'il s'était approché de l'ordinateur central, l'arche s'était connectée d'elle-même au réseau et en avait pris le contrôle.

Depuis, des ingénieurs ont pu analyser ce phénomène, ils ont parlé de « système de connexion sans contact » à un niveau pas encore atteint… mais vu que l'arche vient de 2084, c'est logique.

Au moment où mon ami était entré dans la salle blanche avec le chef des gardes, il avait compris tout de suite ce qui se passait mais, comme il n'avait touché à rien, personne n'avait imaginé qu'il y était pour quelque chose. Il m'a dit que ça l'avait beaucoup amusé de regarder les ingénieurs s'énerver sans réussir à reprendre le contrôle de leur réseau, mais je n'ai pas bien vu ce qu'il y avait de drôle.

Ensuite, quand les écrans s'étaient mis à diffuser le message de Noé, les ingénieurs avaient cessé de pianoter sur leurs claviers pour regarder et l'un des deux, probablement plus malin que les autres, s'était approché de Rama pour lui demander si tout ce qu'il voyait était vrai.

Quand Rama avait dit « oui », l'ingénieur avait hoché la tête et dit qu'il savait comment accéder aux scans originaux de Goodbooks, ceux des textes qui avaient été modifiés par les Autodafeurs, et qu'il était prêt à nous aider. Ça n'avait pas fait plaisir au garde, qui lui avait crié dessus et mis un coup de crosse dans la mâchoire, mais Rama en avait profité pour appuyer sur le bouton d'ouverture du sas et maître Akitori avait vite réglé le problème.

Quand Gus et Inès sont revenus de leur baignade, tout était déjà terminé et on est repartis avec Marc sur Redonda pour retrouver maman. Même que j'ai accepté de prendre l'avion sans problème, parce que je n'avais plus peur.

Quand j'ai retrouvé maman, je l'ai serrée dans mes bras et je lui ai dit que je l'aimais ; c'était nouveau pour moi et elle a été très surprise… même qu'au début j'ai eu peur d'avoir mal dit parce qu'elle s'est mise à pleurer. Mais en fait non ; c'est seulement qu'elle était heureuse… C'était idiot, moi qui venais juste d'apprendre comment faire pour aimer, voilà qu'elle m'embrouillait tout en me disant qu'on pouvait « pleurer de bonheur » !

Je n'ai pas pu expliquer à Mamina que j'avais tout compris à propos de l'amour parce que, elle, elle était morte et là maman s'est remise à pleurer, sauf que ce n'était pas parce qu'elle était heureuse mais parce qu'elle était triste. Alors je l'ai encore serrée dans mes bras, elle a pleuré en souriant... et je ne savais plus pourquoi elle pleurait.

Mais bon, je crois que j'ai compris une chose à propos de cette histoire de sentiments, le truc c'est qu'il ne faut pas chercher à comprendre parce qu'au final ce n'est pas très rationnel.

Donc :

1 : Les Autodafeurs ont perdu.
2 : Noé a réussi sa mission.
3 : Aimer ça ne s'explique pas, mais c'est bien.

propagateur

Nous sommes restés sept jours sur Redonda avant de pouvoir en sortir.

Sept jours, c'est le temps qu'il a fallu au monde pour se réveiller ; sept jours pendant lesquels l'arche de Noé a non seulement pris la direction du réseau satellite, mais aussi celle du Net et de tous les moyens de communication. Plus rien ne passait, sauf le message de Noé. Les entreprises, les écoles, les banques… tout s'est mis sur pause en obligeant l'humanité à s'arrêter, à s'asseoir, et à se concentrer sur son avenir.

Pendant deux longues journées, les écrans du monde entier ont martelé les images d'apocalypse *ad nauseam*, jusqu'à ce que plus personne ne puisse nier ou ignorer cette horreur.

Puis, alors que l'humanité entière semblait au fond du gouffre, le message de Noé s'est arrêté et l'arche s'est mise à diffuser en continu des centaines et des centaines d'œuvres d'art de toutes les époques et dans toutes les langues. Chacun de ces extraits se téléchargeait automatiquement, dans sa version traduite la plus pure, sur tous les supports informatiques possibles... les téléphones, les tablettes, les liseuses, les portables, les disques durs des consoles de jeux, des box... vous ne pouviez plus ouvrir un seul écran dans le monde sans y découvrir un extrait de roman, un poème, un discours, une prière, une pensée philosophique, une planche de bande dessinée, un album pour enfants, un film, un dessin animé, une photo, un tableau, une sculpture.

Alors, comme ils n'avaient rien d'autre à faire, les gens se sont mis à contempler ce qu'ils avaient sous les yeux...

Le reste, c'est des histoires d'adultes et ça ne m'intéresse pas des masses mais, pour vous résumer le truc, il s'est passé que les Autodafeurs infiltrés dans les gouvernements ont fini par tomber et que la vérité à notre propos a été rétablie.

La disparition d'Adam Murphy a permis aux autorités de mettre un visage sur la mort du président des États-Unis et la disparition des livres... et la majorité des gens n'est pas allée chercher plus loin. Un fou mégalo, c'était moins effrayant qu'une conspiration mondiale millénaire, alors je pense que ça arrangeait tout le monde.

Si les principaux membres des Autodafeurs ont été arrêtés et attendent sagement leur jugement en prison, la majorité d'entre eux est restée libre et j'espère juste qu'ils sauront se faire oublier... même si personne à la Confrérie n'y croit vraiment !

Malheureusement, le temps que nous les arrêtions, plus de la moitié des livres de l'humanité avaient disparu, rongés par les IGM ou détruits discrètement par les Autodafeurs.

Cette découverte, associée à la beauté des œuvres que l'arche lui avait fait découvrir, a été un électrochoc pour la communauté mondiale. L'ONU, devant l'ampleur des destructions, a voté à l'unanimité la notion de « crime contre la mémoire de l'humanité ».

Désormais, toute destruction volontaire d'œuvre ou falsification de son contenu est punie par les lois internationales, et une grande mission de reconstitution du patrimoine culturel mondial a été lancée pour tenter de retrouver la totalité des œuvres détruites par les Autodafeurs et l'archiver dans une bibliothèque mondiale.

Des ingénieurs travaillent déjà sur les technologies de l'arche de Noé pour que cette bibliothèque soit équipée d'un traducteur instantané permettant aux hommes de découvrir la culture de l'autre dans sa plénitude... et croyez-moi quand je vous dis que la lecture de certains textes, une fois débarrassés de leurs ajouts successifs, a changé les regards qu'on portait sur eux !

Spontanément, du monde entier, des milliers de gens se sont transformés en Traqueurs ; de chaque pays, chaque région, chaque village, chaque maison, chaque grenier, chaque tiroir est ressorti un livre qui, porté aux bibliothèques locales, devrait permettre, petit à petit, de reconstituer les fonds disparus.

Au bout de sept jours, l'arche a libéré les réseaux et la vie a pu reprendre. Les banques, les commerces, les chaînes de télé... tout a pu recommencer comme avant.

Enfin, non, pas *exactement* comme avant ; tout a repris mais en mieux, c'est encore léger, diffus, encore peu perceptible mais c'est comme si en se remettant à lire, en découvrant la richesse de l'autre et la fragilité de son monde, l'homme avait pris conscience de l'importance de ses choix, pris conscience qu'à son niveau il pouvait *changer* les choses ; que si nous nous y mettions tous, le futur pouvait être modifié, qu'il n'était pas écrit, pas encore, et que cette histoire-là, la nôtre, nous ne devions pas laisser quelques-uns l'écrire à notre place, nous devions l'écrire… tous ensemble.

épilogue
journal de Gus

Cela fait plus d'un mois que Murphy est mort. Demain c'est la rentrée et j'ai décidé de tenir moi aussi un Journal de bord. Je l'ai décidé car hier, à la réunion plénière de la Confrérie qui s'est tenue à la Commanderie, nous avons voté à l'unanimité de ne pas dissoudre l'Ordre et de continuer à veiller. Alors, comme mon père, mes grands-parents et bien d'autres avant eux, j'ai décidé de prendre la place qui m'était destinée et de suivre auprès de Marc une formation de Traqueur pendant que Bart choisissait de devenir Propagateur.

Ce qui est chouette, c'est que Néné nous a rejoints et envisage de devenir Gardien à nos côtés... comme une certaine Shé, qui s'est inscrite au pensionnat de Sainte-Catherine et devrait arriver prochainement !

Le truc moins cool, c'est qu'Inès doit repartir dès demain en Espagne pour s'occuper de la restauration de la Bibliothèque Colombine. Après l'été magnifique que nous venons de passer tous les deux (et que je ne vous raconterai pas parce que ça ne vous regarde pas), nous séparer est un déchirement, mais comme je sais que son projet est important et que nous avons prévu de nous retrouver le plus tôt possible, je fais avec.

Pour l'instant nous habitons chez Marc, mais le chantier de la Commanderie a débuté et j'espère que nous pourrons tous passer Noël là-bas. Je dis TOUS car, à mon avis, vu la façon dont ils se regardent, ça ne m'étonnerait pas que mon prof vienne s'installer là-bas avec maman... et figurez-vous que ça ne me fait même pas râler !

Le plus drôle c'est que, un mois après la diffusion des images de l'arche, de moins en moins de personnes croient en cet épisode. L'idée d'un voyageur du futur, d'une apocalypse nucléaire, soulevait trop de questions et les gouvernements ont préféré faire en sorte de laisser croire à un énorme fake. Dès que le Net et les médias ont recommencé à fonctionner normalement, les rumeurs ont succédé aux rumeurs, les hypothèses aux hypothèses et aujourd'hui de plus en plus de personnes sont convaincues que ce n'était qu'une mise en scène d'un groupe d'activistes, un genre de happening géant pour obliger l'humanité à agir. C'est énorme mais comme ça arrange tout le monde, ça passe ! Comme disait Colomb à son fils, « il n'y a de pire aveugle que celui qui ne veut pas voir », et la Confrérie a bien raison de continuer son action.

Pourtant, moi, je refuse d'oublier Noé, je le refuse parce qu'une question me hante depuis que j'ai vu son journal. Une question toute bête qui ne semble perturber que moi et qui me gâche pourtant mon plaisir : car si nous savons que Noé a été dérouté dans l'Antiquité... où donc ont atterri Canaan et son arche ?

Remerciements

7 mars 2015

Je viens de poser le point final au tome 3 et je me sens un peu vide. C'est bizarre de se dire qu'à présent, Auguste, Césarine, Néné et les autres vont devoir vivre leur vie sans moi. Même si je sais que leur histoire s'arrête là, j'ai l'impression de les abandonner ; alors, comme une maman voyant ses ados devenir adultes et quitter la maison, je ne peux m'empêcher de regarder en arrière.

Dans un tiroir s'entassent mes carnets. Il y en a de toutes les formes, de toutes les couleurs, mais je retrouve immédiatement celui qui m'intéresse : un petit livret cartonné en papier recyclé que mon mari m'avait rapporté de je ne sais trop où. À l'intérieur, des lignes grises couvertes de phrases tracées au porte-mine. Je relis les premières : « *Il y a un an maintenant, par un petit matin froid et brumeux (non, en fait il faisait doux et soleil mais j'en garde un souvenir froid et brumeux), deux gendarmes sont venus chez nous pour annoncer à maman que papa était mort. Voilà, comme ça, d'un coup.* »

C'est ainsi que j'ai commencé *Les Autodafeurs* et je me souviens qu'en écrivant cette phrase je n'avais pas la moindre idée de ce qui allait suivre, juste qu'il me fallait un événement cataclysmique pour débuter mon histoire. Alors, forcément, j'avais pensé à Camus... et aussi à mon père qui nous avait quittés peu de temps auparavant.

Sur mon carnet, juste au-dessus de cette phrase, il y a une date : 7 mars 2013... pile deux ans ! Je n'ai pas de mal à m'en souvenir car c'est celle de mon anniversaire.

Si je fais le compte, en 36 mois, j'ai écrit trois livres, soit plus de 1 000 pages, ce qui fait près de 300 000 mots, du coup, je me dis que cette fois-ci, pour les remerciements, je vais m'autoriser à faire court.

Forcément, même si je le désire de toutes mes forces, je ne peux pas citer tout le monde : entre ceux qui apportent des idées, ceux qui soutiennent, ceux qui corrigent, ceux qui publient, ceux qui chroniquent, ceux qui vendent, ceux qui en parlent et ceux qui éclairent sur un détail (d'informatique, de médecine, de géographie, de sport, de langue, etc.), on finit par se retrouver avec un paquet de gens à remercier... et donc, par un paquet de gens déçus de ne pas avoir été cités !

Dans un monde idéal (et si j'étais un robot), j'aurais noté consciencieusement, à chaque fois, qui et pourquoi je devais remercier. Sauf que, voilà, je ne suis pas un robot, je ne suis pas infaillible et que là, tout à coup, j'ai super peur d'oublier quelqu'un.

Du coup, comme je l'ai dit une trentaine de lignes plus haut, je vais faire court (si, si... cette fois c'est vrai) : MERCI !!!!

Marine

Ouvrage réalisé par
Cédric Cailhol Infographiste.
Reproduit et achevé d'imprimer
par l'Imprimerie France-Quercy à Mercuès
en septembre 2015.

Dépôt légal: mai 2015
N° d'impression: 51053/

ISBN: 978-2-8126-0893-3

Imprimé en France.